alle lügen.

# alle lügen.

meg castaldo

aus dem amerikanischen
von kerstin winter

MUSIC TELEVISION®

vgs

Die Deutsche Bibliothek – CIP-Einheitsaufnahme

Castaldo, Meg:
Alle lügen : MTV-Buch / Meg Castaldo. Aus dem Amerikan. von Kerstin Winter.
MTV. – 1. Aufl. – Köln : vgs, 2002
Einheitssacht.: The Foreigner <dt.>
ISBN 3-8025-2888-3

Titel der amerikanischen Originalausgabe: The Foreigner
Original English language edition
© Copyright 2001 by Meg Castaldo
MTV Music Television and all related titles, logos and characters are trademarks of MTV Networks, a division of Viacom International Inc.
All rights reserved, including the right to reproduce this book or portions thereof in any form whatsoever.
This edition is published by arrangement with the original publisher, Pocket Books, New York.
© 2001 MTV Networks Europe. All rights reserved.

1. Auflage 2002
© der deutschsprachigen Ausgabe:
Egmont vgs verlagsgesellschaft mbH, Köln
Lektorat: Verena Ludorff
Produktion: Annette Hillig
Umschlaggestaltung: Sens, Köln
Umschlagfoto: Cornelis Gollhardt
Satz: Greiner & Reichel, Köln
Druck: Pustet, Regensburg
Printed in Germany
ISBN 3-8025-2888-3

Besuchen Sie unsere Homepage:
www.vgs.de

Für A. – meinen Komplizen

# Teil 1

## 1

Anthony Carmine Orlando hatte einen großen runden Kopf, weißes welliges Haar, flinke grüne Augen und eine Nase, die zu klein für sein Gesicht schien. Ich hätte ihn überall erkannt. Er hatte sich am Kofferband platziert und hielt ein Schild in der Hand, auf dem in riesigen schwarzen Lettern »Alex Orlando« prangte. Als ich hallo sagte, verengte er die Augen und wollte zuerst meinen Zweitnamen hören. »Rockangela«, erwiderte ich ein wenig verlegen. Er seufzte und griff nach meinem Koffer. »In dieser Stadt kann man niemandem trauen.«

Er hatte Recht, wie sich sehr bald zeigen würde.

Onkel Carmi umarmte mich fest; sein Kugelbauch war prall und hart wie ein Medizinball. Er nahm mein Gesicht in beide Hände und meinte, wie hübsch ich sei: genau wie seine Schwester Nin – nur ohne den Schnurrbart.

Ich sollte wohl erklären, warum ich mich mitten im Januar auf dem JFK-Flughafen mit einem Verwandten traf, den ich kaum kannte. Der Grund war, dass ich aus meinem bisherigen Trott ausbrechen wollte. Im reifen Alter von achtundzwanzig Jahren hatte ich das Gefühl, auf der

Stelle zu treten. Ich hatte sechseinhalb Jahre damit verbracht, mich auf dem College mit irgendwelchen Abschlüssen und komplizierten Theorien abzuplagen. Nur um dann schließlich bei Neimann Marcus Klamotten zu sortieren. Danach ging ich als »Guru« des Textes in die Werbung – als das arme Schwein, das dafür bezahlt wird, sich unglaublich überzeugende Slogans für die Etiketten billiger T-Shirts auszudenken (»Soft *and* Shiny« – das war mein Spruch). Ich wollte den Kram gerade hinschmeißen, als man mir die Kündigung überreichte. Ich sei nicht teamfähig, sagte mein Chef. Ich erwiderte, er irre sich; ich könne nur mit *seinem* Team nichts anfangen.

Meine Abfindung verpulverte ich auf einem Europatrip. In Berlin stieß ich auf Jan, einen abgeklärten Edelstein-Händler aus Antwerpen. Ich hatte immer schon etwas für Ausländer übrig gehabt; sie waren eben nicht von hier. Als ich schließlich – abgebrannt und unruhig – nach Kalifornien zurückkehrte, fühlte ich mich selbst wie eine Ausländerin. Ich blieb ein paar Monate bei meinen Eltern auf ihrer Ranch in der Ebene von Sacramento. Ich ging zu Bewerbungsgesprächen. Ich ließ mir von verschiedenen Unis Infomaterial über Jura kommen – irgendwie erschien mir das sinnvoll. Ich verabredete mich sogar ein paar Mal mit einem Zahnarzt, den mir meine Eltern ans Herz gelegt hatten. Aber hauptsächlich hing ich lustlos herum. Als also der Anruf aus Manhattan kam, ergriff ich die Gelegenheit beim Schopfe: Onkel Carmi wollte auf seine jährliche Winterpilgerfahrt nach Puerto Rico gehen (man munkelte, er habe dort eine »Freundin«) und suchte verzweifelt einen vertrauenswürdigen House-Sitter. Selbst meine Eltern fanden die Idee, dass ich diese Aufgabe übernehmen würde, gut. Wer hätte gedacht, dass diese an sich harmlose Arbeit ein so hohes Berufsrisiko in sich bergen würde.

Was in jenem Winter geschah, raubt mir immer noch manchmal den Schlaf. Es gehört in die Kategorie der Erlebnisse, die ich wirklich niemandem wünsche. Es sollte sich herausstellen, dass Jan ein noch fremdartigerer Ausländer war, als ich mir je hätte träumen lassen. Mein ältester Freund Kyle wurde zu jemandem, den ich kaum wieder erkannte. Mein Nachbar Christian verließ ganz unerwartet die Stadt. Und ich? Man sollte meinen, dass dieses Chaos, über das ich schreiben will, mir die Augen geöffnet hätte. Und vielleicht hat es das ja auch. Allerdings nicht in dem läuternden Sinne, der immer in diesen Selbsthilfebüchern propagiert wird. Immerhin wurde ich von meiner Vorliebe für Ausländer kuriert – na ja, wenigstens fast. Inzwischen bin ich mit einem Amerikaner zusammen. Aber er ist Polizist, und das finde ich immer noch befremdlich genug.

Wir holten meine Koffer vom laufenden Band und stiegen in einen feudalen Lincoln, den Carmi gebucht hatte, um mich abzuholen. Er bellte dem Turban-Träger am Steuer zu, wo er hinzufahren habe, während ich mein Gesicht an die kühle Fensterscheibe presste, um einen Blick auf Queens zu erhaschen. Auf dem Long Island Expressway sah ich in der Ferne Manhattan wie einen funkelnden Vergnügungspark aufragen, ein Gebirge von rechteckigen Schachteln, die im Licht badeten. Der Anblick war so schön, dass ich einen Moment brauchte, um zu begreifen, dass die Stadt echt war.

Carmi hatte eine Zwei-Zimmer-Mietwohnung auf der Twenty-third Street in Chelsea – er lebte dort seit fünfunddreißig Jahren. Als wir über die Schwelle seines Heimes im sechzehnten Stock traten, hörte man durch die Tür der Wohnung nebenan gedämpfte Zankerei. Carmi schüttelte den Kopf und murmelte irgendwas.

»Was war denn das?«, fragte ich.

»Ausländer«, sagte er in säuerlichem Tonfall.

Ich hörte eine Frau brüllen. Carmi runzelte die Stirn. »Manchen Leuten ist wirklich gar nichts peinlich.«

»Woher kommt sie?«, fragte ich.

»Aus Norwegen, glaube ich. Und *sie* ist ein *Er*.«

Ein Er war interessanter als eine Sie.

»Du solltest vorsichtig sein, während ich weg bin«, sagte Carmi. »Er ist ein ganz schön forscher Typ.«

»Och, mach dir keine Sorgen«, erwiderte ich. Damit konnte ich umgehen.

Carmi musterte mich eingehend. Ich hatte ein Unschuldsgesicht und die Leute neigten dazu, mir auf den ersten Blick zu vertrauen.

Wir betraten eine im Schachbrettmuster geflieste Diele. Eine Kombination aus Waschmaschine und Trockner in Puppenhausgröße stand in eine Ecke gequetscht; der Duft von Weichspüler hing in der Luft. Carmi zeigte auf einen Dreisitzer im Wohnzimmer. »Du schläfst heute Nacht da«, sagte er. Ich dankte ihm, während ich die voll gestopften Bücherregale, die Möbel aus der Steinzeit, den Schnickschnack, der auf dem Flohmarkt besser aufgehoben gewesen wäre, und die fünfunddreißig Jahre Staub in Augenschein nahm.

Dann hielt ich den Zeitpunkt für gekommen, mein Gastgeschenk zu präsentieren:

»Tja, also«, sagte Carmi und lächelte, als er den Tanqueray auswickelte. »Sollen wir uns einen Longdrink mixen? Ich nehme immer ein Schlückchen, bevor ich ins Bett gehe.« Heute ist Dienstag, erklärte er. Dienstag war Gin-Tonic-Tag. Meine Mutter hatte mir geraten, ihm eine Flasche erstklassigen Gin zu besorgen; offensichtlich hatte sie damit richtig gelegen.

Wir aßen Käse und Cracker und tauschten Familienklatsch aus, während auf der Straße unten Autos hupten und Bremsen quietschten. Carmi leerte sein Glas und verschwand in der Küche, um noch einen zu mixen; die zweite Runde schmeckte wie Napalm. Als er vorschlug, mir die Wohnung zu zeigen, stolperte ich hinter ihm her und gab mir Mühe, nicht allzu oft anzuecken.

»Hey, zwei Betten ...«, bemerkte ich und bereute im selben Moment, dass mir das rausgerutscht war. Die Betten waren an die Wände geschoben und so tadellos wie Ausstellungsstücke gemacht. Ich wusste, dass Carmis Langzeitbeziehung vor kurzem verschieden war.

»Sie sind wohl ein bisschen aus der Mode«, sagte er.

»Unikate«, antwortete ich. »Nicht aus der Mode.«

Aber Carmi hörte nicht mehr zu. »Man merkt es eigentlich nie, wenn man glücklich ist ...« Seine Stimme verebbte. Das weiche Licht der Straßenlaternen erhellte das Schlafzimmer.

»Wie auch immer«, seufzte er und schlug die blau-weiß gestreifte Bettdecke zurück. »Ich glaub, ich leg mich aufs Ohr.« Das war mein Stichwort. Ich drückte seinen massigen Unterarm. »Danke für alles.«

»Keine Ursache«, sagte er. Die Erinnerung an seine Liebe verschleierte seinen Blick.

»Gute Nacht, Onkel Carmi.«

»Gute Nacht, Alex«, gab er zurück. »Ich bin froh, dass du hier bist.«

»Ich auch.«

Als ich mich endlich jetlag-geschädigt und verkatert aus dem Bett wälzte, war Carmi fort. Es hatte begonnen zu schneien; zarte Kokosflocken schwebten in der Luft. Auf meinem Koffer fand ich eine Nachricht: »Bin eben frische Brötchen holen.« Das Wort »frisch« war unterstrichen – zweimal. Ich duschte, zog mich schnell an und brühte Kaffee auf. Als Carmi zurückkehrte folgte ihm das himmlische Aroma frischer Backwaren wie ein Schatten. Ich wünschte ihm so munter wie möglich einen guten Morgen und reichte ihm einen dampfenden Becher.

Nach dem Frühstück setzte Carmi sich an seinen überquellenden Schreibtisch; er hatte noch eine Menge wichtiger Dinge zu erledigen. Er sortierte Papiere, schrieb Schecks, führte mysteriöse Telefongespräche und räumte auf. Ich versuchte, mich auf ein Kreuzworträtsel zu konzentrieren, das mir aber ein Level zu hoch war. Zwischen vereinzelten Geistesblitzen guckte ich aus dem Fenster. Der Himmel zeigte sich jetzt in gleichmäßigem Grau. Kalt sah es aus. Mir war nach einem Spaziergang.

Das wollte ich Carmi gerade vorschlagen, als er über die Schulter blickte und mich vorwurfsvoll ansah. »Louis war heute Morgen nicht auf seinem Posten, Alex.« Er schüttelte den Kopf. Louis war einer der Portiers. Carmi hatte ihn »Louis, der Chinamann« getauft – wegen seiner schräg stehenden sizilianischen Augen. »Wenn das noch mal passieren sollte, während ich weg bin, ruf bitte die Hausverwaltung an. Die Nummer liegt hier auf dem Tisch.« Er schwang sich auf dem Stuhl herum, der unter seinem Gewicht ächzte, und zeigte auf mich. »Schließ die Tür immer zweimal ab und leg die Kette vor«, sagte er. »Versprich mir das …«

Ich versprach es. Carmi lächelte und machte sich wieder an seine geheimnisvolle Arbeit. Ich dachte an all die idiotischen Sachen, die ich in der Vergangenheit gemacht hatte; Onkel Carmi hätte einen Herzanfall bekommen, wenn er davon gewusst hätte. Ich war per Anhalter gefahren, hatte mir Schlafwagenabteile mit notgeilen Italienern geteilt und in dreckigen Bahnhöfen übernachtet. Aber davon wusste niemand. Riesige Augen und ein breites Zahnpastalächeln täuschen über so einiges hinweg. Ein pakistanischer Handleser hatte mir mal gesagt, dass meine glatte Stirn auf ein Leben in rechtschaffener Aufrichtigkeit hindeutete. Bislang hatte mir noch jeder abgenommen, dass das stimmte.

Carmi ging – im weißen Leinenanzug, einen Strohhut auf dem Kopf und einen abgewetzten Lederkoffer in der Hand. Er erinnerte mich an Aschenbach aus *Tod in Venedig*. Zum Abschied umarmte er mich; seine Wangen rochen nach frischen Limetten. Er wünschte mir viel Spaß, was mich überraschte. Plötzlich kam er mir verändert vor – als hätte ein anderer vom Körper meines Onkels Besitz ergriffen. Sobald er weg war, schnappte ich mir ein Buch, warf mich auf die Couch und ließ mir von den letzten blassen Sonnenstrahlen das Gesicht wärmen. Wie eine satte Katze verdöste ich die nächste Stunde. Als ich wieder aufwachte, dämmerte es bereits.

Carmi hatte mir einen eselsohrigen Stadtführer mit zahlreichen Randnotizen dagelassen. »Geh zu D'Ag, nie zum Korea-Markt, Preise sind Frechheit, Waschsalon auf der 8th, Spaziergang lohnt« und so weiter. Ich sah mir die Gegend auf den Karten an. Neben dem Village hatte er in Rot »Nicht hingehen – ganz übel!« notiert. Ich las den begleitenden Text: »St. Marks ist die erregende Flaniermeile einer rückschrittlichen Bohème.« Was immer das bedeuten sollte. Neben dem U-Bahnplan hatte er in Großbuchstaben geschrieben: »NIEMALS U-BAHN FAHREN. GEFÄHRLICH. LIEBER DEN BUS NEHMEN. Siehe Seite 13.« Da mir bisher nie etwas nur annähernd Bedrohliches passiert war, nahm ich an, dass ich Carmis Regeln sehr bald schon vergessen haben würde. Trotzdem war es witzig, sie zu lesen.

Mein Vater hatte mir erzählt, dass Onkel Carmi schon dreimal überfallen worden war, was seine Paranoia erklärte. Er war die meiste Zeit seines Lebens Kameramann bei CBS gewesen, ein Beruf mit wahrlich unchristlichen Arbeitszeiten. Unsere Familie stufte ihn als harmlos exzentrisch ein. Man wusste so gut wie nichts über sein Privatleben, außer, dass er lange Jahre mit ein und derselben Person zusammengelebt hatte und Puerto Rico liebte. Meine Großmutter pflegte ihn als »lieben Verwandten« zu bezeichnen – vor allem deshalb, weil er zu Geburtstagen und Jubiläen immer Geld schickte. Seine Geschenke trafen stets als Erstes ein und waren zudem großzügiger bemessen als die der anderen. Bisher hatte ich insgesamt zwei Wochen bei ihm verbracht – und da war ich zehn gewesen. Ich konnte mich nicht mehr besonders gut an diesen Besuch erinnern, wusste allerdings noch genau, dass ich ihm den ganzen

Teppich voll gekotzt hatte, nachdem ich in Little Italy ein paar Calamares zu viel gegessen hatte.

Ich schaute mich in Carmis Küche um. Ich spähte in den winzigen Kühlschrank, betrachtete das koscher eingelegte Gemüse, die sechs Sorten Senf, die Sardinen in Öl und das braune Apotheker-Glas mit Aloe. Dann wühlte ich in den Küchenschränken. Sie waren voll gestopft mit Dosenbohnen und Tütensuppen. Ich schloss die Schränke wieder. Ich hatte nicht die Absicht, Carmis Vorräte zu plündern. Er kam mir inzwischen vor wie ein für den Weltuntergang hortender Mormone. Neben dem Kühlschrank entdeckte ich ein paar Farbmuster in verschiedenen Weißtönen, die an die Wand gepinnt waren. Wollte Carmi sich neu einrichten? Er schien mir nicht der Typ dafür.

Ich brach direkt eins von Carmis Gesetzen, indem ich mich auf den Weg zu dem Korea-Markt an der Ecke machte. Carmi hatte Recht gehabt: Er war teuer. Aber auch schön nah. Ich lief zurück zu seinem Haus, während der Wind mein Gesicht wie ein raues Handtuch malträtierte. Vielleicht lag es an der neuen Umgebung oder daran, dass Carmis Paranoia auf mich abgefärbt hatte, aber ich hatte das dumpfe Gefühl, verfolgt zu werden. Ich nahm meine Einkaufstüten in die eine Hand und stieß die schwere Tür mit der anderen auf. Louis war nirgendwo zu sehen. Ich machte mir – quasi im Auftrag Carmis – im Geiste eine Notiz, den Hausverwalter anzurufen, und vergaß es umgehend wieder. Im Foyer war es glühend heiß. Ich durchquerte die dunkle Halle bis zu den Fahrstühlen und stellte meine Einkaufstüten auf dem Boden ab.

Als ich meine Jacke aufmachte, hörte ich eine Stimme hinter mir.

## 2

»Brauchst du Hilfe?«

Ich drehte mich um. »Bitte?«

»Ich sah dich hereinkommen.« Er deutete mit einem Stapel Briefe auf die Eingangstür. »Ich bin Christian«, sagte er und streckte eine kleine, weiße Hand aus. Er war ungefähr eins fünfundsiebzig groß, blond, gut genährt und garantiert kein Amerikaner.

Der Aufzug öffnete sich. Er nahm meine Tüten und wir betraten den Fahrstuhl. »Du wohnst auf meiner Etage.« Es war eine Feststellung, keine Frage. »Ich hörte dich heute Morgen. Ziemlich früh.« Er lächelte. Ich nickte – dafür sah er gut genug aus. Allerdings behagte mir der Gedanke gar nicht, dass mich jemand belauschte. Plötzlich ging mir ein Licht auf: Das war Carmis Ausländer.

»Wohnst du bei Mr. Carmi?«, fragte er.

»Er ist mein Onkel«, sagte ich. »Ich bleib hier, solange er weg ist.«

»Ah, ja«, meinte er. »Puerto Rico.«

Woher er das wusste, war mir ein Rätsel. Carmi schien mir nicht der Typ, der seine Pläne an die große Glocke hängte. Wir fuhren schweigend aufwärts; der Fahrstuhl kroch nach oben. Ich versuchte, Christians Akzent einzuordnen.

»Warst du schon mal dort?«, fragte er.

»Wie bitte?«

»Puerto Rico?«

»Nein«, antwortete ich. Worauf wollte er hinaus? »Du?«

»Neiiin«, quiekte er. »Puerto Rico ist ziemlich weit weg von Schweden.«

Sein hohes Kichern klang seltsam mädchenhaft. »Ja«, sagte ich. »Das stimmt.«

»Du siehst auch nicht aus wie eine Puertoricanerin«, sagte er.

Ich lachte. Es war die erste von vielen idiotischen Bemerkungen, die ich von Christian hören sollte. »Und wie sieht eine Puertoricanerin aus?«

»Keine Ahnung«, antwortete er ernsthaft. Er musterte mich nachdenklich. »Nicht wie du jedenfalls. Du siehst aus wie eine Griechin oder auch wie eine Ägypterin.«

»Sehr einfallsreich«, bemerkte ich. Ich bin schon jeder olivfarbenen Rasse auf diesem Planeten zugeordnet worden. Aber das sagte ich ihm nicht.

»Bist du jüdischen Glaubens?«, fragte er, während er sein Gewicht von einem schicken Halbschuh auf den anderen verlagerte.

Ich lachte wieder. »Nein«, sagte ich. »Ich fürchte nicht.« Das erinnerte mich an eine Episode in London. Meine Kusine und ich hatten darauf gewartet, in eine überfüllte Bar eingelassen zu werden. Drei Typen in einem gelben Porsche hielten vor der Tür und packten uns schweigend am Arm. Bevor wir protestieren konnten, zerrten sie uns zu einem Tisch, gaben uns etwas zu trinken und bombardierten uns mit hebräischen Wörtern. Als wir den Mund aufmachten und sie unsere donnernden amerikanischen Stimmen zu hören bekamen, waren sie schockiert, wenn auch nicht besonders enttäuscht, glaube ich. Erstaunlich, für wie viel Verwirrung ein getönter Teint sorgen kann.

Die Fahrstuhltüren öffneten sich. Christian nahm meine Tüten und folgte mir zu Carmis Tür. Ich drehte den Schlüssel um und stieß die Tür mit meiner Schuhspitze auf. »Ich komm jetzt allein klar«, drehte ich mich zu ihm um. »Danke.«

»Ich bin ein Freund deines Onkels«, sagte er und grinste.

Von einer Freundschaft hatte Carmi nichts erzählt. Alles, was ich wusste, war, dass Christian laut Carmi ziemlich schnell zur Sache kam, und das schien mir glaubhaft. Nun sah ich mir diesen Christian zum ersten Mal genauer an. Er war jung und echt ganz hübsch. Seine Nase war leicht stupsig, seine Wangen glatt und rund wie zwei Kugeln Vanilleeis und er hatte einen blonden Wuschelkopf. »Ich werd ihn von dir grüßen«, log ich. Am liebsten hätte ich ihn Tadzio genannt.

»Willkommen in diesem Haus«, sagte er.

»Danke.«

Ich wollte gerade die Tür schließen, als ich bemerkte, dass Christian zum Sprechen ansetzte. Ich zögerte. Er ergriff die Gelegenheit und sagte schnell: »Hättest du vielleicht Lust, mit mir etwas zu trinken?« Er trat ein paar Schritte zurück. »Nicht heute, natürlich?«

»Vielleicht«, antwortete ich. Das war meine übliche nichts sagende Antwort für solche Angebote. Ich wusste, dass es wohl besser gewesen wäre, Nein zu sagen, aber das brachte ich nicht übers Herz. Im Übrigen war er schon irgendwie süß. Christians Gesicht erhellte sich, als sei in seinem Kopf eine Lampe angeknipst worden. Ich lächelte, ohne die Zähne zu zeigen. »Na, dann, tschüss«, sagte ich, während ich die Tür mit Nachdruck schloss. Als ich meine Einkäufe auspackte, fragte ich mich, wann er wohl wieder auf der Matte stehen würde.

Gegen elf erschreckte mich das Telefon. Zuerst wartete ich darauf, dass der Anrufbeantworter anspringen würde, entschied mich dann aber doch anders. Immerhin konnte es Carmi sein – vielleicht wollte er sich erkundigen, wie es mir ging, um sich ganz nebenbei zu vergewissern, dass ich nicht doch zum Korea-Markt gegangen war. In dem Augenblick, in dem ich Kyles Stimme hörte, wusste ich sofort, dass mein Leben jetzt erst mal kompliziert werden würde.

»Hey«, sagte er. Es war seine Standardbegrüßung.

»Selber hey.« Ich hätte gerne gewusst, woher er diese Telefonnummer hatte, aber ich machte mir nicht die Mühe, danach zu fragen. Er würde mir irgendeine verrückte Story auftischen.

»Komm rüber zur Twelfth und B.«

»Wo ist das denn?«

»East Village.«

»Oh.«

Wenn ich dahin gehen würde, hieße das, eine weitere von Carmis Regeln zu brechen. Er wäre enttäuscht.

»Komm rüber zur Twelfth und B.«

»Warum?«

»Dann kannst du sie kennen lernen.« Er ließ den Hörer fallen.

»Wen?« Ich wartete, während es in der Leitung knisterte. Ich hörte jemanden Spanisch sprechen. »*Wen*?«

»Was?«

»Ich kann dich kaum hören«, sagte ich verärgert.

»Wieso nicht?«

»Keine Ahnung.«

»Kommst du jetzt rüber?«

»Nein.«

Er schwieg – dann: »Bis später.« Und knallte den Hörer in mein Ohr.

»Arschloch«, sagte ich in die tote Leitung. Auch ich knallte den Hörer auf den Apparat, aber es brachte mir wenig Befriedigung.

Ich kannte Kyle Hangerman seit elf Jahren. Wir waren zusammen in Sacramento auf der Highschool gewesen. Damals war er schlaksig, sommersprossig und pickelig gewesen und hatte widerspenstige rotbraune Haare gehabt, die von seinem Quadratschädel abstanden wie die Stacheln von einem Stachelschwein. Mit sechzehn las er alles und interessierte sich für nichts. Er war clever, aber völlig daneben. Als wir uns kennen lernten, schnüffelte er schon Klebstoff – vorzugsweise auf der Weide hinter seinem Haus. Damals gefiel es mir, dass er anders war. Wenn ich heute darüber nachdenke, war meine Faszination für ihn wohl gleichzusetzen mit dem Interesse, das man einem exotischen Tier entgegenbringt, auf das man im Regenwald stößt.

Was Kyle an mir fand, war mir nicht ganz klar. Ich war eine Einzelgängerin. Und genau wie er war ich damals nicht sehr beliebt. Kyle war das vollkommen egal. Also fanden wir zueinander, wie zwei Außenseiter das manchmal tun, um all die zu verachten, die uns verachteten. Wir schliefen nie miteinander, küssten uns nicht einmal. Er traute sich nicht und ich konnte es mir nicht vorstellen. Es wäre gewesen, als ob man mit seinem Bruder ins Bett geht.

Als ich dann aufs College ging, fing Kyle an, durchs Land zu ziehen. Er wurde zu einem echten Vagabunden – immer unglücklich, immer auf der Suche nach dem einschneidenden Erlebnis, nach etwas oder jemandem, der ihm den Weg zeigte. Meistens rief er mich – R-Gespräch – mitten in der Nacht aus irgendeiner Gegend an, in der ich nie gewesen war: Baton Rouge, Detroit, Buffalo. Manchmal eine Woche lang jede Nacht, manchmal einmal im Monat. Er hatte immer etwas zu erzählen: Er war Schlangenbeschwörer, Schwertschlucker-Lehrling, Gigolo, Jahrmarktaushilfe, Zoowärter, Dope-Verticker sowie -Süchtiger und so weiter. Im Laufe der Jahre sah ich ihn immer seltener. Und wenn es geschah, waren wir beide immer vollkommen überrascht von der Tatsache, dass er ein Mann und ich eine Frau geworden waren. Aber es war eigentlich unwichtig. Manchmal dachte ich, dass er der einzige Mensch auf der Welt war, der mich wirklich kannte.

## 3

Am nächsten Morgen klingelte es gegen zehn an der Tür. Wer konnte schon so früh etwas von mir wollen? Blöd wie ich war, öffnete ich die Tür, ohne die Kette vorzulegen. Christian stellte sich mir vor, als hätten wir uns noch nie getroffen, und schlenderte in meinen Flur, als ob er sich hier bestens auskennen würde. Ich ließ ihn gewähren, wenn auch nur aus Neugier.

Christian sah aus, als wäre er die ganze Nacht auf den Beinen gewesen. Er trug einen zerknitterten Anzug, sein Bart war rau und stoppelig. Trotzdem war er immer noch irgendwie sexy – er hatte diese jungenhafte Sorglosigkeit, als ob ihm noch nie einer gesagt hätte, er solle mal das Geschirr spülen. So streckte er also seine Beine in Carmis Küche von sich, während ich darauf wartete, dass der Kaffee durchlief.

»Und New York gefällt dir?«, fragte er.

»So weit«, antwortete ich. »Ich bin gerade erst angekommen.« Ich hatte eigentlich noch nichts von New York gesehen. Aber das würde ich ihm nicht sagen.

»Ja«, sagte er. »Ich mag New York. Die Atmosphäre.«

Ich schenkte uns Kaffee ein; er war pechschwarz.

»Wo kommst du her?«, fragte er.

»Kalifornien«, antwortete ich. »Und du?«

»Sagte ich dir schon. Schweden.«

»Hatte ich vergessen«, sagte ich und setzte mich. Ich hatte gewusst, dass er Skandinavier war, aber Carmi hatte ihn als Norweger bezeichnet.

»Bist du zusammen?«, fragte er. Er sah mir einen Moment lang in die Augen, während sein milchweißer Teint rot wie eine Tomate wurde.

Ich brauchte eine Minute, um zu begreifen. »Du meinst mit jemandem?«

Er nickte. Carmi hatte Recht – er kam wirklich schnell zur Sache.

»Ich frage mich nur«, stotterte er.

»Ich mich auch.«

»Aber nur du kannst es wissen«, erwiderte er aufgeregt.

»Du hast Recht«, sagte ich. »Nur ich kann das wissen.«

Eine ganze Weile schwieg er. Augenscheinlich versuchte er zu begreifen, was ich ihm sagen wollte. »Du sollst mich nicht falsch verstehen«, brachte er schließlich mühsam hervor. »Ich wollte nicht … Du brauchst nicht zu sagen … Ich mache nur Konversation. Mein Englisch ist manchmal …« Er räusperte sich. »Ist nicht so gut.« Er lächelte mich an und betrachtete mich mit den hellsten braunen Augen, die ich je gesehen hatte – Augen, die einem überhaupt nichts verrieten, nicht einen Hauch von Gefühl zeigten. »Verzeih mir«, sagte er. »Ich entschuldige mich.«

Er übertrieb es, aber mir gefiel, dass er sich entschuldigen konnte – eine angenehme Eigenschaft. »Schon gut«, lenkte ich ein. Beleidigt fühlte ich mich bestimmt nicht.

»Aber«, sagte er. Es gab immer ein Aber. »Ich finde nur, dass du nervös wirkst. Ich beobachte dich und du wackelst mit dem Bein.«

Ich hielt inne. Beinahe fühlte ich mich ertappt. »Ich bin nicht nervös«, sagte ich, obwohl mir nicht aufgefallen war, dass ich das Bein bewegt hatte. »Ich hab bloß viel … Energie!«

»Energie«, wiederholte er flüsternd, als ob er nicht wusste, was das bedeuten sollte. Vielleicht gab es für das Wort keine Übersetzung im Schwedischen. Christian lehnte sich in seinem Stuhl zurück und legte einen Arm auf das Fensterbrett; er tat, als würde er irgendwas unten auf der Straße beobachten. Ich sah auf die Uhr. Dachte an Carmi. Was hatte er mit diesem skandinavischen Dandy zu tun?

»Wie gut kennst du meinen Onkel eigentlich?«

»Ich kenne ihn nur ein bisschen«, sagte er, ohne den Blick vom Fenster abzuwenden.

»Aber du kennst ihn.«

Er lächelte mich an. »Ich erklär's dir ein anderes Mal.«

Was gab es da groß zu erklären? »Na los.«

Er trank seinen Kaffee in einem Zug aus. »Ach, es ist eigentlich gar nichts. Wir haben ein paar Gläser zusammen getrunken. Das war alles.«

Ich konnte mir nicht so recht vorstellen, wie die beiden einträchtig Martinis wegkippten, aber es gab Seltsameres. Christian ging durch die winzige Küche zum Spülbecken und füllte seine Tasse mit Leitungswasser. Er hatte einen kleinen, runden Mund und eine schöne, schimmernde Haut – einen Teint, für den Frauen gewöhnlich Komplimente von Männern bekamen. Er steckte seine Hände in die Hosentaschen.

»Ich glaub, ich gehe mal.«

»Okay«, sagte ich. Er war erst seit zwanzig Minuten da.

»Ich muss einen Kunden besuchen.«

»Was machst du überhaupt?«

»Ich bin Innenarchitekt. Ich habe auf der Columbia studiert.« Er zeigte auf das Fenster, als ob die Columbia auf der anderen Straßenseite wäre. »Ich designe Sachen für ganz viele Leute in New York.«

»Und deswegen bist du hergekommen?«

Er nickte, wobei ihm ein paar Locken in die Stirn fielen.

Im Hinausgehen ging er dicht an mir vorbei und berührte mit seiner Hand leicht meinen Oberschenkel. Die Berührung war so dezent gewesen, dass ich schon glaubte, sie mir eingebildet zu haben.

## 4

Ich bekam einen Job bei Barneys. Es war gleich der erste, auf den ich mich beworben hatte. Man war entzückt, als ich erzählte, dass ich bei Neiman Marcus angelernt worden war, und stellte mich auf der Stelle ein. Am nächsten Morgen fand ich mich in eine Abteilung mit dem Namen CO/OP verbannt wieder, eine rechteckige, etwas abgesenkte Verkaufsfläche, die allgemein als umsatzschwächster Bereich im ganzen Laden galt. Hier waren die Preise vergleichsweise niedrig; man musste schon eine ganze Wagenladung verkaufen, um eine anständige Provision zu machen. Meine neue Chefin, Olga, arbeitete schon seit acht Jahren bei Barneys, wie sie mir ohne einen Hauch von Bedauern verriet.

»Du kannst diese Ständer da in Ordnung bringen«, sagte Olga, die ihren stämmigen Körper in ein knallenges Gummiteil gequetscht hatte. Ihr orangefarbenes Haar war struppig wie ein Besen. Ich fand meine neue Aufgabe nicht besonders prickelnd, hielt es aber für günstiger, mir Olga nicht gleich zum Feind zu machen. Also brachte ich in Ordnung. Olga sah mir zu, um sich zu vergewissern, dass ich auch den Dreh raushatte.

Nachdem etwa eine Stunde vergangen war, rollten die ersten Kunden an. Olga stieß ein Schnauben aus und ihre gewaltigen Nüstern blähten sich. Dann begann sie zu verkaufen – alles und jedes. Das hätte mir eigentlich kaum egaler sein können, wenn ich nicht, um mein Geld zu verdienen, dasselbe hätte tun müssen. Ohne Provision war mein Lohn ziemlich lau. Also stürzte ich mich auf jeden Pilger, der sich mit staunenden Augen in unser Eckchen verirrt hatte, und versuchte abzuschätzen, wer sein Geld loswerden und wer sich nur umsehen wollte. Bis zur Mittagspause war Olga mir nur dreihundert Dollar voraus.

»Du hast so was schon mal gemacht«, sagte sie, während sie einen Stapel Quittungen durchging.

»Ja«, gab ich zurück. »In einem anderen Leben.«

Sie nahm einen Kassenzettel und wedelte damit vor meiner Nase herum. »Und jetzt will ich dir mal was sagen.« Ihre boshaften schwarzen Augen starrten mich abschätzend an. »Du hast an *meine* Kundin verkauft!«

»Was?«

»Du hast Helene Finckle etwas verkauft.« Sie hielt mir anklagend die Quittung hin, als ob ich mich dadurch besser erinnern könnte.

»Tut mir Leid.« Das Leben ist hart.

»Sie ist *meine* Kundin.« Olga wurde lauter. »Fürs nächste Mal!«

»Das wusste ich nicht«, sagte ich. »Was soll ich denn deiner Meinung nach tun?«

»Sie lässt sich gerne von mir bedienen!«

»Sie hat aber nicht nach dir gefragt!«

»Das ist egal.«

Damit hatte Olga Recht. Es war egal. Alles, was diesen Laden anging, war egal. Als ich den Job angenommen hatte, war ich der Meinung gewesen, dass niemand mit auch nur einem Fitzelchen gesundem Menschenverstand eine Lebensaufgabe in dieser Arbeit sehen würde – ganz im Gegenteil zu der Agentur, in der ich gearbeitet hatte, wo ein zündender Spruch eine Sache auf Leben und Tod war. Aber Olga bewies mir das Gegenteil.

»Sie ist *meine* Kundin.« Olga deutete mit einem langen, orangefarbenen Fingernagel auf ihre Brust. »Kapiert?«

»Ich versuche, es mir zu merken.«

»Gut«, war sie zufrieden. »Vielleicht solltest du dir besser eine Liste machen.«

»Oh«, sagte ich. Ich gab mir Mühe, ihrer verqueren Logik zu folgen. »Quasi zum Nachschlagen?«

Ihr Gesicht erhellte sich. »Ja, genau ... damit du nichts durcheinander bringst.«

»Okay«, sagte ich und nahm einen Notizzettel aus einer Schublade. Oben schrieb ich in großen Buchstaben OLGAS KUNDEN. Dann: Nr. 1 HELENE FINCKLE. Ich faltete den Zettel zusammen, steckte ihn in meine Hosentasche und lächelte. Dann schickte sie mich die Treppe hinunter – Strumpf-und-Hut-Dienst. Ich war froh, dass ich ihr entfliehen konnte, fragte mich aber gleichzeitig, was noch alles auf mich zukommen würde. Ich brauchte nicht lange, um das herauszufinden.

Als ich gerade die zweite Kasse öffnete (laut Olga war das für die Nachmittagsschicht notwendig), stolzierte ein kleiner, dicklicher Typ in grünbraun kariertem Anzug und dunkelblauer Fliege in die Abteilung. Er musterte mich flüchtig.

»Malcolm Foxman«, sagte er. »Willkommen unter Tage.«

»Danke«, antwortete ich. »Alex Orlando.«

»Oh«, bemerkte er. »Italienerin.« Seine Augen versteckten sich hinter einer riesigen Brille mit Schildpatt-Rahmen. »Ich hätte auf was Exotischeres getippt. Perserin vielleicht.«

»Tut mir Leid, dass ich Sie enttäuschen muss«, erwiderte ich im gleichen scharfen Ton.

»Sie können nichts dafür. Es ist doch sowieso alles so banal.«

Was würde ich mit ihm noch zu lachen haben!

»Was machen Sie da?«, fragte er, während er über die Ränder seiner albernen Brille linste.

»Die Kasse auf.«

»Aber Sie machen das nicht richtig.«

»Wer sagt das?« Ich konnte ja wohl noch eine Gebrauchsanweisung lesen.

»Sie machen es auf die umständliche Art«, erklärte er, während er sich neben mich schob.

»Bitteschön.« Ich hatte nicht gewusst, dass es eine einfachere Art gab.

Malcolm betrachtete den Streifen von der Quittungsrolle, der sich oben aus der Kasse schlängelte. Er schüttelte den Kopf, tippte mit seinem dicken Zeigefinger auf ein paar Tasten und klatschte das Geld in den Kasten. Ich rückte von ihm ab; seine Klamotten stanken nach Zigaretten. Innerhalb von zwei Minuten war er fertig und schob die Schublade zu. »So«, sagte er.

»Danke für die Lehrstunde.«

Ein kurzes Lächeln erschien auf seinem Gesicht und erhellte seine mürrische Miene. Dann wieselte er zu den Strumpf- und Strumpfhosen-Tischen hinüber. Ich bemerkte, dass er leicht hinkte; seine glänzend schwarzen Stiefel – vielleicht orthopädische – hatten dicke Absätze. Er blieb vor einem Ständer mit Kniestrümpfen stehen, riss ein paar heraus und ordnete sie wütend wieder ein. Ich konnte nur hoffen, dass Malcolm witziger war als Olga. Aber wahrscheinlich durfte man unter den gegebenen Umständen nicht viel verlangen.

»Wollen Sie den ganzen Tag da stehen bleiben oder was?«

Ich nahm die Kreditkarten-Belege, schichtete sie zu einem Stapel und warf ein paar Kugelschreiber in die Schublade. »Ich räume auf«, sagte ich.

Wieder ein Lächeln, eigentlich eher ein Stirnrunzeln. »Sie könnten ins Lager gehen und zehn Packungen hiervon holen.« Er warf mir eine schwarze Wollstrumpfhose zu. »Wir haben keine großen Größen mehr. Und glauben Sie mir – wenn die Tiere von Long Island hier einfallen, werden wir jede Menge brauchen.« Er zog die Nase kraus, als würde es schon nach den Tieren stinken, und näherte sich den Schmuckkästen. »Und trödeln Sie nicht«, fuhr er fort, wobei er mir mit dem Finger drohte. »Es ist fast schon Zeit für meinen Nachmittagsspaziergang.« Er holte ein Päckchen Pall Mall aus seiner Tasche.

Ich nahm die Strumpfhose und stapfte zum Lagerraum. Langsam kam ich zu dem Schluss, dass ich mir besser bei Macy's einen Job gesucht hätte. Dabei wollte ich nur ein paar Dollar ansparen, damit ich nicht völlig blank nach Kalifornien zurückgehen und mich wieder dem Grauen meines Kinderzimmers mit der geblümten Tapete stellen musste. Ich hoffte inständig, dass ich durchhalten würde – aber zwei Monate waren eine lange Zeit.

»Ich sagte, Sie sollen sich *beeilen.*« Malcolms schrille Stimme piekte wie Nadeln in meine Ohren, als ich zurückkam. »Ich werde gleich hysterisch!« Sein Gesicht verzog sich zu einer ganzen Reihe von Grimassen, als ob er an ganz übler Verstopfung litt. Vielleicht war er ja ursprünglich Schauspieler; sein dramatisches Talent war ziemlich überzeugend.

»Beruhigen Sie sich«, sagte ich. »Ich konnte die Dinger nicht finden.«

Bevor ich noch etwas sagen konnte, schlurfte Malcolm mit seinen schweren Stiefeln bereits hinaus. Ich sah ihn draußen vor dem Fenster hin- und herlaufen, wobei seine schwarzen Locken auf- und niederhüpften und Rauchschwaden um seinen Kopf waberten.

Schon bald musste ich herausfinden, dass Malcolm Foxman tatsächlich ein Bühnenautor von einiger Bekanntheit war; eine Zeitungskritik von einem seiner Stücke war über die Kasse getackert worden. Auf dem Foto trug Malcolm einen Anzug, der eher nach katholischer Schuluniform aussah. Sein Mund bildete eine dünne gerade Linie, seine Hände lagen in seinem Schoß. Er wirkte, als ob er gerade im Begriff war, die Beichte abzulegen. In der Kritik war zu lesen, dass Malcolm einen bissigen Humor hatte; das wiederkehrende Thema in seinem absurden Stück war eine kastrierfreudige Mutterfigur. Ich erfuhr außerdem, dass Malcom einen scharfen, äußerst beweglichen Geist hatte. Das überraschte mich nicht; die wenigen Minuten, die wir zusammen gearbeitet hatten, hatten zu dieser Erkenntnis ausgereicht.

Den Rest des Tages verbrachten wir damit, wertlose Dinge zu verkaufen: Hüte, die an windigen Tagen wegflogen, Badeklamotten im Weltraum-Look, überteuerten Modeschmuck, Placebo-Gesichtscrèmes, die versprachen, die Zeit zurückzudrehen. Malcolm beobachtete jede meiner Bewegungen. Ungefähr um halb sieben war der Laden wieder leer. Malcolm machte sich wieder an seine zwanghaften Aufräum- und Faltaktionen. Um ihn nicht allein zu lassen, schloss ich mich ihm an.

»Ich hasse es, wenn jemand mehr verkauft als ich«, begann er.

»Machen Sie sich mal keine Sorgen«, sagte ich. »Das passiert nicht.«

»Das sagen sie alle am Anfang.«

»Ich sage es und ich meine es.«

»Na, prima«, sagte er und ging hinüber zur Handtaschen-Piazza. Ich sah zu, wie er die gesamte Verkaufsfläche durcheinander brachte. Vielleicht würde er ein bisschen auftauen, wenn er feststellte, dass ich ihm weder seine Kunden noch seine Einzeiler klauen wollte – dann könnten wir zumindest höflich miteinander umgehen. Olga kam vorbei, um unsere Umsätze zu kontrollieren. Malcolm hatte viertausend geschafft, ich um die drei. Zufrieden mit sich, schenkte er mir das dritte Lächeln an diesem Tag. Ob ich wohl beide Kassen machen könnte. Er käme sonst zu spät zu einem Termin mit seinem Produzenten.

## 5

Als ich von der Arbeit nach Hause kam, sah ich Christian in der Lobby leise mit einer Frau sprechen, die milchkaffeebraune Haut und glänzend schwarze Haare hatte. Als sie Christian anlächelte, wurde eine Reihe strahlend weißer Zähne sichtbar. Sie stand ganz dicht bei ihm – so dicht, dass sie vermutlich mehr als nur Freunde waren. Ich tat, als würde ich die beiden nicht bemerken, und ging zu Carmis Briefkasten. Es war nicht viel für ihn drin – nur ein paar Kreditkartenangebote. Und … ein Brief von Jan an mich! Als ich seine Schrift sah, spürte ich ein nervöses Flattern im Bauch. Ich hatte schon einige Zeit nichts mehr von ihm gehört und mich gefragt, ob er unsere kleine Geschichte wohl schon vergessen hatte. Ich hatte ihm meine New Yorker Adresse geschickt, einfach um durch Post eventueller Einsamkeit entgegenzuwirken. Meine Mutter wollte mir einmal die Woche schreiben. Ich bekam gerne Briefe. Es hatte etwas Beruhigendes, den eigenen Namen auf einem Umschlag zu lesen.

Als ich den Fahrstuhl erreichte, wartete Christian bereits in der Kabine, sein Finger klebte geradezu auf dem Knopf, um die Tür geöffnet zu halten. Er war allein. Ich konnte praktisch die Rädchen in seinem hübschen Köpfchen rattern hören; er überlegte, ob er mir nun von der Frau erzählen musste oder nicht. Weitere dreißig Sekunden verstrichen.

»Noch mal danke für den Kaffee«, begann er.

»Schon gut.«

Er zögerte und warf mir einen flüchtigen Blick zu.

»Dein Finger müsste langsam müde werden«, sagte ich.

Christian ließ den Knopf los. »Ja«, lachte er. »Ich scheine vergessen zu haben, wo ich eigentlich hinwollte.«

Wir sahen zu, wie die Zahlen über unseren Köpfen aufleuchteten: 2, 3, 4, 5, 6.

»Gehst du morgen mit mir zum Essen?«, fragte er, wobei seine Stimme bei jedem Wort anstieg.

»Geht nicht«, antwortete ich. »Ich hab zu tun.« Ich wollte nicht, dass er glaubte, ich hätte nichts vor, auch wenn es so war.

»Natürlich geht es«, erwiderte er, als ob schon alles klar wäre. »Ich werde dich gegen halb neun abholen, okay?«

»Ich kann nicht«, wiederholte ich.

Er runzelte die Stirn. Offenbar wollte er sich nicht abweisen lassen. »Doch, du kannst.«

Rückblickend wäre das meine Chance gewesen, Christian einen Korb zu geben – ihn rechtzeitig aus meinem Leben auszusperren. Das Problem war nur, dass ich ihn irgendwie mochte. Ich wollte es zwar nicht zugeben, aber er hatte etwas Faszinierendes an sich. Zumal ich auch nicht gerade unzählige andere Angebote hatte. Grund genug, nachzugeben. Ich sagte also, dass ich darüber nachdenken würde. Wie vorauszusehen, deutete er das als Zusage.

»Dann ist ja alles geregelt«, triumphierte Christian, als die Fahrstuhltüren sich öffneten. Er drehte sich um und ging auf seine Wohnung zu. »Bis morgen«, sagte er. Dann schloss er die Tür und war weg.

Ich fischte Jans Brief aus meiner Jacke und riss ihn auf. Er war kurz, nur ein paar Sätze auf dünnes Luftpost-Papier gekritzelt. Jan schrieb, dass er in zehn Tagen nach New York kommen würde; er hätte hier zu tun und wollte mich wieder sehen. Wenn ich keine Lust dazu hätte, würde er es verstehen. Er hatte mir das Datum und eine Flugnummer aufgeschrieben; ich könnte ihn am Flughafen abholen, wenn ich wollte. Er würde in einem Hotel wohnen. Das war alles, was in dem Brief stand. Seine Zurückhaltung kam meinem Faible für das neunzehnte Jahrhundert entgegen – ich durfte mir den Rest ausmalen. Ich versuchte, zwischen den Zeilen zu lesen, aber da war nichts. Jan strömte nicht gerade über vor Emotionen. Und das war es, was mir am besten an ihm gefiel.

Ich duschte und betrachtete mich dann in dem beschlagenen Spiegel, um herauszufinden, ob ich mich verändert hatte. Es war über ein halbes

Jahr her, dass ich Jan das letzte Mal gesehen hatte. Meine Haare waren länger, ich war nicht mehr so braun. Wenn ich saß, konnte man meinen, ich wäre groß. War ich aber nicht. Ich hatte einen zarten Knochenbau und einen Schwanenhals. Ich war ziemlich mager und je nach Blickwinkel konnte ich als Ballerina oder als zarter Knabe durchgehen. Ich hatte dunkle Augen, ausgeprägte Wangenknochen und große Zähne. Nichts davon war für sich genommen bemerkenswert. Noch nie hatte mir jemand gesagt, ich hätte schöne Augen, tolles Haar oder traumhafte Haut. Alle Einzelheiten fügten sich einfach ordentlich zu einem Ganzen.

Bei Neiman Marcus hatte mich eine Kollegin einmal gefragt: »Wie ist es denn, wenn man schön ist?« Wenn die Leute einen für schön halten, bemüht man sich vor allem, nett zu sein. Man wird ständig als Konkurrenz betrachtet – als die Frau mit dem spannenderen Leben –, und alles nur, weil sich die einzelnen Gesichtszüge auf angenehme Art ergänzen. Die Frau, die mir damals die Frage gestellt hatte, war selbst hübsch; ihr Gesicht sah dem eines Botticelli-Engels nicht unähnlich. Ich winkte lachend ab. Ich sähe nun wirklich nicht außergewöhnlich aus, meinte ich. Ich finde, dass die Sache mit der Schönheit meistens überschätzt wird.

Ich holte zwei Fotos von Jan hervor. Auf dem einen, das ich vor der Basilika vom Heiligen Blut gemacht hatte, war er im Profil zu sehen; das andere, in einer Kneipe in Gent geschossen, zeigte zwei Drittel seines Gesichts. Es erinnerte mich wieder an seine besondere Anziehungskraft. Sein Äußeres war faszinierend, weil es so speziell war. Allein deswegen wollte ich ihn wieder sehen.

Ich sah ihn jetzt vor mir. Ich sah mich selbst vor mir. Wir waren beide am Bahnhof Zoo in Berlin. Letztes Jahr im Spätsommer. Wir lernten uns kennen, weil ich kein Deutsch konnte. Er sah, wie ich mich mit dem Bahnbeamten abmühte. Ich sagte immer nur wieder: *Ich spreche kein Deutsch.* Jan griff ein und half mir, meine Fahrkarte zu bekommen. Er war weniger attraktiv als beeindruckend; er hatte ein Gesicht, dessen Kanten in ein kubistisches Gemälde gepasst hätten. Es waren seine Augen – blassblau, beinahe farblos –, die mich sofort für ihn einnahmen. Ich war planlos genug, um den Rest des Tages mit ihm in irgendeinem Café am Kurfürstendamm zu verquatschen und zu vertrinken, während unsere Knie sich unter dem Tisch immer wieder berührten. Ich fand heraus, dass er ein Edelsteinhändler war, dessen Job ihn überall hinführte; er war in Gegenden gewesen, die ich unbedingt sehen wollte, aber vielleicht niemals sehen würde – Goa, Johannesburg und so weiter. Gegen Abend hatte ich das Gefühl, dass ich ihn schon ewig kennen würde. Draußen vor dem Café gab er mir seine Visitenkarte. Wenn ich nach Belgien käme, sollte ich ihn anrufen. Als er zum Abschied meinen Arm berührte, schien seine Hand zu brennen.

Wir verbrachten vier Tage in Brügge in einem Hotel mit blauen Fensterläden und einem Fahrradparkplatz vor dem Haus. Wir tranken viel und schlenderten um den Marktplatz herum. Und wir schliefen miteinander. Der Sex mit Jan war irgendwie anders: langsam und methodisch, nicht unbedingt leidenschaftslos, aber von einer gewissen Trägheit wie das Land selbst. Und er war außerdem klösterlich still – etwas, das ich bis dahin noch nie und seitdem nie mehr erlebt hatte. Der Abschied war schwerer, als ich es mir vorgestellt hatte. Damals dachte ich, dass ich mich in ihn hätte verlieben können. Aber das war lange her.

Bevor ich mich aufs Ohr legte, nahm ich mir einen Bogen Briefpapier und kritzelte eine ganze Seite voll mit liebeskrankem Bläh an Jan. Ich zerriss den Brief wieder und begann von vorn. Ich brauchte drei Versuche, bis ich etwas zu Papier brachte, das nicht lächerlich klang. Ich sagte nicht mehr, als er auch getan hatte – dass ich ihn wieder sehen wollte. Ich klebte den Umschlag zu, pappte Briefmarken darauf und brachte ihn zum Briefkasten. Ich war mir nicht sicher, ob Jan ihn noch rechtzeitig bekommen würde. Sobald die Klappe über den Briefschlitz fiel, wurde mir flau im Bauch. Vielleicht hatte ich vorschnell reagiert.

Als ich wieder oben ankam, hatte ich eine Nachricht von Carmi auf dem Anrufbeantworter. Er sei gut angekommen. Das Rauschen und Knistern im Hintergrund war so laut, dass ich ihn kaum hören konnte. Er sagte noch etwas von einem Paket, das ich annehmen sollte – so klang es jedenfalls, aber die Wörter kamen so verzerrt an, dass ich nicht richtig verstand, was er von mir wollte. Dann brach seine Nachricht einfach ab. Ich löschte sie kurzerhand; sicher würde Carmi bald wieder anrufen. Dann konnte er mir alles sagen.

## 6

Am nächsten Abend saßen Christian und ich in einem überfüllten französischen Café, in dem es nach gebratenem Fleisch, schalem Zigarettenrauch und vergossenem Wein roch. Wir hatten uns an einen Ecktisch gequetscht. Christian saß in einem schlecht gebügelten schwarzen Anzug auf seiner Bank und suchte mit den Augen den Raum ab, als würde er jemanden erwarten. Ich konnte ihn wegen der Geräuschkulisse aus Besteckgeklapper und beschwipstem Lachen kaum hören. Ich wollte ihm schon vorschlagen, sich die Unterhaltung ganz zu sparen.

»Weißt du«, begann er, wobei er sich aufgeregt über den Tisch beugte. »Ich sah hier viele Models und Filmstars.«

»Ah ja?«, fragte ich. Das interessierte mich überhaupt nicht, aber ich wollte ihn nicht kränken.

»Ja«, erklärte er. »Der Laden ist ziemlich in.«

Ich verdrehte mir den Hals, um mich umzusehen. »Ich sehe keine Berühmtheit.«

»Heute Abend nicht«, sagte er. »Aber ich finde es cool, wenn ich sonst amerikanische Stars und Models hier sehe.« Er trank einen Schluck Wasser. »Meine Freunde in Schweden sind immer beeindruckt.«

»Na ja«, brummte ich, während ich die Karte aufschlug. »Vermutlich trifft man in Stockholm kaum Stars.«

»Nein«, sagte er. »Höchstens ABBA.«

Endlich fand ein Kellner den Weg zu unserem Tisch. Christian wollte wissen, ob er für uns beide bestellen könnte. Ich antwortete, dass es mir recht sei. Also gab er mit seinem Französisch an. Meine Französischkenntnisse waren so marginal, dass ich nicht hätte sagen können, ob er Fehler machte oder nicht. Der Kellner jedenfalls wirkte entnervt; er beugte sich vor und fragte immer wieder: »*Was?*«

Als der Mann weg war, fragte Christian: »Und dir gefällt das Leben in New York?«

Da er offenbar vergessen hatte, dass er mir dieselbe Frage schon einmal gestellt hatte, gab ich meine Standardantwort: »So weit ja.« Ich erzählte ihm nicht, dass ich bisher noch nicht viel anderes gemacht hatte, als mir einen Job zu suchen, meinen Kopf in ein paar Galerien zu stecken und ein paar Lebensmittel einzukaufen. »Gefällt es *dir* denn?«, fragte ich.

»Mir gefällt es sehr«, antwortete er. »Ich gehe in Clubs, Restaurants, Theater, weißt du. Das ist alles sehr schön …« Christian trank einen Schluck Wein. Sein Gesicht war erhitzt, als wäre er gerade zehn Meilen gerannt. »Du denkst?«

»Ich denke immer«, sagte ich. Jan ging mir durch den Kopf. Er würde bald hier sein.

»Woran?«

»An alles mögliche.«

»Was zum Beispiel?«

»Ich habe heute etwas erfahren.«

Christian wirkte plötzlich alarmiert. »Von Mr. Carmi?«

Ich schüttelte den Kopf. Ich stellte mir Jan vor, wie er meinen Brief las, während ich mit einem Fremden flirtete. »Nein«, erwiderte ich. »Nicht von Carmi.«

Ein Kellner stellte einen Teller mit Foie Gras auf unserem Tisch ab. Christian stürzte sich darauf und schnalzte mit den fettigen Lippen. Ich nahm einen Happen; er schmolz wie Karamell auf meiner Zunge.

»Was hast du dann erfahren?«, bohrte Christian und tupfte sich die Stirn mit einem Taschentuch ab.

Ich gab ihm ein paar knappe Einzelheiten über Jan. Christian wirkte erleichtert. »Das ist okay. Ich habe auch Besuch von *einer* Freundin.«

»Die Frau in der Lobby?«, fragte ich, während ich mir ihr hübsches Gesicht in Erinnerung rief.

Christian schenkte sich Wein nach. Ausnahmsweise funkelten seine Augen. »Von welcher Frau sprichst du?« Er grinste. Es gefiel ihm, dass ich ihn mit ihr gesehen hatte.

»Ach, komm schon«, spielte ich mit. »Die, die ich gesehen habe.«

Der Kellner lud einen neuen Gang bei uns ab. Christian machte sich mit Appetit über sein Faux Filet her. »Sie war mal meine Freundin«, sagte er zwischen zwei Bissen.

Ich verstand. Das erklärte das Gezänk letztens.

»Aber das spielt keine Rolle«, fuhr er fort. Seine Lippen glänzten wie gelackt.

»Und wieso nicht?«

»Ich liebe sie nicht«, seufzte er und lehnte sich zurück; Messer und Gabel zeigten senkrecht gen Zimmerdecke. »Sie wollte heiraten. Aber ihre Eltern sind streng. Sie kommt aus Algerien. Sie suchten ihr schon einen Mann aus.«

»Eine arrangierte Ehe«, bemerkte ich staunend.

Er nickte. »Ist schon okay«, erwiderte er und tätschelte meine Hand. »Sie ist zu einfach für mich. Sie will es immer recht machen.« Er kicherte. »Ich kann ein ganz schönes Arschloch sein, weißt du.« Er attackierte sein Filet, als ob er gerade den Befehl dazu erhalten hätte. Ich versuchte, mein Steak zu essen, aber es war zäh wie Leder. Ich dachte über die Frau und ihre arrangierte Ehe nach. Das klang für mich stark nach Mittelalter.

»Wann geht sie nach Algerien zurück?«, fragte ich.

»Wer?«

»Deine Ex-Freundin. Oder kennst du noch andere Algerierinnen?«

Christian zerrte an seiner Krawatte und knöpfte den Kragen auf. »Du stellst eine Menge Fragen«, sagte er. »Iss dein Essen.«

»Ich bin satt«, konterte ich und schob meinen Teller weg. Abwartend sah ich ihn an.

»Ich weiß es nicht«, sagte er. »Wann immer sie will.« Er schüttelte den Kopf. »Amerikaner«, fuhr er fort. »Immer wollen sie Antworten.«

Ich wollte einfach nur Konversation machen. »Dann stell du doch die Fragen.«

Sein Gesicht erhellte sich. »Wann kommt Mr. Carmi von Puerto Rico zurück?«

»Frühestens in zwei Monaten«, sagte ich. Warum war er so an Carmi interessiert? »Er mag die Kälte nicht.«

»Ja«, grinste er. »Ich weiß.«

»Und woher?«

»Jetzt stellst du schon wieder die Fragen«, maulte er und schob seinen leeren Teller von sich.

»Tut mir Leid.«

»Wie ich schon sagte«, fuhr er fort. »Ich kenne Mr. Carmi nur ein bisschen.«

Der Dessert-Wagen rollte heran. Ich bestellte mir eine Mousse au Chocolat.

Wir stürzten uns darauf und unsere Löffel stießen klirrend zusammen. Christian fing an, über seinen Job zu reden. Etwas an der Art, wie er seine Projekte beschrieb, ließ in mir Zweifel aufkommen, dass er die Wahrheit sagte. Aber was genau es war, konnte ich nicht festmachen.

Als wir zur Wohnung zurückkamen, wollte Christian mit zu mir hinein. Das überraschte mich nicht – wahrscheinlich fand er, dass ich mich mit einem Kuss fürs Essen revanchieren könnte. Ich machte ihm klar, dass ich mich nicht besonders gut fühlte, was sogar stimmte: Der Wein war mir zu Kopf gestiegen. Christian quengelte nicht. Er benahm sich im Gegenteil wie ein perfekter kleiner Gentleman. Nur seine leuchtenden Augen und seine gerötete Haut verrieten ihn. Er lächelte, dankte mir für den Abend und küsste mich auf beide Wangen. Bevor ich noch etwas sagen konnte, war er schon weg.

## 7

Ich tauschte gerade meine Arbeitsklamotten gegen Jeans und T-Shirt, als es klingelte. Durch den Spion sah ich Kyle, ein Knie lässig angewinkelt, an der Wand lehnen – ganz der mutierte James Dean. Ich hatte gewusst, dass es nur eine Frage der Zeit sein würde, bis er unangemeldet hier auftauchte. Typisch Kyle. Trotzdem tat es gut, ein vertrautes Gesicht zu sehen. Oder fast vertraut. Sein Leben in Extremen fing langsam an, sich bemerkbar zu machen. Erste Falten zeigten sich um seine braunen Augen; sein rotbraunes Haar war zu dicken, schulterlangen Strängen verfilzt. Seine abgetragenen Klamotten hingen lose an seinen schlaksigen einsachtzig Körperlänge. Er wirkte größer als sonst, aber vielleicht nur, weil er dünn war wie noch nie. Ich gab mir Mühe, nicht entsetzt auszusehen, aber er musste etwas bemerkt haben.

»Was glotzt du so?«, fragte er.

»Ich glaube, ich habe dich seit einem Jahr nicht mehr gesehen«, sagte ich. »Du hast dich verändert.«

»Ich werde immer hässlicher«, stellte er fest. Er drückte mich an sich, als ob ich sonst verschwinden würde. Er roch nach Seife und Tabak – wie er es immer tat.

»Und was guckst *du* so?«, fragte ich.

»Ich guck dich an.«

»Und was siehst du?«

»Du bist immer noch hübsch.«

»Hast du erwartet, dass ich hässlich geworden bin?«

»Nein«, gab er zurück und lachte auf. »Aber ich wünschte manchmal, du wärst es.«

»Tut mir Leid.« In unserem Versuch, uns wieder aneinander zu gewöhnen, standen wir immer noch im Flur.

»Dann würden wir nämlich einfach heiraten.«

Ich stöhnte. »Niemals.«

»Warum denn nicht?«

»Könnte ich nicht.«

»Wir würden ein cleveres Kind kriegen.«

»Vielleicht«, sagte ich und stellte mir vor, wie ich schweißbedeckt auf einer Bahre lag und Kyles Kind schreiend und um sich tretend darum kämpfte, in mir drin bleiben zu können. Als Kyle auf die Welt gekommen war, hatte er mehr als sechs Kilo gewogen und seine Mutter beinahe umgebracht. Eine Tatsache, auf die er stolz war.

»Ist das die Hütte deines Onkels?«, fragte er und ging durch ins Wohnzimmer.

»Ja.«

»Du solltest mal sehen, wo ich wohne.« Er lachte laut und heiser.

»Ich kann's mir vorstellen.«

»Nein, kannst du nicht«, sagte er und verdrehte die Augen, als hätte ich etwas Blödes gesagt. Er spazierte herum und sah sich die Küche an. »Yassis Wohnung ist ein Müllhaufen.«

Kyle hatte mich ziemlich regelmäßig angerufen, bevor ich nach New York gekommen war, daher wusste ich auch von Yassi: Sie war die bisher Letzte in der Reihe von Freaks, die Kyle sich üblicherweise an Land zog. Er erzählte mir immer von seinen seltsamen Freundinnen, ob ich es hören wollte oder nicht. Als ich aus Europa zurückgekehrt war, hatte ich

Kyle von Jan erzählt, aber ich bezweifelte, dass er es noch wusste. Kyle war immer eifersüchtig auf meine amourösen Zwischenspiele. Für ihn war die Suche nach dem Glück ein Wettkampf mit mir, den er unbedingt gewinnen wollte. Der Gedanke daran, dass ich – aus welchem Grund auch immer – glücklicher sein könnte als er, machte ihn rasend vor Neid.

»Wie geht's Yassi?«, fragte ich.

»Die Zicke«, murmelte er. »Ich bring sie um.«

Kyle hatte mir erzählt, dass sie zurück nach Frankreich gehen wollte. »Ich dachte, sie wäre schon wieder weg.«

»Die verlässt mich nie«, schüttelte er den Kopf. »Ich lass sie nicht.«

Sie tat mir beinahe Leid. An Kyle gefesselt.

»Und was ist mit dir?«, fragte er. »Schon jemanden kennen gelernt?«

Ich würde Kyle bestimmt nichts von Jans Brief erzählen. »Nur meinen Nachbarn«, sagte ich. »Christian.«

»Was ist denn das für einer?«

»Noch ein Euro«, antwortete ich. »Du kennst mich ja.«

Kyle nickte. »Wenn er anfängt, dich zu nerven«, bot er an, »tret ich ihm in den Arsch.«

Typische Kyle-Aktion. »Lass mal«, beruhigte ich ihn, »du wegen mir im Gefängnis, das fehlt mir gerade noch.«

Schließlich waren wir in Carmis Schlafzimmer. Kyle ließ sich aufs Bett fallen, lag breitbeinig da und starrte an die Decke. »Komm zu mir«, sagte er und tätschelte eine winzige Stelle neben sich. Wie gewöhnlich wollte Kyle mich dicht bei sich haben, vielleicht, um sich zu vergewissern, dass ich wirklich lebendig war. Ich verstand diesen Drang. Es war verwirrend, etwas, das zu einer Erinnerung geworden war, wieder mit einem warmen Körper in Verbindung zu bringen. Ich setzte mich aufs Bett. Seine langen Finger glitten unter mein Haar und strichen über den Flaum in meinem Nacken. »Du bist so dünn«, sagte er und drückte leicht zu. »Das hatte ich ganz vergessen.« Er drückte fester zu. Ich stellte mir vor, wie meine Haut unter seinen Fingern weiß wurde.

»Hey.« Ich schlug seine Hand weg.

»Ich könnte dir mühelos das Genick brechen.«

»Wie tröstlich.«

Er versetzte mir spielerisch einen Stoß. »Sei nicht so ernst.« Mit Kyle war es immer, als ob man sich mit seinem kleinen Bruder kabbelte.

Kyle wollte in den Gold Room gehen, wo Yassi vermutlich hinter der Bar stehen würde, was natürlich vor allem freie Drinks bedeutete. Er bettelte und quengelte, bis ich um der guten alten Zeiten willen zustimmte.

Wir waren im Gold Room angekommen, doch Yassi war nirgendwo zu sehen. Kyle gab dazu keine Erklärung ab und ich fragte nicht. Wir drängten uns bis an die ramponierte Bar und bestellten Bier. Iggy Pop dröhnte in mein Ohr: *Now I wanna be your dog*. Der Laden war brechend voll. Couchen standen an den Wänden, von denen der Putz abblätterte. Das Licht war schummrig; dichte Qualmwolken hingen unter der Decke. Kyle zündete sich eine Zigarette an und blickte sich um – er suchte Yassi, nahm ich an, obwohl er nichts sagte. Immer wieder streckte er den Arm aus und drückte mich an sich. Ich fühlte mich plötzlich wieder wie der Teenie von damals, und das brachte mich ein bisschen aus dem Gleichgewicht. Ich schien in kürzester Zeit in verschiedenste Phasen meines Lebens zurückversetzt zu werden – der Job bei Barneys, Kyle, dann auch noch Jan. Ich versuchte, nicht darüber nachzudenken.

»Ich dachte, Yassi würde hier sein.«

»Was?«

»Ich sagte, ich dachte, Yassi würde hier sein.«

Er zuckte die Achseln. »Vielleicht hat sie gekündigt.«

Kyle bestellte einen Kurzen und zwei weitere Bier. Er hatte sich überhaupt nicht verändert. Es hätte deprimierend sein können, wenn es nicht auch so tröstlich gewesen wäre. Kyle drehte sich um, um sich an einen dürren, irgendwie schmuddelig wirkenden Typen zu wenden. Ich konnte nicht hören, über was sie sprachen – die Ramones waren zu laut. Dann rutschte Kyle von seinem Hocker und streckte mit einem Glitzern in den Augen die Arme über den Kopf.

»Das ist Rob«, sagte er und patschte dem rotgesichtigen Typen auf den Bauch.

Rob grinste und zeigte seine gelben Zähne. »Was geht ab?«, fragte er.

Ich schenkte ihm ein kleines Lächeln.

»Er hat ’n bisschen Stoff«, sagte Kyle. »Kommst du mit?«

Ich brauchte nicht zu fragen, um was für einen Stoff es sich handelte. »Nein«, antwortete ich. »Geh ruhig.«

Er zögerte einen Moment, während sich in seinem Kopf eine Entscheidungsschlacht abspielte: Ich oder der Kick. Aber Kyle fiel die Wahl nicht schwer. »Ich ruf dich an.«

»Bis dann«, erwiderte ich. Maiszahn nickte in meine Richtung. Ich tat, als bemerkte ich nichts. Ich konnte nicht noch mehr Freunde gebrauchen. Die beiden drängten sich schließlich durch die Menge. In der Absicht, das Bier auszutrinken, das ich eigentlich gar nicht hatte haben wollen, drehte ich mich wieder zur Bar um. Ich nahm noch zwei Schlucke, dann ging ich.

Die Straße war wie ausgestorben. In meinen Ohren klingelte es. Es war halb zwei durch. Wie war es denn plötzlich so spät geworden? Ich war irgendwo im East Village. Carmi würde enttäuscht sein, wenn man meine Leiche hier finden würde. Ich hätte genauso gut in Beirut sein können – selbst der Müll auf der Straße sah fremd aus. Ich hatte nicht genug Geld für ein Taxi. Kyle, der Idiot, hatte alles versoffen. Aber es war sowieso kein Taxi in Sicht. Ziellos lief ich bis zum Ende eines Blocks, während ich mich innerlich selbst dafür trat, dass ich auf dem Hinweg nicht auf die Straßen geachtet hatte. Fluchend stampfte ich mit den Füßen auf, um meine Zehen am Einfrieren zu hindern. Wieder blickte ich mich um und kam zu dem Schluss, dass ich mich bewegen musste. Wie ein Idiot hier rumzustehen, brachte mich nicht weiter.

Weit schwungvoller als üblich, schoss ich um eine Ecke. Zwei Typen lungerten auf einem Graffiti-bedeckten Treppenabsatz rum. Ihre Gesichter konnte ich nicht sehen. Einer sagte etwas, und ich hätte schwören können, dass ich meinen Namen hörte, aber das hakte ich sofort unter Halluzination oder Verfolgungswahn ab. Inzwischen rannte ich fast, während die Stimme hinter mir an meinen Fersen klebte. Dann spürte ich eine Hand auf meiner Schulter. Ich wirbelte schwer atmend wie ein Sprinter herum, darauf gefasst, ausgeraubt, vergewaltigt oder umgebracht zu werden. Kyles vom Wind gerötetes Gesicht ragte über mir auf.

»Wo zum Teufel willst du hin?«, fragte er.

»Nach Hause.« Ich wischte mir erleichtert die Stirn ab.

»Warum gehst du dann hier lang?«

»Ich fand den Weg so malerisch!«

Er musste lachen. Das Arsch, das er war.

»Ich bringe dich gleich nach Hause«, behauptete er und blickte die Straße entlang. »Ich warte nur noch auf Rob!«

Das Bier war zu viel gewesen. Mir war kalt. Ich wollte nur noch zurück zu Carmis Wohnung. Wieder wandte ich mich um. Kyle packte meinen Arm.

»Du gehst in die falsche Richtung.« Ein Grinsen breitete sich über sein mit Sommersprossen übersätes Gesicht aus. »Warte 'ne Sekunde. Ich bin direkt wieder da.« Er rannte, die Hände in den Taschen, zur Ecke. Ich stand auf einem fleckigen Stück Gehweg vor einer heruntergekommenen Bodega und konnte mich nicht bewegen, selbst wenn ich gewollt hätte. Ich verwandelte mich in Stein und spürte meine steifen Finger kaum noch in meinen Handschuhen. Endlich kam Kyle zurück. Er nestelte an dem Reißverschluss seiner Jacke.

»Lass uns hier verschwinden«, befahl er und blickte sich um, als erwartete er, jeden Moment überfallen zu werden. Dann rannte er praktisch die Straße hinunter. Diesmal passte ich auf. Und ich brauchte nicht lange, bis ich begriff, dass wir keinesfalls auf dem Weg zu Carmis Wohnung waren. Als Nächstes fand ich mich auf den Stufen einer bröckligen Treppe wieder.

»Hier sind wir«, sagte Kyle. »Danke, dass du mich nach Hause gebracht hast.« Er stieß ein meckerndes Lachen aus.

Ich war zu angepisst, um mir eine passende Erwiderung auszudenken. Und ich war zu müde, um noch weiter herumzulaufen. Ich nannte ihn Arschloch, was ihn nur noch mehr zum Lachen brachte, und ging hinein. Wir stiegen fünf Stockwerke hinauf, Kyle, mit seinen langen dünnen Beinen, nahm immer zwei Stufen auf einmal. Der grau gekachelte Boden unter meinen Stiefeln war dreckig, das baufällige Geländer schmierig. An einigen Türen klebte verblasste Weihnachtsdeko: eine Papiergirlande, ein Weihnachtsmann, ein Rentier. Kyle wartete vor der offenen Wohnungstür. »Beeil dich«, drängelte er. Ich ging noch langsamer. »Fick dich doch«, gab ich zurück.

Die Wohnung stank. »Hier riecht es, als ob jemand gestorben ist«, bemerkte ich. »Mach doch mal ein Fenster auf.«

Wir standen in einer schummrig beleuchteten Küche; das Tropfen des leckenden Wasserhahns hallte in dem winzigen Raum wider. Zu meiner Rechten befanden sich ein Bücherstapel, eine Lampe ohne Schirm und zwei unbezogene Kissen auf dem Boden. »Hier lang«, sagte Kyle und zog mich in ein anderes Zimmer, in dem ein ungemachtes Bett, ein Sessel mit lilafarbenem Samtbezug und eine Lampe mit einem pinkfarbenen Fransenschirm standen. Kyle hatte Recht; die Wohnung war ein Loch.

Kyle hockte sich auf die Matratze und zog ein braunes Päckchen aus der Tasche. Seine knochigen Finger nestelten fieberhaft daran herum.

Kurz hörte er auf, um mich anzusehen. »Setz dich.«

»Ich will nach Hause.« Ich hatte meinen Mantel immer noch an.

»Warte«, sagte er. Er streute sich eine Testportion auf den Handrücken, sog sie durch die Nase ein und warf den Kopf zurück. Ich ließ mich auf den Sessel fallen und machte den Mantel auf. Jetzt würden wir nirgendwo mehr hingehen. Ich sah zu, wie Kyle das ganze Pulver einsaugte. Ich hatte es schon vor langer Zeit aufgegeben, ihn zu belehren. Es hatte keinen Sinn. Er würde mich nur auslachen und mir sagen, dass ich cool bleiben solle.

»Ziemlich lahmes Zeug«, stellte er fest, während er sich Rotz von der Nase wischte.

»Das ist mir eigentlich extrem egal.«

»Das beste Zeug kriegt man uptown.«

»Ich werd's mir merken«, sagte ich.

Kyle streckte sich auf dem Bett aus. Kurz darauf atmete er wie ein Säugling, seine Wangen waren gerötet. Er war in sich selbst versunken, beinahe komatös. Ich konnte noch immer nicht fassen, dass der bescheuerte Verlauf des Abends mich letztendlich hierher geführt hatte. Ich stellte mir vor, wie Yassi nach Hause kam und mich auf ihrem grottenhässlichen Sessel geparkt vorfand. Ich hatte überhaupt keine Lust, mit einem zugedröhnten Kyle auf dem Bett von irgendjemandem ertappt zu werden. Aber ich war ziemlich sicher, dass ich allein nicht nach Hause finden würde.

Ich versuchte, es mir bequem zu machen, aber eine Sprungfeder drückte sich mir in den Hintern. Kyles Rache. Ich zog meine Füße unter meinen Körper. Die Stiefel wollte ich gar nicht erst ausziehen. Dann nahm ich mir ein zerfleddertes Buch von Conrad und blätterte es durch. Kyle hatte etwas unterstrichen:

*Jede Wahrheit findet ihre wirkliche und unleugbare Existenz ausschließlich in der Fantasie des Menschen. Die Fantasie, nicht die Erfindung, ist der Meister der Kunst wie des Lebens.*

Wahrheit oder nicht, für mich war es eine unleugbare Tatsache, dass das Schicksal nicht wirklich auf meiner Seite stand. Warum sonst saß ich hier in Kyles Schlafzimmer fest? Kyle hatte noch mehr Randbemerkungen ins Buch gekritzelt, aber seine Schrift war unlesbar. Ich kämpfte darum, meine Augen offen zu halten, aber das Bier rauschte mit der Wirkung eines Schlafmittels durch meine Adern. Schließlich döste ich mit dem Geräusch von Kyles schwerem Atem in meinen Ohren ein.

## 8

Malcolm war noch nicht da. Seit etwa drei Stunden rief er immer wieder an, um mir zu sagen, dass er auf dem Weg sei. Ich versicherte ihm, dass er sich keine Sorgen zu machen brauchte – ich würde die Stellung schon halten. Das Geschäft ging sowieso zäh; wir hätten uns nur um die Peanuts gezankt. Aber Malcolm war wohl körperlich unfähig, sich nicht zu sorgen.

Endlich kam er in zerknittertem Anzug mit windschiefer gelber Fliege an. Sein bleiches Gesicht war übersät mit drahtigen schwarzen Stoppeln. »Ich war die ganze Nacht auf«, sagte er, während er seine Spock'schen Ohren aufstellte. »Ich bin wie besessen vom Schreiben.« Er sah aus, als ob er mehr als eine Nacht nicht geschlafen hätte: seine Haare waren zerzaust, seine Augen blutunterlaufen. Er öffnete seine Aktentasche. »Hier«, sagte er und drückte mir ein Manuskript in die Hand.

»Lesevergnügen. Damit Sie wenigstens wissen, mit wem Sie hier zusammen Hüftgürtel verscherbeln.

Seine Professionalität war erstaunlich: Das Stück war mit einfachem Zeilenabstand und in winziger Punktgröße geschrieben. Er hatte offenbar einiges mitzuteilen, und das sagte ich ihm auch. Er antwortete, dass ich auch Stoff für Jahrzehnte haben würde, wenn meine Kindheit so grausig wie seine gewesen wäre. Ich hatte übrigens auch schon mal versucht zu schreiben. Meistens fing ich irgendwas an und ließ es dann in einer Schublade vor sich hingammeln. Vor ein paar Jahren wurde eine Kurzgeschichte von mir mit dem Titel »Der große weiße Affe« – sie war an Kyles Person angelehnt – in einem Literaturmagazin veröffentlicht; es war der bisherige Höhepunkt meiner schriftstellerischen Karriere gewesen. »Ich bin beeindruckt«, sagte ich. Wie üblich bekam er es in den falschen Hals. »Ich bin Bühnenautor«, fauchte er. »Was denken Sie, was das ist?« Wütend faltete er ein Kleidungsstück zusammen. Es fiel mir schwer, mir Ibsen bei so einer Arbeit vorzustellen.

»Es könnte interessant sein, Ihre Meinung zu hören«, beschwichtigte er mich. »Ich kenne nicht viele Leute, die überhaupt lesen können.«

Für alles gab es einen Grund. »Ich fühle mich geehrt.«

Malcolm hielt inne und verzog sein Gesicht. »Reden Sie nicht so einen Blödsinn.« Er zerriss die Sockenreklame. »Und wenn Sie das Stück loben, dann vergessen Sie ja nicht, mein Aussehen zu erwähnen. Nicht jeder kann brillant *und* schön sein.«

»Nein, tut mir Leid«, verneinte ich. »Ich bin total textfixiert!«

»Sie können es mit nach Hause nehmen und als Gute-Nacht-Geschichte lesen.«

»So lange kann ich nicht warten.« Ich überflog die Titelseite: *Kitty Kats und Kleptomanen*, von Malcolm R. Foxman. Vielleicht verkaufte ich ja mit einem Genie Socken. In hundert Jahren würde er als der Wäsche-Shaw gelten.

»Es ist brillant – wenn ich das selbst so sagen darf.«

Es geht doch nichts über Bescheidenheit. Trotzdem schmeichelte mir, dass ich es lesen sollte. Er schien doch mehr von mir zu halten, als er bisher hatte durchblicken lassen. Malcolm war nicht gerade groß darin, auch nur ansatzweise echte Gefühle zu zeigen. Das war ihm wohl zu gefährlich.

»Sie haben zwei Tage Zeit.«

»Wozu?«

»Na, um es zu lesen.«

Ich hatte nicht gewusst, dass Manuskripte Verfallsdaten hatten. »Ich werde mich sofort an die Arbeit machen.«

Während der Mittagspause erfuhr ich, dass die Charaktere Namen wie Star Spangled, Tofu Jackson und Peter Piper hatten. Der erste Akt trug die Überschrift: »Variationen zum Thema vergessen, wer du bist, und wie du wurdest, was du vergessen hast.« Das Stück basierte offensichtlich auf seinem Leben. Malcolm gab seinen Eltern die Schuld an allem: vom schlechten Geschmack seiner Mutter bis hin zu dem zittrigen Beschneider, den sein Vater engagiert hatte, »... um mich abzuschlachten«, hatte alles seine Auswirkung auf den heranwachsenden Malcolm gehabt. Später erzählte er mir, dass ein Theater-Lehrer von der High School ihn gerettet hatte. Das Theater wurde sein Gott. Alles andere war Müll.

Ich zählte gerade die Tageseinnahmen, um sie anschließend in zwei schäbige Plastiktüten zu stopfen, als ich Christian oben durch den Verkaufsraum schlendern sah. Er hatte sich mit einem grauen Flanell-Anzug getarnt; ein schwarzer Regenmantel hing über seinem Arm, der Gürtel schleifte hinter ihm über den Boden. Stylish schlampig auf diese typisch europäische Art. Ich betete, dass er weggehen und mir die Peinlichkeit ersparen würde, mich hier aufzuspüren, aber es sollte nicht sein.

»Ich suchte bei den Designern nach dir«, sagte er gut gelaunt.

Ich lächelte tapfer. »Du hast mich ja trotzdem gefunden.«

»Ich bin gründlich«, erklärte er mir. »Außerdem suchte ich auch ein paar Sachen.«

»Ich sehe aber keine Sachen.«

Christian schüttelte den Kopf. »Mir ist heute nicht nach Einkaufen.« Er blickte auf seine Uhr. »Wann hast du Schluss?«

»Ich wollte gerade gehen.«

»Ich habe ein gutes Timing.«

Ich nickte. Vielleicht würde er mich zum Essen einladen. Mir wäre es recht. Ich hatte Rühreier langsam satt. Bevor ich den Vorschlag machen konnte, stürzte sich Malcolm wie ein Geier auf uns. »Hallo«, sagte er mit dröhnender Stimme und streckte Christian seine haarige Tatze entgegen. »Ich bin Malcolm R. Foxman, *der Bühnenautor.*«

»Christian Olsen«, antwortete Christian, während Malcolm seinen Arm auf und ab hebelte. »Ich bin Designer und Architekt.«

»Christian ist mein Nachbar«, erklärte ich.

»Wie günstig«, sagte Malcolm. »Und wahrscheinlich stammen Sie aus irgendeinem kleinen sozialistischen Land, wo alle Menschen blond und blauäugig und fit wie ein Turnschuh sind.« Er schob seine dicke Brille den Nasenrücken hinauf und musterte Christian kritisch. »Designen Sie Windmühlen?«

Christian schüttelte den Kopf. »Ich komme aus Schweden. Sie denken an Holland.«

»Ah, Geographie«, sagte Malcolm. »Kennen Sie meine Werke?«

Malcolm wollte Christian offenbar unbedingt vorführen. Ich versuchte, ihn zu bremsen. »Das kann er wohl kaum, Malcolm.«

»Stimmt wohl«, schniefte er. »Nun ja, und was ist mit *Miss Julie*?«

Christians Augen weiteten sich. »Ich kenne Strindberg sehr gut«, sagte er nickend. »Er ist in meinem Land sehr berühmt.«

»Aha«, sagte Malcolm gleichgültig. »Interessieren Sie sich für die Judenverfolgung?«

Christian lächelte. »Ich interessiere mich für alles.«

»Auch für Simon Wiesenthal?«, fragte Malcolm.

»Was meinen Sie?«, fragte Christian zurück.

»Schon gut«, kürzte Malcolm ab. »War nett, Sie kennen gelernt zu haben. Wirklich. Und jetzt verschwindet, ihr beiden. Geht mir aus den Augen.«

Christian holte seine Zigaretten heraus. »Ich gehe raus«, sagte er und zeigte auf den Ausgang. »Ich warte auf dich.«

»Ich bin in zwei Minuten fertig.«

Malcolm, der über einem Tisch mit Socken gebeugt stand, ging seinem Ordnungsfimmel nach.

»Ich hab die Kasse schon zugemacht«, rief ich ihm zu.

Aber Malcolm hörte nicht. »Malcolm?«

»Ich hoffe, Sie tun das Richtige.«

Als ob es ihn kümmern würde.

»Was gucken Sie so?«, fragte er und schaute von einem Stapel rosafarbener Wollstrumpfhosen auf.

»Nur so.«

»Gehen Sie doch zu Ihrem Nazi.«

»Sieg heil, Führer.«

Er lachte nicht. »Sie sind nicht gern mit mir zusammen. Ich bin trostlos, bodenlos, ein Trauerkloß.«

»Es tut mir Leid.« Ich wusste eigentlich nicht, wofür ich mich entschuldigte.

»Blödsinn.«

Ich versetzte ihm einen leichten Klaps auf den Rücken und er fuhr zusammen, als hätte ich ihn mit einem heißen Bügeleisen verbrannt. »Oh Gott.«

»Schon gut«, erklärte er. »Ich werde einfach nicht gerne angefasst.«

»Sie lesen zu viel Beckett.«

Er warf mir ein knappes Lächeln zu. »Vielleicht sollte ich's mal mit Kitsch-Romanen versuchen.«

»Das könnte was helfen.«

»Machen Sie sich mal keine Sorgen um mich.«

»Keine Angst, Malcolm«, gab ich zurück. »Das tu ich schon nicht.«

Christian und ich liefen zu unserem Haus zurück. Ein heftiger Wind blies uns ins Gesicht. Er redete die ganze Zeit über einen Freund, der gerade nach Pakistan gegangen war, um da eine »Import-Export«-Firma aufzuziehen. Er äußerte sich nur vage zu den Einzelheiten und ich versuchte mir auszumalen, was für Dinge – Schüsseln, Bomben, Saris, was auch immer – sein Freund ins Land bringen wollte und was davon wohl für einen Innenarchitekten interessant sein könnte. Aber ich behielt meine Gedanken für mich. Das Ganze klang ein bisschen halbseiden und ich hatte auch jetzt wieder das Gefühl, dass Christian nicht ganz aufrichtig zu mir war. Außerdem war mir – schon wieder! – so, als ob wir verfolgt würden. Ich warf unauffällig einen Blick über die Schulter, aber es war niemand zu sehen. Carmi wäre entzückt gewesen. In nur einer Woche hatte ich mich in eine paranoide New Yorkerin verwandelt.

Es überraschte mich, dass Christian mich nicht zum Essen einlud. Er wollte nicht mal hereinkommen. Ich war beinahe gekränkt. Er entschuldigte sich vielmals, aber er sei in Eile – er habe etwas Geschäftliches zu erledigen. Er würde es wieder gutmachen, versprach er. Ich fragte ihn, was denn so dringend wäre. Er erklärte mir, dass er einen Anruf von seinem Freund – dem in Pakistan – erwartete, wobei es um Steinfliesen ging, die er für die Küche einer Wohnung auf der Upper East Side verwenden wollte. Sein Kunde würde auf »Ethnisches« stehen. Ich wünschte ihm Glück und verabschiedete mich.

Ich machte mir ein Schinkensandwich und las die Times. Anschließend fügte ich meiner To-Do-Liste noch ein paar Punkte hinzu. Dann rief ich meine Mutter an und redete eine volle Stunde mit ihr. Sie wollte wissen, ob ich schon was von Carmi gehört und einen vernünftigen Job gefunden hätte. Ich erzählte ihr, dass ich bei Barneys arbeitete – in der Marketing-Abteilung. Ich wollte nicht verraten, dass ich mal wieder Klamotten faltete. Sie berichtete mir den neuesten Familientratsch, aber es war nichts besonders Skandalträchtiges dabei. Wir sind eine ziemlich brave Sippschaft.

## 9

Als ich von meinem Spaziergang um den Block zurückkehrte, hatte ich zwei Anrufe von Kyle auf dem AB – kindische Entschuldigungen dafür, dass er mich in seiner Absteige hatte hängen lassen. Ich löschte seine kratzige Stimme. Er konnte mich mal am Arsch lecken. Als das Telefon klingelte, nahm ich an, es wäre Christian, der es sich wegen heute Abend doch anders überlegt hatte. Aber es war wieder Kyle. Das ohrenbetäubende Stimmengewirr im Hintergrund war so laut, dass ich ihn kaum verstehen konnte.

»Ich bin in dem Laden an der Ecke«, brüllte er.

»Aha?«

»Komm schon, Alex, nicht auf die Tour«, sagte er, als wäre ich diejenige, die Probleme machte. »Ich hab doch gesagt, dass es mir Leid tut.«

»Ich bin gerade erst nach Hause gekommen.«

»Komm runter.«

»Nein«, erwiderte ich. »Ich hab keine Lust.«

»Ich geb dir ein Bier aus«, versuchte er es. »Um das mit gestern Abend wieder gutzumachen.«

»Oh, toll, danke sehr!« Er tat ja beinahe so, als wollte er mir einen Diamanten schenken.

»Komm doch – sei nicht kindisch«, quengelte er. »Mir tut es wirklich Leid.«

Ich schwieg.

»Diesmal wirst du bestimmt nach Hause finden.« Er lachte.

»Darum geht es nicht«, sagte ich. »Ich bin müde.«

»Schlafen kannst du, wenn du tot bist!«

Damit hatte er Recht. Ich lauschte auf den Lärm im Hintergrund.

»Und?«

»Vielleicht.« Ich wusste nicht, was schlimmer war – mit Kyle abzuhängen oder allein in Carmis Wohnung herumzusitzen.

»Cool«, freute er sich. »Ich bin in der Irish Bar an der Nineteenth ...«

»Ich kenn sie.«

»Bis gleich«, hörte ich noch. Die Leitung war tot. Ich hielt den Hörer noch einen Moment in der Hand, während ich versuchte, mich zu entscheiden. Ich hatte die dumpfe Ahnung, dass diesmal die immer abwesende Yassi da sein würde. Ich war neugierig, wenn auch nur, weil Kyle mir schon so viele wilde Storys über sie erzählt hatte. Natürlich wusste ich, dass ich mich ködern ließ; ich ließ mich wieder mal zum Mitspieler bei Kyles Lieblingsmasche machen. Die bestand darin, mich irgendwo hinzuschleppen, wo er eine Frau treffen wollte, die es zu beeindrucken galt. Meine Anwesenheit sollte seinen Coolness-Quotienten um etwa fünfzig Prozent steigern. Kyle folgerte so: Wenn ich schon eine Frau dabei habe, dann muss doch etwas an mir dran sein, oder? Es war ein erprobter Plan, der ihm nahezu immer eine heiße Nacht bescherte. Ich hatte allerdings so gut wie nie etwas davon.

Kyle stand wie ein Wächter am Eingang. Sobald er mich sah, fiel er über mich her und drückte mein Gesicht gegen seinen Brustkorb. Mich störten seine etwas groben Zuneigungsbekundungen nicht; man gewöhnt sich nach einer Weile daran. Er packte mein Handgelenk und führte mich an der übervollen Theke vorbei zu einer Nische in der Ecke, wo eine Frau saß, bei der es sich nur um Yassi handeln konnte. Sie hatte ihre langen Beine in den Gang gestreckt und ihre Arme um den rasierten Kopf geschlungen wie eine exotische, versoffene Shiva. Ihre Augen waren glasig, ihre Nase spitz und winzig wie die einer Barbie. Ich hatte das Gefühl, sie schon einmal gesehen zu haben, konnte mich aber nicht erinnern, wo. Kyle rutschte durch und setzte sich neben sie. Yassi war nicht überrascht, mich zu sehen. Ihr Mund blieb schnurgerade wie ein Lineal, eine Zigarette steckte zwischen ihren spröden Lippen. Sie war ganz und gar Kyles Typ – schlaksig, geschmeidig und ein abgewetzter Look, als ob man sie zu oft gewaschen hätte.

»Das ist die berühmte Alex«, verkündete Kyle.

Yassi nickte kühl. »Er redet dauernd von dir.«

Ich begrüßte sie so freundlich, wie ich es fertig brachte. Kyle ließ uns allein, um an die Bar zu gehen. Eine Minute lang sagten wir gar nichts. Meine grauen Zellen suchten fieberhaft nach einem Thema. Aber sie kam mir zuvor.

»Kyle hat mir nie gesagt, dass du so gut aussiehst.« Yassi verengte die Augen. »Fickt ihr miteinander?«

»Nein.«

»Er sagt, dass ihr es getan hättet.«

»Er lügt oft.«

»Er ist ein Wichser.«

»Ja.« Normalerweise nannten sie ihn Arschloch.

»Und wieso bist du mit ihm befreundet?«

»Ich weiß nicht«, gab ich zu.

»Er hat einen großen Schwanz.«

Als ob mich das interessierte. »Behauptet er.«

Sie seufzte und biss sich dann auf den Fingernagel. Ihre Nägel waren bis auf die Kuppen abgekaut. »Er kriegt ihn nicht hoch.«

»Das ist mir ziemlich egal.«

»Ich sag's dir ja nur.«

Mir fiel auf, dass sie kaum einen Akzent hatte. »Ich dachte, du wärst Französin.« Das hatte Kyle mir jedenfalls gesagt.

»Ich bin in Algerien geboren. Meine Eltern sind Fundamentalisten.«

Ganz wie Christians Freundin. Wer hätte gedacht, dass es in New York so viele Algerier gab!

Kyle bahnte sich seinen Weg zurück zu uns und ließ die Biergläser hart auf den Tisch knallen. Er musste noch etwas von unserem Gespräch mitbekommen haben, denn er sagte: »Sie ist mit 'ner Uzi rumgelaufen!« Respektvoll sah er sie an. »Leg dich bloß nicht mit ihr an.«

Ich glaubte ihm nicht, ließ mich aber zum Spaß auf das Thema ein. »Du warst beim Militär?«

Yassi nahm sich ein Bier, warf sich zurück gegen die Stuhllehne und stemmte einen Kampfstiefel gegen die Tischkante; sie hatte kleine Füße. »So ungefähr. Es war mehr so eine Art Bewegung.«

»Sie ist eine Revoluzzerin«, sagte Kyle und legte ihr eine Hand auf den schmalen Schenkel. Sie schüttelte ihn mit einer ruckhaften Bewegung ab. Er verzog das Gesicht, murmelte etwas Unverständliches und zog mit seinem Bier in der Hand wieder ab.

»Es war eine Bewegung, keine Revolution.« Sie nahm einen langen, gierigen Schluck. »Gegen die elitären Bastarde.«

Jetzt wurde es interessant. »Welche elitären Bastarde?«

»Na, alle. Jeder einzelne Wichser.«

Yassi war mit Abstand die »radikalste« von den bisherigen Freundinnen Kyles, obwohl er einmal mit einer *femme fatale* aus Frankreich zusammen gewesen war, die die unangenehme Angewohnheit hatte, ihren Kopf gegen die Wand zu schlagen, wenn sie sich über Kyle aufregte. Ich hätte gerne gewusst, was Yassi tat, wenn man sie provozierte. Sie wirkte schon jetzt ziemlich abgefuckt. Ihre Mundwinkel waren herabgezogen, die Augen düster angesichts der elitären Bastarde. Was mich betraf, so sympathisierte ich mit ihr. Ich hatte schon immer ein Herz für Hardcore-Idealisten, Baumbesetzer, Protestmarschierer und großäugige Studentinnen mit Pferdeschwanz, raging against the machine, gehabt. Aber ich war nie ein Typ gewesen, der auf derartige Züge aufspringt. Ich war eine Gläubige, eine Mitfühlende, aber keine Rädelsführerin. Dies im Sinn wandte ich mich an Yassi und sagte: »Ich weiß, was du meinst.«

Sie grinste. »Ihr Amerikaner seid so naiv.«

»Doch«, log ich. »Du würdest dich wundern. Über die Leute, mit denen ich unterwegs war.« Doch sie schien nicht anbeißen zu wollen, vielleicht fand sich mich zu platt. Jedenfalls ging sie wieder dazu über, mit finsterem Gesicht die Bar zu beobachten und mit den Fingern auf den Tisch zu trommeln. Ich folgte ihrem Blick und entdeckte die wahre Quelle ihrer miesen Laune: Kyle flirtete eifrig mit einer riesigen Rothaarigen in einem schwarzen Ski-Anzug.

Plötzlich stand Yassi auf; die Stuhlbeine schrammten geräuschvoll über den Boden. »Ich hau ab.« Sie kratzte ihren Unterarm mit den abgekauten Nägeln.

Kyle sah zufällig, wie Yassi ihre Kappe aufsetzte. Er ließ die Amazone stehen und kam hastig herüber. »Wohin willst du denn?«

»Als ob dich das interessieren würde«, sagte Yassi.

»Das tut es«, gab Kyle zurück. »Sag's ihr, Alex.«

Ich öffnete den Mund, klappte ihn aber wieder zu.

»Ich bin schon spät dran«, meinte sie mit Blick auf die Uhr. »Ich muss mich mit jemandem treffen.«

»Ich will mit«, sagte Kyle.

»Ich hab kein Geld für dich«, erklärte sie.

Er warf mir einen Blick zu.

»Vergiss es«, stellte ich klar und bewegte mich auf die Tür zu.

»Komm schon«, drängte er. »Ich frag doch sonst nie.«

Ich schüttelte den Kopf. Kyle mit meinem minimalen Socken-und-Hüte-Lohn finanziell zu unterstützen, war mir nicht gerade ein Anliegen.

»Komm schon«, versuchte er es noch einmal.

»Nein«, antwortete ich. »Ich geh jetzt auch.«

Kyle runzelte die Stirn. Er war es einfach nicht gewohnt, sitzen gelassen zu werden.

Yassi ging voran, stieß gegen einen Tisch und fluchte. Draußen fiel nasser Schnee. Ich zog Handschuhe über meine jetzt schon kalten Finger. Die Straße war still bis auf das gelegentliche Hupen eines vorbeifahrenden Taxis. Ich hatte geglaubt, Kyle wäre direkt hinter uns, aber er war nirgendwo zu sehen. Yassi zündete sich eine Zigarette an. »Soll er sich selbst ficken«, sagte sie schließlich. »Willst du 'n Trip?« Das war neu: eine Fundamentalistin mit einer Vorliebe für Drogen. Aber vielleicht brachte sie das näher zu Gott. Ich lehnte ab mit der Begründung, morgen arbeiten zu müssen, auch wenn es nicht stimmte. Sie musterte mich wieder von Kopf bis Fuß. »Du siehst wirklich verdammt gut aus«, stellte sie fest.

»Das liegt an der Milch, die ich jeden Tag trinke.«

Sie lächelte. Das veränderte ihr Gesicht. Plötzlich sah sie fünf Jahre jünger aus. »Ich sah auch mal gut aus. Aber jetzt bin ich verbraucht. Kyle meint, ich sähe aus wie eine Eidechse.«

Ich hätte ihr am liebsten gesagt, dass Kyle all seine Frauen mit Reptilien oder Insekten verglich, aber wollte ihr die Illusionen dann doch nicht nehmen.

»Sicher, dass du nicht mitkommen willst?« Ihre Augen wurden weicher; Katzenaugen, dunkel gesprenkelt.

»Ein andres Mal«, sagte ich. Ich wollte sie nicht kennen lernen; ich hatte Angst, dass ich sie mögen könnte. Ich wünschte ihr einen schönen Abend, machte mich auf den Weg nach Hause und ließ Yassi mit ihrer Zigarette von großen, nassen Flocken umwirbelt zurück. Auf Kyle zu warten, hatte ich keine Lust. Ich hatte mein Freibier bekommen – seine große Verzeih-mir-Tat. Und ich hatte ihn gut dastehen lassen. Wofür sonst waren Freunde da?

Als ich nach Hause kam, hatte ich eine weitere Nachricht von Carmi auf dem Anrufbeantworter, in der er sagte, wie schade er es fände, mich wieder verpasst zu haben. Außerdem lag ein Umschlag auf dem Boden; jemand hatte ihn unter der Tür durchgeschoben. Ich dachte zuerst, dass er von der Hausverwaltung sei, die mich zum Beispiel über irgendeinen demnächst anstehenden Handwerkerbesuch informieren wollte, aber das war es nicht. Auf teurem elfenbeinfarbenem Papier mit Initialien-Aufdruck, hatte mir Christian eine Nachricht geschrieben.

*Liebe Alex,*

*das Essen mit dir war sehr schön. Ich wünsche, dass du mit mir einkaufen gehst. Ich muss ein paar Dinge besorgen. Bitte sag ja und schieb die Antwort unter meiner Tür durch. Ich lade dich zum Mittagessen ein. Oh – das Rendezvous ist für Sonntagmittag.*

*Von deinem Nachbarn*
*Christian*

Ich betrachtete den Umschlag, das Papier, seine rundliche, mädchenhafte Handschrift. Seine Unterschrift bestand aus verschlungenen Linien. Ich war noch nie so formell zu einer Shoppingtour eingeladen worden. Irgendwie reizvoll. Ich fand einen Bogen Papier und nahm seine durchgeknallte Einladung mit nicht allzu begeisterten Worten an. Dann schlich ich mich in den Flur und schob den Zettel unter seiner Tür durch, wobei ich halb befürchtete, dass er dahinter wartete.

Aber ich sah kein Licht und in der Wohnung war es totenstill. In dieser Nacht wälzte ich mich unruhig in Carmis Bett herum. Zuerst dachte ich über Christian nach. Dann fragte ich mich, wie es wohl sein würde, Jan wieder zu sehen.

## 10

Christian holte mich pünktlich um zwölf Uhr mittags ab. Er hatte sich mit einem knittrigen braunen Anzug und einer rosafarbenen Hermès-Krawatte aufgemotzt und in eine Wolke blumigen Parfums gehüllt. Sein Haar war glatt gekämmt und sein Gesicht glänzte frisch gewaschen. Er sah aus wie ein Lord aus dem neunzehnten Jahrhundert. Während des Essens erklärte er mir, dass er gerne Shoppen ging. Er behauptete, sein Schrank sei voll gestopft mit Kleidung und Schuhen und er würde trotzdem immer dasselbe tragen. Obwohl das nicht ganz stimmte, widersprach ich ihm nicht. Ich hatte schon begriffen, dass Christian gern seine exzentrische Persönlichkeit kultivierte, beziehungsweise das, was er selbst dafür hielt.

Unsere Odyssee begann in einer italienischen Boutique auf der Madison, wo Christian sich ein halbes Dutzend Paar Schuhe und Stiefel zusammensuchte und damit zu einer massiven Ledercouch hinüberging. Dort wartete er mit herrischem Blick auf Personal, während der Wachmann ihn misstrauisch beäugte.

»Willst du das alles anprobieren?«, fragte ich ihn.

»Klar.« Er tätschelte mir das Bein. »Woher soll ich sonst wissen, was mir gefällt?«

Das war ein Argument.

Christian winkte einer winzigkleinen Verkäuferin. Sie kam herüber und maß seine Schuhgröße. Zehn Minuten später kam sie mit einem Stapel Kartons zurück. Bewaffnet mit einem Schuhanzieher, tauchte Christian in die Kartons ein. Schuhe und Stiefel wurden an- und ausgezogen wie am Fließband.

»Wie findest du die?«, fragte er. Seine breiten Füße dehnten ein Paar zweifarbige Lackleder-Slipper mit papierdünnen Sohlen. Die 425 Dollar kosteten.

»Das ist nicht dein Stil.«

»Wieso nicht?«, fragte er, während die gelackte Schuhspitze auf mich deutete.

»Ich weiß nicht«, antwortete ich. »Die sehen aus, als müssten sie in der Oper getragen werden.«

»Wir können hingehen, wenn du willst«, sagte er grinsend, als ob ich ihn zu *Rigoletto* eingeladen hätte.

»Dann kauf sie eben.«

Er marschierte stramm auf dem Perserteppich hin und her, trat fest auf, bewegte die Füße in den Gelenken nach links und rechts. »Ich nehme sie«, sagte er zu der eingeschrumpften Frau. »Ich zahle bar.« Christian zog eine Brieftasche heraus, die mit knisternden Hundert-Dollar-Scheinen voll gestopft war. Ich vermutete, seine Designer-Firma habe ihn schwarz ausgezahlt, da er ja als Europäer in den USA arbeitete.

»Und nichts für Sie?«, fragte die Frau und beäugte mich durch ihre kleine Brille.

»Heute nicht, danke«, antwortete ich. Schließlich bekam ich bei Barneys Rabatt.

»Warum nicht?«, fragte Christian und tappte auf Socken zur Damenabteilung. »Was ist damit?« Er hielt ein Paar dunkelrote Stilettos hoch. »Nein, danke«, sagte ich. »Zu unbequem.« Und zu ordinär.

Er stieß ein hohes Kichern aus, klemmte sich einen Slipper und einen Pumps unter den Arm und schlenderte zur Couch zurück. »Hier«, befahl er der Verkäuferin. »Die wird sie anprobieren.«

»Nein«, widersprach ich. »Wirklich nicht. Ich will nicht.«

»Doch, sie wird«, beharrte Christian, ohne mich zu beachten. »Bringen Sie sie bitte in Größe siebenunddreißig oder achtunddreißig.« Mit einer raschen Bewegung aus dem Handgelenk scheuchte er sie weg.

»Woher weißt du meine Größe?«, fragte ich. Ich war beeindruckt.

»Deine Füße sehen durchschnittlich aus«, erklärte er und warf einen kurzen Blick auf sie.

Ich fragte mich, wie durchschnittliche Füße wohl aussahen. »Machst du das oft?«

»Was mache ich?«, fragte er zurück, einen Hauch besorgt.

»Das hier.«

»Ich mache gar nichts.«

Ich schüttelte den Kopf. Er verstand mich mit Absicht nicht.

Ich schlüpfte in die glänzenden schwarzen Pumps; sie hatten schmale, leicht nach innen gebogene Absätze. Christians Unterlippe zitterte leicht. Immer wieder sagte er mir, wie gut sie mir stünden. Ich drehte eine Runde durch den Laden. Im Spiegel sahen meine Unterschenkel länger aus, als sie wirklich waren. Ich hatte keine besonders langen Beine, aber sie waren schlank und ganz anständig geformt. Die Schuhe sahen wirklich gut aus.

»Sie gefallen?«, fragte er mit leuchtenden Augen.

»Sie gefallen.«

»Du siehst sexy aus.«

Ich lächelte. Die Schuhe waren wunderschön.

»Du wirst sie heute tragen«, stellte er klar.

»Ich werde sie aber nicht kaufen.«

»Ich kaufe.«

»Sei nicht albern.«

»Du wirst mir erlauben, sie für dich zu kaufen«, bat er. »Oder ich bin beleidigt.«

»Dann sei beleidigt.«

Das schrille Klingeln seines Handys unterbrach uns. Christian errötete, machte ein entschuldigendes Handzeichen und nahm das Gespräch an. Er ging ein Stück weg, sodass ich nicht mithören konnte. Eine Verkäuferin kam zu mir und lobte meinen Geschmack.

Als Christian zurückkam, listete er mir ein Dutzend Gründe dafür auf, warum es völlig okay wäre, die Schuhe für mich zu kaufen. Ich schüttelte den Kopf. Ich sagte mindestens hundertmal nein. Aber er ließ sich nicht beirren. Es machte ihm Spaß. Ich zog die Pumps aus und warf sie in den Karton. Die Mini-Verkäuferin grinste. Wahrscheinlich dachte sie, ich sei Christians Mätresse.

»Ich bin draußen«, sagte ich und steckte die Hände in die Taschen meines Parkas.

»Du kränkst mich«, schmollte er aufgesetzt.

»Nimm's nicht so schwer«, erwiderte ich und ließ ihn allein im Laden stehen.

Ein paar Minuten später kam er mit zwei Tüten heraus.

»Die sind für dich«, sagte er. »Von mir. Bitte lehn sie nicht ab. Bitte sag nichts.« Er streckte den Arm aus und berührte mit seinem Zeigefinger leicht meine Lippen. Irgendwie eine anzügliche Geste.

Als ich ihm die Tüte abnahm, schlug er vor: »Du kannst sie ja kaputtmachen, wenn du willst.« Ich schwieg. Hier auf dem Gehweg eine Szene zu machen, war nicht mein Ding. Ich würde ihm die Schuhe später zurückgeben. Den Rest des Nachmittags folgte ich Christian von Laden zu Laden. Er kaufte eine Menge Dinge für sich, ohne noch mal anzubieten, auch mir etwas zu kaufen. Ich war erleichtert.

## 11

Am nächsten Morgen diskutierte Malcolm lautstark mit seinem Agenten am Telefon, wobei er jedes seiner Argumente mit einem Karatehieb in die Luft unterstrich. Die Etage war vollkommen umgeräumt worden. Vermutlich war er früh gekommen und hatte Ordnung geschafft. Nun gab es weiche Strohhüte, gepunktete Badeanzüge und Canvas-Taschen. Urlaubszeit für den Jetset. Ich erging mich in Träumen von Sonne und Sand auf irgendeiner schwülheißen Karibik-Insel. Ich war gerade auf dem Weg ins blaugrüne Wasser, als Malcolm den Hörer auf die Gabel warf und mich wieder daran erinnerte, wo ich war. Er begrüßte mich nicht einmal.

»Guten Morgen, Malcolm«, sagte ich laut.

»Was soll gut an dem Morgen sein?« Er verzog das Gesicht, als hätte er gerade eine Zitrone ausgelutscht.

»Noch nichts.« Ich hätte ihn mit einer Beleidigung begrüßen sollen, wahrscheinlich wäre ihm das lieber gewesen. Er hasste falsche Höflichkeit.

Er schaute über den Rand seiner Brille. »Und?«

»Und was?«

»Haben Sie's gelesen?« Er hatte die Frage beinahe gebrüllt.

»Was gelesen?« Dann dämmerte es mir: sein Stück natürlich.

»Mein verficktes Opus – mein Meisterwerk!«

Sein Stück. Ich hatte den ersten Akt gelesen, war darüber eingeschlafen und hatte heute Morgen zehn Minuten gebraucht, die verstreut auf dem Boden liegenden Seiten neu zu sortieren. »Natürlich habe ich's gelesen«, sagte ich nicht sehr überzeugend.

Malcolm merkte es. »Sie haben es nicht gelesen.«

»Doch. Den ersten Akt zumindest.«

»Das ist, als würde man einen Schluck Champagner trinken und den Rest wegkippen.«

»Finden Sie nicht, dass Sie etwas überreagieren?«

Er schnaubte verärgert und schüttelte den Kopf. »Sie waren zu sehr damit beschäftigt, mit ihrem Nazi zu knutschen.«

»Eher zu sehr damit beschäftigt, nach Hause zu gehen.«

»Das glaub ich Ihnen nicht.«

»Das interessiert mich nicht.«

»War klar.« Er zog sein Gesicht in Falten. Dann knallte er ein paar Schranktüren zu, damit ich Bescheid wusste. Offenbar hatten wir Streit.

»Die Hübschen gewinnen immer«, sagte er.

»Wovon reden Sie?«

»Von dem Nazi.«

»Was ist mit dem?«

»Er sieht gut aus.«

»Na und?«

»Ich wette, Sie kriegen immer die Gutaussehenden ab. Sie sind wie ein Magnet für die Männer.«

Klar. Er sollte mal Kyle kennen lernen.

»Deswegen interessieren Sie sich auch nicht für mich. Sie haben ja all die Jungs, die sich wie Schafe um Sie scharen und ihre gigantischen Schwänze wie Zauberstäbe schwingen.«

»Sie machen sich lächerlich.«

»Sie haben es nicht gelesen.«

»Ich hab's Ihnen schon gesagt«, erwiderte ich. »Ich habe den ersten Akt gelesen.«

»Das reicht nicht«, brüllte er mit brechender Stimme. Einige Leute blickten zu uns herüber. Es war mir ausgesprochen peinlich.

»Das war's«, beendete er die Diskussion und holte seine Zigaretten heraus. »Es ist vorbei.«

Hatten wir Schluss? Waren wir zusammen gewesen? Ich hatte den ersten Akt seines bescheuerten Stücks gelesen und es hatte mir sogar gefallen. Was wollte er noch?

»Sie verstehen einfach nicht, wie es ist«, versuchte er zu erklären, die Stimme noch immer schrill, die Hand bereits an der Glastür. »Sich abzurackern – unbekannt, im Dunkeln. Tagaus, tagein allein. Niemand, der dich unterstützt. Niemand da, der dich auch nur mal fragt, an was du gerade arbeitest!«

Er sah aus, als würde er gleich in Tränen ausbrechen – nicht, dass das passend gewesen wäre. Was fehlte, waren die Geigen im Hintergrund. Dennoch fühlte ich mich mit jedem Moment beschissener.

»Das ist einfach unglaublich«, sagte er anklagend. »Und ausgerechnet von Ihnen …«

»Es tut mir Leid«, entschuldigte ich mich. »Wirklich.«

»Vergessen Sie's«, gab er zurück und hob abwehrend die Hand. »Tun Sie mir nur den Gefallen und geben Sie mir das Manuskript zurück. Ich habe nur dieses eine.«

Damit knallte er die Tür so fest zu, dass die Fenster wackelten. Alle Leute hatten uns beobachtet. Die Schicksen in der Schuhabteilung lachten hinter vorgehaltener Hand. Kunden flüchteten aus unserem Verkaufsbereich – da ging sie hin, die Frucht dieses Tages. Als ich dem Security-Mann zufällig einen Blick zuwarf, zuckte er nur die Schultern. Wahrscheinlich kannte er solche Szenen schon. Für Malcolm war auch das Kaufhaus eine Bühne – der geborene Dramatiker. Ich schlich zur Verkaufstheke und tat so, als würde ich etwas in meiner Tasche suchen.

Malcolm kam erst zwei Stunden später zurück. Ich hatte Olga gesagt, dass er mit Durchfall auf dem Klo hing. Sie hatte mir beinahe geglaubt. Als er schließlich wieder auftauchte, stakste er steifbeinig und nach Zigaretten stinkend durch den Laden. Für den Rest des Nachmittags war eisiges Schweigen angesagt. Immer wenn er mit mir kommunizieren musste, schickte er die magersüchtige Tusse aus der Wäscheabteilung, um die Botschaft zu überbringen. Sie war entzückt. Jedes bisschen Klatsch war höchst willkommen. Bald wusste jeder bei Barneys, dass »die Perser-Schlampe Malcolms Stück zerrissen« hatte.

Als meine Schicht sich schließlich dem Ende näherte, floh ich ohne ein Wort hinaus. Malcolm war ein bisschen zu weit gegangen. Während ich zu Carmis Wohnung zurücktrottete, dachte ich darüber nach, dass ich noch nie eine normale Freundschaft gehabt hatte. Eine Reihe von Fehltritten nach dem kranken Schema »Trial and Error«. Ich war immer diejenige gewesen, die daran gearbeitet hatte, etwas Normalität hineinzubringen. Und das ging mir langsam auf die Nerven.

Als ich nach Hause kam, fand ich eine Nachricht von Christian vor. Ob ich ihn morgen bitte ins Fitness-Studio begleiten würde? Er wollte mir »zeigen, wie man trainiert«. Ein Rückruf sei nicht nötig. Für Christian schien eine Absage nicht im Bereich des Möglichen zu liegen. Aber natürlich *hätte* ich absagen können – und da Jan in ein paar Tagen eintreffen würde, wäre das sicher die klügere Wahl gewesen. Aber ich tat es leider nicht.

Bei chinesischem Fastfood las ich Malcolms Stück zu Ende. Es handelte von einem Typen namens Peter Piper, der von seiner durchgeknallten Mutter in den Wahnsinn getrieben wird. Nach einer chaotischen Flucht aus einem Heim bringt Peter mit Hilfe einer Truppe bösartiger Engel Unglück über seine Familie. Das war reiner Malcolm – eine wahnsinnige Ode an die zwei Dreh- und Angelpunkte seines Lebens: die Geburt und die Beschneidung. Er war talentiert, aber nur in Maßen. Trotzdem brachte das Stück mich zum Lachen.

## 12

Christian tauchte zehn Minuten zu spät bei mir auf – eine Zigarette in der einen und einen Becher dampfenden Kaffees in der anderen Hand. Sein rechtes Auge war leicht zugeschwollen, Kratzer zierten seine Stirn. Als ich ihn fragte, was passiert war, stammelte er irgendetwas von einer »Soirée«, auf der er gestern Abend gewesen war. »Ein Freund«, sagte er, »hat eine Party gemacht.« Laut Christians Aussage waren die Dinge ein wenig aus dem Ruder gelaufen, aber besonders erschüttert wirkte er deswegen nicht. Es sei wie in einem »amerikanischen Film« gewesen. Ich erinnerte ihn daran, dass er sich mitten im wahren amerikanischen Leben befinden würde. Daraufhin lachte er nur und meinte, dass ich mir zu viele Gedanken machen würde. Ich kannte sonst keine Leute, die sich auf Partys prügelten. Irgendwie seltsam. Aber vielleicht ging ich auch nur nicht auf die richtigen Partys.

Ich folgte Christian ins innere Heiligtum des Studios, ein durchgestyltes, dreistöckiges Sportetablissement mit einem horrenden Mitgliedsbeitrag – so erzählte er mir jedenfalls. Vormittags in der Woche war nicht besonders viel los. »Hier ist die Damen-Umkleide.« Er zeigte auf einen Flur. »Wir treffen uns hier. Wenn du dich umgezogen hast.«

Ich nickte gehorsam. Ich konnte ihn kaum verstehen, so laut hämmerte die Disco-Musik.

Während ich zur Umkleide ging, merkte ich, dass ich eigentlich gar keine Lust auf Training hatte. Wahrscheinlich hatte ich nur mit Christian zusammen sein wollen. Ich wollte es mir zwar nicht eingestehen, aber irgendwie mochte ich ihn.

Als ich Christian sah, wäre ich fast in lautes Gelächter ausgebrochen. Er hatte sich in eine rote Radlerhose gequetscht, sein Muskelshirt war ein paar Nummern zu klein und die Turnschuhe sahen wie Moonboots aus. Mit Bedacht rückte er die Schweißbänder an seinen Handgelenken und das um seinen Kopf zurecht; ein Handtuch lag um seinen Hals. Es fehlte nur noch die Trillerpfeife, um aus ihm einen erstklassigen Kreuzfahrt-Aerobic-Instructor zu machen. »Bist du so weit?«, fragte er.

»So weit wie ich sein kann.«

Während er mich zum ersten Gerät scheuchte, versuchte er unauffällig, mein Outfit zu checken – Sport-Bustier und enge Shorts. »Das hier ist gut für den Gluteus«, erklärte er. Um uns herum grunzten und stöhnten Leute. »Sehr gut für Frauen.«

»Aha«, erwiderte ich. Mein Hintern war sicherlich noch verbesserungsfähig.

»Ich zeige es dir.« Er stellte seinen blauen Energy-Drink neben die Maschine und legte sich bäuchlings auf die Bank. Sein goldenes Haar glänzte im Licht. Er schob seine Beine unter die dicken Rollen und hob sie gen Decke, die Arschbacken zusammengepresst wie zwei Fäuste. Das wiederholte er etwa zehn Mal, während er laut durch den Mund atmete. Schließlich stand er rotgesichtig und mit vor Schweiß tropfendem Haaransatz auf. »Jetzt du«, sagte er lächelnd.

Ich rutschte auf die Bank, während er das Gewicht einstellte. »Stell's leicht ein«, bat ich.

»Okay«, sagte er. »Los. Jetzt.«

Ich fühlte mich wie ein Pferd in der Startbox. »Los«, rief er wieder. Ich hob meine Beine langsam an. Die Gewichte zogen daran wie ein Sack Kartoffeln.

»Gut! Du bist stärker als die meisten Mädchen.«

Ich wiederholte die Übung vier Mal. »Okay«, keuchte ich. »Mir reicht's.« Meine Beine waren achtzig Pfund schwer und ich hatte Durst.

»Nein«, widersprach er. »Du musst noch fünf machen, um auf zehn zu kommen. Du musst streng mit dir sein.« Er hockte sich neben die Bank, sodass er mit mir auf Augenhöhe war. Ich lag auf dem Bauch, eine Wange auf das klebrige Polster gepresst. »Nur noch fünf. Du musst.«

»Muss ich?«, fragte ich, amüsiert, dass Christian das Training so ernst nahm. Plötzlich kam mir die Vision einer Volvo-Fabrik voller Christian-Klone. Alle waren blond und feist von einer Diät aus Rollmöpsen und Köttbullar. »Okay, du zählst.«

Er lächelte und tätschelte mir den Kopf. Er zählte jede Wiederholung mit, bis er die Einheit mit einem triumphierenden »Zehn« beendete.

Wir blieben noch etwa eine Stunde lang und wanderten von Gerät zu Gerät, bis Christian schweißüberströmt war und ich taube Glieder hatte. Christian redete die ganze Zeit über Körperfett, Ernährung und Energieriegel. Bei so viel Sport hätte man erwarten können, dass er eher wie

Charles Atlas statt wie ein verhätschelter Europäer mit Babyspeck aussehen würde. Als ich ihn fragte, wieso er noch rauchte, erklärte er, er sei eigentlich Nichtraucher – die Zigaretten wären nur Show. Während ich darauf wartete, dass er sein Bankdrücken beendete, sah ich zwei ganz schön fitten Frauen auf dem Stepper zu. Sie machten einen sehr entschlossenen Eindruck.

»Komm«, sagte Christian, während er sich die Stirn mit dem Handtuch abtrocknete. »Jetzt relaxen wir.«

Das war die erste gute Idee für heute. Ich folgte ihm durch einen langen, schwach beleuchteten Flur an den Spinden vorbei bis zu einer Tür, auf der »Herrensauna« stand. Bevor ich irgendetwas sagen konnte, war er drin und wieder draußen. Die Aufregung war ihm ins Gesicht geschrieben. »Alles okay«, sagte er mit leuchtenden Augen. Er begann, mitten im Flur sein Hemd auszuziehen. »Ja«, murmelte er, mehr zu sich selbst als zu mir. »Alles okay.«

»Was ist okay?«

Er stieß ein begeistertes Quieken aus. »Alles okay. Ich weiß einen Trick.« Er zog das Schild aus der Halterung und ersetzte es durch ein anderes aus seiner Tasche. Darauf stand: »Wegen Reinigungsarbeiten vorübergehend geschlossen. Bitte entschuldigen Sie die Unanneemlichkeit.« Unannehmlichkeit war falsch geschrieben.

»Komm«, sagte er. »Schneller.« Er trug jetzt nur noch seine Shorts. Sein Bauch quoll über das Gummiband der Hose wie Buttercreme aus einer Torte. Voller Angst, dass uns jemand sehen könnte, blickte ich den Flur entlang. Ich hasste solche heimlichen Aktionen.

»Lass den Scheiß«, meckerte ich.

»Bitte«, bettelte er. »Ich bin ein braver Junge.« Er lachte, zog die Tür auf und gab mir einen winzigen Kuss auf die Nase, während uns eine heiße Dampfwolke ins Gesicht schlug. Er sagte etwas auf Schwedisch, nahm sich ein Handtuch und ließ die Tür los. Krachend fiel sie zu. Ich stand allein im Korridor und betrachtete Christians Tasche, die er in einen Wäscheschrank gestopft hatte. Vielleicht hatte er Recht. Vielleicht war ich prüde. Einen Moment lang stand ich, die Hand an der Tür, einfach nur da. Der Gedanke, dass ich nicht gegen meine erzkatholische Erziehung ankam, gefiel mir nicht. Schließlich wickelte ich mir ein Handtuch um die Hüften und zog mit einem Ruck die Tür auf. Christian, der mit über dem Kopf verschränkten Armen und vorquellender Wampe auf einer Holzbank saß, war kaum zu sehen. Ich trat versehentlich auf seine Shorts, die als leuchtend rotes Bündel auf dem Boden lagen.

Er setzte sich auf. Seine Haut hatte die Farbe eines Hummers. »Du trägst dein Top?«

»Dachtest du, dass ich im Flur einen Strip hinlege?«

Er kicherte. »Aber du ziehst dich aus?«

»Ich ziehe mich aus.«

»Du wirst nackt sein?«

»Ja«, erwiderte ich. »Wenn ich meine Klamotten ausziehe.«

Er lächelte bei dem Gedanken.

»Dreh dich um oder so.«

»Ich mach die Augen zu.«

Ich drehte ihm den Rücken zu und schälte mich aus meinen Sachen.

»Okay«, sagte ich, als ich mich auf einer Bank ausstreckte und meine Haare entwirrte. »Ich bin fertig.«

Christian setzte sich wieder auf. »Aber das Handtuch«, nörgelte er. »Du bist nicht nackt.«

»Du auch nicht.« Er hatte sich ebenfalls ein Handtuch um die Taille geschlungen.

Darüber schien er einen Moment lang nachzudenken, dann lehnte er sich wieder an die Wand. Der Dampf drang zischend durch unsichtbare Löcher und füllte die winzige Kammer. Das Holz unter mir war ganz heiß. Bald darauf dämmerte ich weg. Christian sagte etwas, aber ich hörte nicht hin. Ich schlief schon fast, als ich spürte, wie seine Hand leicht über meinen Oberschenkel strich. Ich ließ ihn; es fühlte sich gut an. »Was, wenn jemand reinkommt?«, fragte ich.

»Alles okay«, flüsterte er. »Es kommt niemand.« Er rückte näher heran; ich konnte seinen Atem spüren. »Du bist sexy«, begann er und riskierte ein Küsschen auf meine Schulter. Seine Lippen auf meiner Haut fühlten sich an wie eine Raupe.

»Hör lieber auf«, bat ich.

»Warum?«, fragte er und streichelte meinen Arm. »Wir wollen doch nur Freunde sein.« Weiter. Seine Hände glitten um meine Schultern.

Für eine Weile streichelte er meinen Hals. Ich spürte meinen Körper kaum. Bis er das Handtuch auseinander schlug und meine Brüste zu kneten begann. Fast wäre ich von der Bank gefallen. »Meine Güte«, rief ich aus, schlug seine Hand weg und bedeckte mich. »Nicht hier.«

»Warum nicht?«, fragte er. »Magst du nicht?«

Ich setzte mich auf. Jetzt war ich wieder hellwach. Christians Gesicht war leuchtend rot, seine Stirn voller Schweißperlen. Sein Handtuch deutete wie ein Pfeil auf mich. Er legte die Hände in den Schoß, um die verräterische Ausbuchtung zu verdecken, und wartete darauf, dass ich etwas sagte. Sein Gesicht sah beinahe wie das eines Cherubs aus, den man auf einer viktorianischen Grußkarte hätte finden können. Ich beugte mich vor und küsste ihn zart. Er lächelte ein leicht benebeltes, hübsches, wenn auch verwirrtes Lächeln.

»Ich denke, wir sollten gehen«, sagte ich.

Er schloss die Augen. »Nein«, hauchte er. »Noch nicht, bitte. Küss mich wieder.«

Ich küsste ihn noch einmal.

»Nur noch ein bisschen«, quengelte er. »Bitte.«

»Nein«, sagte ich. »Jedenfalls nicht hier.«

Das schien ihm Hoffnung zu machen. Er nahm seine Radlerhose und schlug sie aus. »Wie du willst«, sagte er. Ich drehte mich um, damit er sich ungestört in seine Hose quetschen konnte. Dann verließ ich, das Handtuch fest um meinen Körper gewickelt, die Sauna und rannte in die Umkleide. Ausgerechnet in einer Männersauna und dann auch noch mit einem infantilen schwedischen Moppel. Ich musste wirklich verzweifelt sein. Ich duschte eiskalt und zog meine Straßenkleidung an.

Christian wartete im Eingangsbereich auf mich. Ein Lächeln klebte auf seinem Gesicht, als ob nichts passiert wäre. Wir gingen Pommes Frites und Mousse au Chocolat essen, tranken eine Menge teuren Burgunder und rauchten eine ganze Packung Zigaretten. Wahrscheinlich waren wir beide frustriert.

Als wir zur Wohnung zurückkamen, fragte ich ihn, ob er noch mit reinkommen wollte. Er wollte. Nichts passierte. Wir beide waren wie gestrandete Wale. Christian ergab sich dem Koffein, während ich Carmis Amaretto leerte. Er trank Tasse um Tasse, während er sich über seine einsame Kindheit beklagte: Er war in Schweizer Internate verfrachtet und sehr streng erzogen worden, was ihn aber nicht daran gehindert hatte, trotzdem ein böser Junge zu sein. Als Jugendlicher war er oft in Amsterdam gewesen, hatte sich dort einen durchgezogen und war im Rotlichtviertel spazieren gegangen. Vor Sex hatte er sich gefürchtet, bis die Haushälterin der Familie, eine Albanerin, die kaum Schwedisch konnte, »sich seiner bemächtigt« hatte. Er träumte noch immer von ihr. Sie war seine erste Liebe gewesen und wenn er nach Schweden kam, machte sie ihm auch heute noch den Kakao wie er ihn am liebsten trank – nicht zu süß. Allerdings schliefen sie nicht mehr miteinander. »Sie ist zu alt«, erklärte er. »Das wäre, als würde ich mit meiner Mama ins Bett gehen.«

Ich konnte mir Christian gut als einen schüchternen, zarten 16-Jährigen vorstellen. Der Gedanke brachte ihn mir irgendwie näher. An diesem Abend hatten wir eine Menge gemeinsam. Wir spürten es beide. Ich sah es an dem Blick, den er mir zuwarf, als ich ihn schließlich vor die Tür setzte. Er schaute mich an, als würde ich ihn zu einem Leben in Einzelhaft verurteilen. Aber was war die Alternative? Wir konnten diese Nacht unmöglich zusammen verbringen. Denn das hätte möglicherweise etwas nach sich gezogen, was ich nicht riskieren wollte.

## 13

Ich hatte Malcolms Stück vergessen – schon wieder. Ich besorgte mir gerade einen Becher schlechten Kaffee in einem Laden neben Barneys, als es mir plötzlich einfiel. Ich fluchte und sah auf die Uhr – es war zu spät, um nach Hause zu laufen und es zu holen. Die Straßen waren mit Glatteis überzogen, in der Luft tanzten dicke Schneeflocken. Ich würde nicht nur für Malcolms innere Ausgeglichenheit durch dieses Wetter nach Hause zurückgehen. Wahrscheinlich würde er sowieso nicht mit mir reden. Na ja, jetzt hatte er wirklich etwas, weshalb er mir böse sein konnte.

Als ich eintraf, war Malcolm bereits da und ging pfeifend seinen üblichen Aufräumarbeiten nach. Erstaunlicherweise wirkte er gut gelaunt und begrüßte mich mit einem melodischen »Guten Morgen«. Ich war platt.

»Geht's Ihnen besser, Prinzessin?«, fragte er, während er konzentriert geblümte Halstücher faltete.

»Ja«, sagte ich, überrascht, dass er sich herabließ, überhaupt mit mir zu reden. »Danke.«

»Hat Ihr Nazi Sie bedient?«

»Nein«, erwiderte ich. »Und er ist kein Nazi.« Ich hatte diese Nazi-Nummer gründlich satt.

»Das sagen sie anfangs alle.« Er zwinkerte mir zu. Ich wartete, aber es kam nichts mehr. Ich beschloss, einen Versuch zu wagen. »Ich hab Ihr Stück gelesen.«

»Wurde auch Zeit«, sagte er. Seine Hände hielten einen Moment inne.

»Es ist klug«, machte ich einen weiteren Anlauf. »Und sehr witzig.«

»Was haben Sie erwartet?«

»Mindestens etwas Geniales.« Gut, ich trug ein bisschen dick auf. Und Malcolm schien zum ersten Mal, seit ich ihn kannte, sprachlos.

»Tja«, sagte er schließlich und nahm einen Häkelschal in die Hand. »Die Pläne haben sich geändert. Das Genie muss warten.«

Ich hätte beinahe gefragt, ob er sich gut fühlte. »Soll das heißen, dass Sie das Handtuch werfen?«

»Oh, lieber Gott, nein«, rief er. »Aber ich habe beschlossen, ein *kommerzieller* Autor zu werden. Ich habe mich dem Mammon verschrieben und ich bin unfassbar glücklich, diesen stinkenden Hühnerstall hier verlassen zu können!« Um seinen Worten Nachdruck zu verleihen, stampfte er mit den Füßen auf.

»Soll heißen?«

»Ich schreibe für die Glotze.«

»Oh.«

Er zuckte die Achseln. »Einfach nur Räuber-und-Gendarm-Quatsch. Breitschultrige Kerle mit Gewehren. Null Anspruch. Aber ich habe immerhin einen Vertrag. Bei Interesse bitte vertrauensvoll an meinen Agenten wenden.«

»Aha«, staunte ich. »Sie sind also weg hier?«

»Noch nicht sofort«, gab er zurück. »Allerdings hab ich einen Vorschuss gekriegt. Für Foie Gras und französischen Roten reicht es aber noch nicht.«

»Immerhin ein Anfang.«

»Wahrscheinlich.« Er seufzte. »Die Karriere eines jeden großen Künstlers hat irgendwo mal einen Tiefpunkt.«

Ich lachte. Wenn er irgendwann sein Prime-Time-Special hätte, würde er bestimmt furchtbar leiden. »Wie sind denn die Fernsehleute auf Sie gestoßen?«

Er sah mich an, als ob die Antwort auf der Hand läge. »Ich habe ein Talent für Gewaltdarstellungen. Das sollten Sie wissen, wenn Sie das Stück gelesen haben.«

»Stimmt«, bestätigte ich. »Tofu Jackson findet ein böses Ende.«

Malcolm gab sich nachdenklich. »Der Tod hat etwas Befreiendes. Aber ein vorzeitiger Tod ist … absolut tragisch. Genau so möchte ich abtreten«, fuhr er fort. »Ich möchte, dass die Menschheit mein vorzeitiges Dahinscheiden beklagt. ›Merde‹, sollen sie sagen. ›Er war doch so ein brillanter junger Mann.‹ Und dann werden immer neue Gänge von exquisiten Hors D'Oevres aufgetragen.« Er schüttelte seine behaarte Faust. »Was für ein gemeiner Schuft Gott auf seinen unergründlich dämlichen Wegen sein kann!« Er zitierte eine Person aus seinem Theaterstück. Keine üble Darbietung.

Eine Frau in den Vierzigern fragte, ob wir ihr behilflich sein könnten. Malcolm sah ihre Hermès-Tasche und beendete seine Privatvorstellung augenblicklich. Von einer Sekunde auf die andere war er ganz Servilität und mimte – halb ironisch – den hingebungsvollen Verkäufer. Sie war entzückt und ließ sich die teuersten Produkte andrehen, die Malcolm finden konnte. Er war wirklich ein erstaunlicher Mensch.

Seine Stimmung war mir aber immer noch rätselhaft; offensichtlich hatte er ganz vergessen, dass er eigentlich beleidigt war. Wahrscheinlich hatte er so was einfach ab und an – Wutanfälle, nur um sie sofort wieder zu vergessen, sobald sich etwas Interessanteres bot. In diesem Fall war sein ganzer Ärger wohl nichts als heiße Luft gewesen. Mir sollte es recht sein. Malcolm war mir schließlich am liebsten, wenn er gut drauf war.

Gegen elf Uhr abends klingelte es an der Tür. Ich war schon im Bademantel. Durch den Spion sah ich Christian, wie er eine abgewetzte Aktentasche hin- und herschwang. Zuerst wollte ich ihn ignorieren. Aber

Jan würde morgen hier sein. Ich musste Christian sagen, dass er nicht mehr einfach nach Belieben aufkreuzen konnte. Er wirkte schon reichlich angeschlagen, sein Gesicht war fleckig, die Augen dick. Seine Hemdzipfel hingen ihm aus der zerknitterten Hose, ein Knopf seiner Jacke baumelte an einem einzelnen Faden. Doch seine Schuhe waren brandneu und auf Hochglanz poliert. Er lächelte nicht, als ich öffnete. Stattdessen drückte er mir eine Weinflasche in die Hand, gab mir zwei rasche Küsschen auf beide Wangen und warf sich auf die Couch.

»Du wirst mir einen Schluck Wein geben«, sagte er, während er sich das Gesicht rieb.

»Ich habe vermutlich keine Wahl«, erwiderte ich und ging, um den Merlot in der Küche zu entkorken. Christian machte sich nicht die Mühe, »Prost« zu sagen – oder was immer man in Schweden sagt. Er kippte den Wein hinunter und schenkte sich nach.

»Was ist denn los?«

»Meine alte Freundin Giti muss ein paar Tage in meiner Wohnung übernachten«, erklärte er mir. »Deswegen kann ich nicht mehr zu dir kommen.«

Ich hätte beinahe gefragt, warum sie musste. Aber es spielte keine Rolle. »Jan kommt ja auch morgen«, informierte ich ihn.

Er sah verletzt aus. »Den hatte ich ganz vergessen.«

»Ich nicht.«

Christian trank sein Glas aus und schenkte sich noch einmal nach. »Ich will nicht von ihr kontrolliert werden.«

»Es ist doch nur vorübergehend.«

Das munterte ihn nicht auf. »Ich liebe sie nicht.«

Ich wollte ihn fragen, warum er sie bei sich wohnen ließ, aber es hatte keinen Sinn. Dann hätte ich auch mich fragen müssen, warum ich mich mit Jan treffen wollte. Ich war ziemlich sicher, dass ich den auch nicht liebte – schon gar nicht in diesem Moment. Für Christian und mich war es das Ende und wir wussten es beide.

»So was nennt man schlechtes Timing«, sagte ich.

Er nickte. Er war die Niedergeschlagenheit in Person. Irgendwie rührte mich das. Er wollte wirklich weiterhin »zu mir kommen«. Süß war er, wenn auch auf eine ziemlich plumpe Art und Weise. »Ja«, sagte er und stand auf. Ein Tropfen Rotwein rann ihm wie Blut über das Hemd und er rieb ihn geistesabwesend mit dem Finger ein. »Echt schade.«

Plötzlich fing sein Telefon in seiner Tasche an zu klingeln. »Mein Handy!« Er wühlte wie ein Trüffelschwein in einer der Außentaschen. »Ja«, rief er. »Ja, Christian hier.« Wieder machte er dieses Handzeichen und schlenderte dreist, Aktentasche in der Hand, in Carmis Schlafzimmer. Warum er sich zurückziehen musste, begriff ich nicht: Er sprach etwas, das in meinen Ohren eher wie Hebräisch als Schwedisch klang – nicht, das ich Letzteres verstanden hätte.

Zwei Minuten später war er wieder da und setzte sich neben mich. Als ich ihn fragte, in was für einer Sprache er geredet habe, sagte er: »Arabisch.« Ich war beeindruckt. »Ich kann nur ein bisschen«, sagte er. »Ich lernte es bei Berlitz.« Bevor ich fragen konnte, wovon er sprach, griff er an mir vorbei, um die Lampe auszuschalten. »Es tut in meinen Augen weh«, erklärte er, wobei er einen Arm um mich legte und mich zu küssen begann. Er schmeckte nach Wein und seine Zunge, die in meinem Mund herumflitzte, fühlte sich an wie eine reife Traube. An diesem Abend fand ich Christian irgendwie aufregend. Vielleicht lag es an dem plötzlich unterbrochenen Vorgeplänkel vom Vortag. Bald hatte er mich auf die Couch gedrückt, wobei seine Erektion sich in meinen Oberschenkel bohrte. Er grabschte hektisch, als ob die Leidenschaft ihn überwältigen würde. Es war fast komisch. Schließlich begann er, am Gürtel meines Bademantels zu nesteln und vergrub sein Gesicht zwischen meinen Brüsten. Seine verschwitzte Stirn drückte sich gegen meine Haut. Etwas zu lang fummelte und nuckelte er wie ein Welpe an meinen Brüsten herum. Ich dachte an gar nichts. Irgendwie gelang es ihm, sich aus seinem Hemd zu winden, und ich sah seinen weißen Bauch leuchten. Ich streichelte seinen Rücken und seine Schultern. Er hatte schöne Haut. Er murmelte etwas in einer fremden Sprache. Ich war froh, dass ich ihn nicht verstand. Schließlich stützte er sich auf einen Ellenbogen, um seine Hose aufzumachen.

Während Christian sich noch mit seinem Gürtel abmühte, kam mir plötzlich der Gedanke an Jan. Ich streckte den Arm über unseren Köpfen aus und knipste die Lampe an. Christian blinzelte im plötzlichen Lichtschein. Seine Wangen glühten.

»Was machst du?«

»Tut mir Leid.« Ich fühlte mich wie ein mieser Spielverderber. »Ich kann nicht.«

»Du bist dumm«, sagte er und schaltete das Licht wieder aus. »Sei nicht so hart.« Er fing wieder an, mich zu küssen, diesmal jedoch nachlässig, als würde er gar nicht mehr an mich denken. Tat er ja wahrscheinlich auch nicht. Hatte er vorher vielleicht auch nicht getan. Ich war mir nicht sicher, ob ich weitermachen konnte. Ich verdrängte Jan aus meinem Kopf. Doch dann stattete mir Kyle überraschend einen geistigen Besuch ab. Ich sah, wie er mich auslachte. Die ganze Geschichte war absurd. Ich schob Christian sanft von mir.

»Christian. Vergiss es.«

»Warum denn?«, jammerte er.

»Ich bin nicht in der richtigen Stimmung.«

»Aber du findest es doch gut«, bohrte er weiter. Er ließ seine Hand blitzschnell zwischen meine Beine gleiten und streichelte mit dem Finger über meine feuchte Unterhose. »Ich merke es.«

»Find ich ja auch«, beruhigte ich ihn und versetzte seiner Hand einen Klaps. »Es liegt nicht an dir.«

»Warum schiebst du mich dann weg?«

»Ich weiß es nicht.«

»Du denkst an diesen Belgier.«

Ich gab keine Antwort darauf; es war offensichtlich.

»Er muss es nicht erfahren«, sagte er und senkte den Kopf wie ein gescholtenes Kind. Ein paar Locken klebten auf seiner Stirn.

»Aber ich würde es wissen«, erklärte ich.

Christian schmiegte sich erneut an mich. »Ich will dich haben«, lockte er, während er mich küsste und meine Hand auf die Schwellung in seiner Hose legte.

»Christian, das ist lächerlich.«

»Warum?«, fragte er angestrengt. »Wir sind gute Freunde, oder?«

»Die allerbesten.«

»Warum musst du immer so sarkastisch sein?«

»Ich bin nicht sarkastisch.«

Er seufzte. Offenbar akzeptierte er endlich die Tatsache, dass der

Abend gelaufen war. Er setzte sich hin und hob sein zerknülltes Hemd vom Boden auf.

»Ich denke, ich gehe.« Er trank den Rest Wein direkt aus der Flasche.

Ich fühlte mich ziemlich mies.

Schließlich stand er im Flur. »Ich werde eine Weile nicht kommen.«

»Ich weiß.«

»Du wirst mir fehlen.«

»Du mir auch.«

»Wie lang bleibt er in New York?«

»Ich weiß nicht genau.« Jan hatte sich nicht genau geäußert.

Christian lächelte gezwungen. »Gute Nacht.«

»Gute Nacht.«

Er gab mir einen harten Kuss auf den Mund. Ein letzter Versuch. Einen Moment später lagen wir auf dem Fußboden. Christian nestelte an der Verpackung eines Kondoms. Er war einer von der schnellen und heftigen Sorte, ein Rammler mit einem netten, runden Hintern zum Anklammern. Es war ein guter, hitziger Fick mit viel Gegrabsche und Gestöhne. Er kam vor mir, was mich nicht überraschte. Ich folgte ihm kurz darauf, wahrscheinlich weil das letzte Mal Monate her war. Einen Herzschlag lang hatte es gedauert, dann war es vorbei. Kaum zu glauben, dass ich zuerst so einen Aufstand darum gemacht hatte. Danach war Christian wesentlich besserer Laune. Er blieb noch ein Stündchen. Wir machten Carmis Amaretto leer und plauderten über dies und das. Christian wollte noch mal, aber er war zu voll. Wir lachten darüber und verschoben es auf das nächste Mal. Und das war es dann. Ich kroch in mein Bett und schlief zum ersten Mal seit Monaten tief und fest und traumlos.

## 14

Zwei Stunden lang wartete ich im International Terminal auf Jans Maschine. Ich saß mit einer Zeitung in einem der üblichen dreckigen Airport-Bistros, in denen es winzige, geschmacksfreie Hotdogs und riesige Salzbrezeln zu kaufen gibt. Es stank nach Zigaretten. Ich vergiftete mich mit widerlichem schwarzen Kaffee. Die Eskapade von gestern Abend lastete auf mir. Ich fragte mich immer wieder, ob Christian wohl seitdem einen Gedanken an mich verschwendet hatte; jedenfalls hatte ich den ganzen Tag noch nichts von ihm gehört. Dass ich mit Christian geschlafen hatte, ließ mich vor allem an meinen Gefühlen für Jan zweifeln. Jan und ich hatten nie in irgendeiner Hinsicht über Treue gesprochen, aber mein Timing war trotzdem total daneben. Ich fühlte mich jedenfalls nicht gut dabei. Ich konzentrierte mich wieder auf die Zeitung und versuchte, den Gedanken aus meinem Kopf zu verbannen. Es dauerte nicht lange, bis jemand bemerkte, dass ich überhaupt nicht las.

»Ist hier noch frei?«

Ich schaute auf. Er war ein wenig größer als ich, trug einen schwarzen Anzug und ein graues Hemd ohne Krawatte. »Ja.«

Er zerrte den Stuhl geräuschvoll unter dem Tisch hervor und setzte sich. Dann sah er sich um. »Kommen Sie oft her?«

Ich schüttelte den Kopf und lächelte. Der Satz war ziemlich gut. »Sie?«

»Leider ja.«

Ich musterte seine Augen. Sie waren klein, dunkel und intelligent. Ich tat wieder so, als ob ich lesen würde. Ich hatte keine große Lust auf eine Unterhaltung. Ein anderes Mal wäre ich vielleicht kommunikativer gewesen. Ein paar Minuten verstrichen. Von irgendwo war blecherne Kaufhausmusik zu hören.

Er zog ein schwarzes Notizbuch aus seiner Jackentasche und blätterte darin herum. Er schien irgendetwas zu suchen. Dann wurde die Ankunft des Air India-Flugs 907 angekündigt.

»Schon mal da gewesen?«

»Wo?«

»In Indien?«

»Nein.«

»Ein Drecksloch.«

»Tatsächlich?«

Er nickte. Ich hätte ihn gerne gefragt, was er in so einem Drecksloch zu suchen gehabt hatte, aber er war mit seinem Notizbuch beschäftigt. Irgendwas musste er hineinkritzeln. Ich wandte mich wieder der Zeitung zu. Er tappte rhythmisch mit dem Fuß. Auf und ab. Auf und ab. Immer wieder. Es klang weniger nervös als abwartend. Ich überlegte, ob ich ihn fragen sollte, was er hier machte, aber dann fiel mir ein, dass ich keine Gegenfrage beantworten wollte. Ich faltete meine Zeitung zusammen.

»Sie gehen?«

»Nach einem Flug sehen.«

»Er hat Verspätung«, sagte er, ohne aufzusehen.

»Sie wissen ja nicht einmal, nach welchem ich sehen will.«

»In der nächsten Stunde kommen nur zwei Flieger rein. Einer von Islamabad, der andere von Kalkutta.« Er knöpfte sein Jackett auf. »Und die haben immer Verspätung.«

Jan kam mit Air India.

»Übrigens, mein Name ist Jacob«, stellte er sich vor.

Ich lächelte und nannte ihm den ersten Namen, der mir in den Sinn kam. »Ich bin Candy.«

»Candy?« Er lächelte. »Ohne Scheiß?« Er zerbiss einen Eiswürfel zwischen den Zähnen. Ich hätte Joan oder sonst was sagen sollen. Er starrte einen Moment lang mit seinen dunklen Augen in die meinen.

»Sind Sie aus der Stadt hier?«

»Ja.«

»Woher ungefähr?«

»Seventh und Fourteenth.« Ich hatte ihm keine ehrliche Antwort geben wollen, doch mein Mund schien sich unabhängig von meinem Verstand zu bewegen. Ich hatte die unangenehme Angewohnheit, höflich zu sein. Ich schaffte es nie, jemandem einfach zu sagen, dass er sich verpissen sollte – irgendwas fehlte mir dazu.

Er nickte gemächlich, als würde er sich einen speziellen Angriffsplan zurechtlegen.

»Hören Sie«, sagte er schnell. »Ich würde Sie gerne zu einer Party einladen. Ich bin Promoter und veranstalte sehr oft Partys.« Er schob seine Hand in seine Brusttasche und zog ein Kärtchen heraus: Jacob Bloom, Promoter. Darunter standen vier Telefonnummern.

»Sie haben aber ziemlich viele Nummern«, bemerkte ich und nahm die Karte. Er hatte schöne Hände mit glänzenden, manikürten Nägeln.

Er zuckte die Achseln. »Ich bin schwer zu erreichen.«

»Vermutlich«, antwortete ich und stand auf.

»Danke für den Platz.«

»Keine Ursache.«

»Wir sehen uns.«

»Bye.«

Ich wanderte durch die Flughafenhalle, um einen Blick auf den Monitor zu werfen. Der Party-Promoter hatte Unrecht gehabt – die Maschine kam pünktlich. Jan würde in fünf Minuten eintreffen. Mir war übel. Der Augenblick war da. Ich wünschte, er wäre es nicht.

Ich sah zu, wie die Passagiere aus den Gängen kamen. Glasige, schlafbedürftige Augen suchten die Abholenden ab. Die meisten Männer trugen weiße Turbane, die Frauen farbenprächtige Saris. Um mich herum begannen die Wiedervereinigungen; Menschen küssten und umarmten sich. Ich sah Jan, bevor er mich sah. Sein Gesicht war so faszinierend wie eh und je. Blasse Haut, die durch die milchig blauen Augen und die dunkelrosafarbenen Lippen betont wurde. Er war mindestens eins neunzig groß, wirkte aber noch größer. Ich stand da wie angewurzelt – als würde ich an dem Linoleum festkleben. Dann sah er mich auch. Eine Weile lang starrten wir uns nur an, und es kam mir vor wie eine Ewigkeit. Dann lächelte er und umarmte mich fest.

»Du hast mir gefehlt«, murmelte er, ohne mich loszulassen. Ich sagte ihm das Gleiche.

»Zwanzig Stunden«, sagte er, »ich war mir nicht sicher, ob du kommen würdest.«

Das hatte ich gar nicht in Erwägung gezogen. »Ich war mir nicht sicher, ob *du* kommen würdest!«

Wieder versenkte ich mich in seine Augen – sie waren vollkommen anders als alle anderen Augenpaare, die ich je gesehen hatte – fast durchscheinend, ein nichtexistenter Blauton.

Ich trat zurück und wäre fast über Jacob, den Party-Promoter gestolpert. Unsere Blicke trafen sich, aber er sah durch mich hindurch. Ich drehte mich wieder zu Jan um. »Hast du noch mehr Gepäck?«, fragte ich.

Er schüttelte den Kopf. »Nur das hier.« Er hielt einen kleinen, schwarzen Koffer hoch.

»Kein Ballast«, stellte ich fest.

»Nie«, sagte er. Jan wirkte wie einer, der von Kontinent zu Kontinent springen konnte, als würde er Hüpfekästchen spielen.

Während wir mit dem Aufzug zu den wartenden Taxen hinunterfuhren, warf ich ihm immer wieder verstohlene Blicke zu. Eigentlich sah er genauso aus, wie ich ihn in Erinnerung hatte – obwohl vielleicht seine Haare etwas dunkler und die Wangen eingefallener waren. Und er schien ein paar Pfund zugelegt zu haben. Als ich es ihm sagte, lachte er, wobei sein dreieckiges Gesicht weicher wurde.

»Ich vergesse immer wieder, wie hektisch New York ist«, bemerkte er, während er das Chaos um uns herum in sich aufnahm.

»Du warst schon einmal hier?« Er hatte es nicht erwähnt. Oder vielleicht hatte er es doch. Wir hatten in Europa über so viele Dinge gesprochen und so viel unternommen, dass ich mich nicht an jedes Detail erinnern konnte.

»Oh«, antwortete er nonchalant. »Zu viele Male, um sie zählen zu können.«

Es kam mir komisch vor, dass Jan New York vielleicht besser kannte als ich. Er könnte den Führer machen; der Gedanke gefiel mir.

»Du könntest mir ein bisschen was zeigen«, schlug ich vor.

»Gerne«, erwiderte Jan.

Ich hatte nicht mehr in Erinnerung gehabt, wie gut er sprach; sein Englisch war perfekt. Er hatte mir erzählt, dass sein Großvater Brite war. Er sprach praktisch akzentfrei.

Draußen war es grau; Wolken ballten sich am Himmel zusammen und ließen Eisregen befürchten. Wir stellten uns in die Schlange der frierenden Reisenden, die darauf warteten, ein Taxi zu bekommen. Ich rückte näher an Jan. Er zündete sich eine Zigarette an, dann drückte er sanft meine Hand. Seine fühlte sich warm und glatt an.

»Du frierst.«

»Kein Wunder bei diesem Wetter.«

»Im März ist es noch schlimmer«, erzählte er. »Der Wind reißt einen schier auseinander.«

Ich konnte mir kaum vorstellen, dass es noch viel kälter werden konnte. Und im März würde ich wieder in Kalifornien sein.

Schließlich saßen wir auf dem Rücksitz eines Taxis, das die Grand Central entlangfuhr. Es war eines dieser alten Wracks; das Quietschen und Knarzen der ramponierten Sitze begleitete uns ganz bis nach Manhattan hinauf. Jan warf mir ein paar Mal einen Blick zu, als wollte er mich küssen, aber er tat es nicht. Er liebkoste meine Hand, als sei die Berührung allein schon aufregend genug. Und das war sie auch. Es machte mir nichts, wenn er die Sache behutsam angehen wollte. Eigentlich zog ich das sogar vor. Mittlerweile war ich leider an das Gegenteil gewöhnt: Jeder mittelmäßige Typ erzählte einem schon nach der Vorspeise, dass er ein geläuterter Drogenabhängiger oder ein emotionaler Krüppel sei. Jans Zurückhaltung war angenehm.

Er sagte dem Taxifahrer, dass wir zwei Stopps machen wollten. Er würde erst mich absetzen und dann ins Hotel fahren, um ein bisschen zu schlafen, wenn es mir recht wäre. Er würde mich dann gegen acht abholen. Ich war natürlich einverstanden, schließlich hatte ich durchaus keine anderen Pläne gemacht. Ich ging zurück in Carmis Wohnung und wartete.

Um acht tauchte Jan mit einem Strauß weißer Tulpen auf. Carmi besaß keine Vasen, sodass ich mit einem Teekessel improvisieren musste. Dann gingen wir einen Block weiter zu einem winzigen französischen Restaurant, an dem ich schon zigmal vorbeigegangen war. Jan war bei seinem letzten New York Besuch hier gewesen; er meinte, es wäre ganz gut, wenn man Cassoulet und so was mochte. Wir setzten uns an einen kuscheligen Ecktisch ganz hinten. Der Laden war in Rosa und Mauve gehalten. Selbst die Teller waren rosa. Auf jedem Tisch leuchteten weiße Kerzen. In der Mitte des Raumes brannte ein Kamin. Jan bestellte bei einem Kellner mit einer schrecklichen Frisur und einem dünnen Schnurrbart eine Flasche Bordeaux. Dann betrachtete er mich eingehend. »Wie lange ist es her, seit wir uns gesehen haben?«

»Monate«, sagte ich.

»Es kommt mir wie Jahre vor.«

Wir lachten beide. Es war wirklich lange her, aber ich fühlte mich überhaupt nicht unbehaglich. Und Jan genauso wenig, wie es mir vorkam. Der Kellner kam mit dem Wein und entkorkte die Flasche. Wir bestellten.

Als wir wieder allein waren, begann Jan mit den Worten: »Dann bleibt uns nur noch eins.«

»Was denn?«

»Wein trinken natürlich«, sagte er lächelnd.

Jan hatte schiefe Zähne – ein Makel, den ich sehr anziehend fand.

»Wein trinken«, wiederholte ich. Wir stießen an.

Ich ließ dem Bordeaux einen Moment lang Zeit, sich in meinem Mund zu entfalten.

»Was hast du in Indien gemacht?«, fragte ich schließlich.

»Einen Freund besucht«, erwiderte er, während er Butter auf ein Stück Brot schmierte. »Und eingekauft.«

»Edelsteine, meinst du.«

»Ja«, sagte er. »Das ganz normale Programm.«

Ich fand das alles andere als normal. Gewöhnliche Leute reisten nicht quer über den Globus, um Diamanten einzukaufen. »Da ist überhaupt nichts normal dran.«

»Du hast Recht«, gab Jan zu. »Es ist harte Arbeit. Geld. Steine. Poppadum. Der Ganges. Elefanten.« Der Kellner brachte unser Essen.

»Bist du auf einem geritten?«, fragte ich, während ich mir seine dünnen Beine auf ledriger Haut vorstellte.

»Auf einem Elefanten?« Jan lachte. »Eigentlich nicht.« Er probierte sein Cassoulet.

»Mein Freund allerdings schon«, fuhr er fort. »Er steht auf solche Sachen.«

»Was für Sachen?«

»Elefanten reiten. Untätig am Strand von Goa rumhängen. Ich beneide ihn.« Jan lächelte. »Wir sollten irgendwann mal hinfahren ...«

Wir waren gerade erst wieder zusammen und er sprach davon, an Orte zu reisen, für die es vermutlich noch nicht mal einen Reiseführer gab. Ich fühlte mich geschmeichelt, aber ich war gerade erst dabei, mich an New York zu gewöhnen.

»Schwer durchführbar«, sagte ich, obwohl ich mir gut vorstellen konnte, mit Jan nach Europa zurückzukehren und dort eine Weile zu bleiben. Eigentlich ganz einfach.

»Vermutlich«, gab er zu. »Wir kennen uns ja kaum.«

Ich nickte. Er hatte Recht.

»Aber ich weiß«, begann er zögernd, »dass ich dich mag.«

»Ich dich auch«, sagte ich. Und es stimmte – ich mochte Jan wirklich. Er war anders – von seinen seltsamen Augen bis hin zu der Art, wie er dachte. Jan konnte launisch sein. Er machte aus heiterem Himmel Vorschläge, nur um sie genauso schnell wieder zu verwerfen.

Jan legte sein Besteck ordentlich auf den Teller. Er hatte sogar bessere Manieren als die meisten Frauen, die ich kannte. Das war eine weitere Eigenschaft, die ich sehr einnehmend fand.

Als wir schließlich das Restaurant verließen, waren die Straßen so gut wie ausgestorben. Langsam gingen wir zu Carmis Wohnung zurück, wobei wir immer wieder anhielten, um eine schöne Fassade zu betrachten oder in ein Schaufenster zu sehen. Wir sprachen über nichts Besonderes – mehr über alltägliche Dinge, Anekdoten aus meinem Job und was ich bisher in New York so gemacht hatte. Die Unterhaltung ging mühelos vonstatten. Ich war froh, dass er hier war.

Als wir an Carmis Haus ankamen, zögerte ich. Ich wusste nicht genau, ob ich ihn noch hochbitten sollte. Ich wollte ihn gerade fragen, als Christian in einem Taxi vor der Tür anhielt. Die Haare im rotfleckigen Gesicht, wälzte er sich aus dem Wagen und bedachte mich mit einem breiten Grinsen. Er stellte sich so dicht neben mich, dass ich sein süßes Parfüm in der kalten Nachtluft riechen konnte. Er musterte Jan rasch von Kopf bis Fuß, kicherte wie ein Schakal und sagte hallo. Ich musste ihn wohl oder übel vorstellen.

Jan schüttelte ihm relativ desinteressiert die Hand. Christian lächelte und fing sofort an, über Schweden und Belgien zu labern, welche ja beide kleine, verkappt sozialistische Länder seien. Er war »einen Freund besuchen« gewesen, um »das Projekt zu feiern«. Irgendwann ging ihm der Gesprächsstoff aus. Er versuchte, meinen Blick einzufangen, aber ich sah ihn nicht an. Schweigen breitete sich zwischen uns aus. Christian musste den Wink mit dem Zaunpfahl verstanden haben, denn er wünschte uns schließlich fröhlich eine gute Nacht und tapste ins Haus.

Als er weg war, fragte Jan: »Was war denn das für eine Nervensäge?«

»Mein Nachbar.«

»Kennst du ihn?«

»Nicht wirklich«, log ich. »Mein Onkel hat mit ihm zu tun.«

»Nicht mein Typ.«

»Warum nicht?«

»Er ist einfach ein arroganter Holländer«, sagte Jan. Er blinzelte mir zu und wandte sich dann ab, um einem Taxi zu winken.

»Nein«, korrigierte ich. »Ein arroganter Schwede.«

Das Taxi hielt. Jan küsste mich auf eine Art und Weise, die in mir den Wunsch wachrief, dass er bleiben würde. Und so lange, dass ich den Eindruck hatte, er würde dasselbe denken. Doch Jan war zu höflich, um sich selbst einzuladen. Bevor er in den Wagen einstieg, versicherte er mir, dass er mich anrufen würde. Dann war er fort. Ich bleib noch einen Moment lang wie betäubt stehen und betrachtete die Autos, die vorbeifuhren. Irgendwie fühlte ich mich total aus der Bahn geworfen.

## 15

Am nächsten Abend trafen wir uns spät, um noch einen Trinken zu gehen. Jan holte mich ab, gekleidet in Jeans und schwarzen Rollkragenpullover. Er war ordentlich gekämmt und glatt rasiert und wirkte wie ein gut aussehender Student auf dem Weg zur Vorlesung. Zuerst wollten wir nach Downtown, aber es war eiskalt draußen und wir konnten kein Taxi finden. Also landeten wir in einer Pinte in der Nähe, die mit einer wuchtigen hölzernen Bar, hohen Hockern und einem Mosaikboden ausgestattet war. Christian hatte mir den Laden irgendwann einmal empfohlen. Er war gemütlich und relativ leer. Und das Beste war: keine Spur von Christian.

Eine Kellnerin, deren gepiercte Augenbrauen ganz verschorft waren, fragte uns, was wir wollten. Jan ließ sich von ihr alle amerikanischen Biersorten aufzählen. Dann bestellte er ein Rolling Rock; er wollte etwas Authentisches.

»Was ich dir noch erzählen wollte«, begann Jan, eine noch nicht angezündete Zigarette in der Hand. »Ich habe deinen schwedischen Nachbarn vorhin im Foyer getroffen.«

»Christian?«

Jan nickte. »Er hat gerade seine Post geholt.«

»Hast du mit ihm gesprochen?«, fragte ich.

»Sicher«, antwortete er. »Er hat mir von einer Renovierung erzählt, mit der man ihn beauftragt hat.«

»Oh.« Christian gab sich ein bisschen zu freundlich für meinen Geschmack. »Er ist Innenarchitekt.«

»Das dachte ich mir.« Jan nahm einen Schluck Bier und verzog das Gesicht. »Wie Wasser.«

»Das Bier?«

Er lächelte. »Ich vergesse es immer wieder.«

»Was hat er denn noch erzählt?« Ich wollte alles wissen.

»Nicht viel. Nur, dass er mir noch einen ausgeben will.«

»Wieso?«, fragte ich. Ich sah Christians Engelsgesicht vor mir. Was hatte er vor?

»Keine Ahnung«, sagte Jan. »Aber wenn er mich auf einen Drink einladen will, dann soll er das ruhig machen.«

»Ich dachte, du magst ihn nicht.«

»Er ist okay.« Jan lächelte. »Ich glaube, er mag *mich*. Wir sind hier in einem freien Land.« Er lachte. Er war irgendwie ungewöhnlich gut drauf. Vielleicht lag es am Alkohol.

Ich lachte auch, allerdings nur, um ihn nicht misstrauisch zu machen. Plötzlich fragte ich mich, ob ich Christian überhaupt kannte.

Wir killten gerade die zweite Runde, als zu meiner Überraschung – und zu meinem Missfallen – Kyle wie ein Derwisch hereinfegte. Was hatte er hier zu suchen? Stellte er mir etwa nach? Beinahe hätte er ein Mädchen umgerannt, das am Eingang herumstand. Sie fing sich jedoch und lächelte schief. Kyle lächelte zurück und glotzte gierig auf ihr enges, schwarzes Spitzenkleid. Dann lehnte er seine knochige Hüfte gegen einen Barhocker und schaute sich um. Ich versuchte, mich hinter Jan zu verstecken, doch Kyle sah mich. Er winkte lässig, als ob er erwartet hätte, mich hier zu sehen.

Schließlich kam er auf uns zu. »Hey«, grüßte er und deutete mit dem Daumen hinter sich. »Ich glaub, die will mich.«

Typisch Kyle. Er brauchte ständig Selbstbestätigung. »Vielleicht solltest du mit ihrem Dad sprechen«, sagte ich und bedachte ihn mit einem »Verpiss-dich«-Blick. Aber Kyle lachte nur.

Zum zweiten Mal war ich gezwungen, jemanden vorzustellen, den Jan eigentlich nicht hätte kennen lernen sollen. Es war mir peinlich, Kyle als meinen »ältesten Freund« einzuführen. Aber ich kam nicht drum herum und eigentlich war ich ja daran gewöhnt. Ich konnte ihn – oder die letzten elf Jahre – schlecht verleugnen. Jan wirkte nicht verärgert durch die Störung. Er schüttelte Kyle kräftig die Hand.

»Belgier, richtig?«, fragte Kyle.

»Ja«, bestätigte Jan. »Das Land, das die Waffel erfunden hat.«

»Ich war in San Francisco mit 'ner Alten aus Belgien zusammen«, erzählte Kyle, ohne den Waffelwitz mitzukriegen. »Sie war vielleicht eine falsche Schlange.«

Jan lächelte. Wahrscheinlich hatte er keine Ahnung, was er von Kyle halten sollte, obwohl er amüsiert aussah.

Die Kellnerin kam, um die nächste Bestellung aufzunehmen. Jan fragte zu Kyles Begeisterung nach Whiskey. Die zwei hatten tatsächlich Spaß miteinander! Ich hätte sie mir nie zusammen vorstellen können.

»Yassi ist endgültig abgehauen«, sagte Kyle. »Sie hat mich auf der Miete für das Rattenloch sitzen lassen.«

»Du kommst drüber hinweg«, tröstete ich ihn. Ich schilderte Jan kurz die von vornherein zum Scheitern verurteilte Beziehung der beiden.

Kyle schüttelte den Kopf, als ob ich die Tiefe seiner Gefühle vollkommen unterschätzt hatte. Ich war beinahe versucht, ihm ein Taschentuch zu reichen. »Sie ist die Frau, die ich liebe, die Frau, für die ich sterben würde.« Dann wandte er den Kopf und schenkte dem Minikleid-Mädchen ein breites Grinsen, das sie mit einem Lächeln erwiderte.

»Du wirst es überleben«, sagte Jan, der gute Beobachter. »Bestimmt triffst du demnächst eine neue falsche, belgische Schlange.«

Kyles Gesicht erhellte sich. »Das wäre klasse.«

Jan interessierte sich wahrscheinlich nicht allzu sehr für Kyles melodramatische Affären. Ich im Moment übrigens auch nicht. Alles, was ich wollte, war, ihn so schnell wie möglich loswerden.

»Vielleicht kommt diese Yassi ja auch wieder zurück«, meinte Jan.

»Zurück?«, heulte Kyle auf. »Wenn ich sie in die Finger kriege, bring ich sie um. Sie hat mein Dope geklaut.« Er grinste. »Das ist für mich Grund genug.«

»Es gibt keinen einzigen guten Grund, um jemanden umzubringen«, sagte Jan und stand auf. »Niemand sollte sich so etwas überhaupt nur *wünschen.*« Damit verschwand er in Richtung Toiletten.

Kyle grinste hämisch. »Wo hast du den denn aufgetrieben?«

»In Berlin. Ich hab's dir erzählt.«

»Er gefällt mir«, sagte er. »Obwohl er schon irgendwie komisch ist.«

»Gar nicht«, antwortete ich. Irgendwie fühlte ich mich bemüßigt, Jan zu verteidigen. »Was soll an ihm merkwürdig sein?«

Aber Kyle hörte nicht mehr zu. Seine Gedanken waren schon woanders. »Ist er reich?«

»Ich weiß nicht. Er handelt mit Edelsteinen.«

»Edelsteine?« Kyle verzog das Gesicht. »Klingt nach Kohle.« Er boxte mir leicht gegen die Schulter. »Warum ziehst du ihm nicht einen über und klaust ihm sein Geld?«

Ich hatte keine Lust, mich auf das Geplänkel einzulassen. Kyles Spielchen wurden schnell schal.

»Er ist irgendwie unwitzig«, meinte Kyle weiter.

»Woher willst du das denn wissen?«

»Ich bin hier, oder etwa nicht?«

Ich wünschte, er wäre es nicht gewesen. »Dann sei du doch zur Abwechslung mal witzig.«

Kyle bedachte mich mit einem Blick, aus dem leichte Beunruhigung sprach. Ich beobachtete, wie Jan sich seinen Weg zum Tisch zurückbahnte. Zwei Frauen drehten sich nach ihm um. Er setzte sich wieder. »Trinken wir noch einen Letzten?«

»Gerne«, antwortete Kyle.

Ich schüttelte den Kopf. »Ich fühle mich nicht besonders.« Ich wollte nichts als mit Jan verschwinden. Sollte Kyle sich doch bewusstlos saufen.

»Du konntest noch nie richtig trinken«, stellte Kyle fest. Dann schlug er Jan auf den Rücken. »Besaufen wir uns gemeinsam.«

»Klar«, stimmte Jan zu. »Ich könnte noch einen gebrauchen.« Er seufzte und fuhr sich mit der Hand durchs Haar. »Es war ein langer Tag.«

»Erzähl«, sagte Kyle. »Jeder Tag meines verfickten Lebens ist lang.«

Ich versuchte, mir meine Überraschung nicht anmerken zu lassen. Kyle und Jan wollten gemeinsam um die Häuser ziehen? Das war einfach zu schräg.

Ich beschloss, Jan keinesfalls mit Kyle allein zu lassen. Carmi hatte jede Menge Alkohol für Jan. Ich stand auf. Jan nicht. Es war seltsam, die beiden ausnahmsweise einmal zu überragen.

»Wir sehen uns später«, sagte Jan und blickte auf seine Uhr. »Geh ruhig schon vor, wenn es dir nicht so gut geht.«

Ich stand da, spürte die erwartungsvollen Blicke der beiden auf mir und kam mir reichlich dämlich vor. Na gut! Wenn sie einen »Männerabend« wollten – bitteschön. Ich hatte Jan nicht für einen Schulterklopfer gehalten, aber unglücklich sah er auch nicht gerade aus. Ich selbst war nicht gerade begeistert, dass er blieb, aber ich wollte auch nicht, dass er dachte, ich würde klammern. Also verabschiedete ich mich kühl und ging. Draußen stellte ich fest, dass es noch ziemlich früh war. Statt mir ein Taxi anzuhalten, ging ich ein Stück spazieren. Die frische Luft tat mir gut. Nach ein paar Blocks ging es mir besser. Schließlich landete ich in einem Antiquariat, das noch geöffnet hatte, und stöberte zwischen den staubigen Regalen herum, vom modrigen Geruch alten Papiers umgeben. Ich hatte es nicht eilig; Kyle würde Jan mindestens für eine Stunde festhalten. Also blätterte ich in einem alten Buch über Edelsteine. Darin erfuhr ich, dass man in Indien glaubte, Diamanten könnten einen vor Gefahren beschützen.

## 16

Als ich zu Carmis Wohnung kam, rammte ich den richtigen Schlüssel ins falsche Schloss. Ich hatte die oberste Regel meines Onkels vergessen, die da besagte: *Was immer du tust, stecke nie den Schlüssel für das obere Schloss in das untere Schlüsselloch.* Ich zerrte am Schlüssel, aber er bewegte sich keinen Millimeter. Warum Carmi das verdammte Ding niemals hatte austauschen lassen, war mir ein Rätsel. Ich fluchte wie ein Kesselflicker. Jetzt musste ich den Hausmeister wecken, und es war bereits nach elf.

Als ich wieder auf den Fahrstuhl zuging, sah ich, dass Christians Tür einen Spalt offen stand. Ich überlegte, ob ich ihn um Hilfe bitten sollte. Das würde ihm gefallen – eine Lady in Not. Ich stand eine weitere Minute im Flur und versuchte, mich zu entscheiden, bis mir einfiel, dass er wahrscheinlich gar nicht allein war. Möglich, dass die entzückende Giti bei ihm war und ein paar Lektionen für ihre bevorstehende arrangierte Ehe bekam. Doch dann entschied ich, mich der eventuellen Peinlichkeit auszusetzen. Ich klopfte ein paar Mal gegen die Tür, aber es rührte sich nichts. Also klopfte ich wieder, diesmal lauter. »Christian«, rief ich. Immer noch nichts. Vielleicht war er besoffen eingeschlafen und hatte vergessen, die Tür richtig zuzumachen.

Ich stieß sie auf. Die Angeln quietschten. In der Wohnung war Licht. Wieder rief ich seinen Namen. Ich betrat den Flur und lauschte auf irgendein Lebenszeichen. Ich stellte mir Christian auf dem Bett ausgestreckt vor, seine teuren Schuhe davor, seine zerknitterten Klamotten halb ausgezogen. »Christian«, rief ich wieder und schlich durch die Wohnung. Jetzt erst wurde mir bewusst, dass ich noch nie hier gewesen war. Das Wohnzimmer war leer bis auf einen Glastisch, auf dem einige verschließbare Tüten lagen, eine schwarze Ledercouch und ein paar Zeitschriften. Ich trat auf die Zeitung von gestern; die Seiten raschelten unter meinen Füßen. In der Luft hing der Geruch von Zigaretten. Es war kalt. Ich begann zu frösteln. Irgendwo musste ein Fenster offen sein. Ich rief noch einmal seinen Namen. Die Stille machte mich nervös.

Das Schlafzimmer war dunkel. Der Wind von draußen ließ die Vorhänge flattern wie Lenkdrachen. Ich konnte die Umrisse von Christians schlafender Gestalt ausmachen, die an der gegenüberliegenden Wand zusammengesackt war. Giti war nirgendwo zu sehen. Ich ging zögernd auf ihn zu und flüsterte seinen Namen, um ihn nicht zu erschrecken. Als ich auf Armeslänge herangekommen war, streckte ich meine Hand aus und legte sie ihm auf die Schulter. Er war bewusstlos. Seine Haut war kühl und glatt wie ein gefrorener Apfel. Ich schüttelte ihn ein bisschen. »Christian«, sagte ich, während ich halb darauf gefasst war, dass er aufsprang und mich zu Tode erschreckte. »Christian«, wiederholte ich und ohrfeigte ihn. »Wach auf.« Er lehnte an der Wand wie ein Kartoffelsack. »Hör mit dem Mist auf«, rief ich und verpasste ihm noch eine. Doch er bewegte sich immer noch nicht. Ich spürte, wie Panik in mir aufstieg. Ich tastete mich zu seinem Schreibtisch und knipste die Lampe an, die umgehend ihr grausames Licht verströmte. Einen Moment lang war ich geblendet.

Das Haar hing ihm wie ein dünner Schleier im Gesicht. Seine Arme hingen schlaff herab, die Finger waren gekrümmt. Ich hörte, wie mein Atem heftiger kam. Ich wiederholte seinen Namen, obwohl ich bereits wusste, dass ich keine Antwort bekommen würde. Dennoch war ich sicher, dass meine Augen mich täuschen mussten. Ich konnte mich nicht mehr bewegen. Ich rief ihn erneut, doch meine Stimme war nur noch ein Krächzen. Seine weichen Locken klebten ihm am Kopf und waren getränkt mit etwas, das wohl Blut sein musste. Ich spürte, wie sich mein Schließmuskel zusammenzog und eine Gänsehaut meinen Körper überzog. Ein fauliger Geruch wie von schlechten Tomaten drang in meine Nase und füllte meine Lungen. Ich beugte mich über den Schreibtisch und würgte so heftig, dass meine Augen zu tränen begannen. Nun sah ich auch das Blut, das sich wie aus einem riesigen Tintenfass über die Wand ergossen hatte. Der Magen drehte sich mir um. Ich kotzte alles voll. *Ruf die Polizei. Geh zum Telefon und wähl die 911. Dein Nachbar ist tot. Das passiert wahrscheinlich jede Nacht. Die Vermittlung kennt das schon. Bitte kommen Sie und kratzen meinen Nachbarn vom Boden. Er stinkt schon langsam. Das verdirbt den Appetit.*

Irgendwo schlug eine Tür zu. Aber ich konnte meinen Blick nicht von Christian lösen. Ich glaubte, meinen Namen zu hören. Aber ich war nicht sicher. Ich war irgendwo anders, wo niemand Englisch sprach. Ich gehörte zu einem Spionagering mit Gewehren und Landminen und verwundeten Männern. Ich wartete auf ein Unterkommando, das über mein Schicksal entscheiden würde. Und dann stand plötzlich Jan vor mir, sein Gesicht eine Ansammlung von Furchen. »Was tust du hier?«, flüsterte er. Ich brachte kein Wort heraus; mein Mund war wie mit Watte ausgepolstert. Jan drückte zwei Finger gegen Christians weißen Hals. »Er ist tot«, sagte er ruhig, doch seine Hände zitterten. »Hast du die Polizei angerufen?«

Ich schüttelte den Kopf. Jetzt war ich bereit aufzuwachen.

Jan zerrte mich aus der Wohnung und in Carmis hinein. Er schob mich auf die Couch.

»Hast du angerufen?«, fragte er noch einmal.

»Nein«, sagte ich. Ich versuchte zu weinen, aber es kam nicht viel mehr als ein angestrengter Schluckauf.

Jan nahm den Hörer und wählte. Ich konnte nicht verstehen, was er sagte. Nachdem er aufgelegt hatte, machte er den Barschrank auf und mixte mir irgendwas Starkes zusammen. Ich leerte das Glas in einem einzigen krampfhaften Zug. Dann wurde mir schwarz vor Augen und ich fragte mich nur noch, wie Jan es geschafft hatte, den steckenden Schlüssel aus dem Schloss zu kriegen, bevor ich wegdämmerte.

ein- oder zweiwöchigen Grippe. Ich hatte gerade meine zweite Tasse Kaffee ausgetrunken, als der Portier anrief: Kyle war unten. Ich war überrascht, dass er sich dazu herabließ, sich so förmlich anzumelden. Vielleicht hatte er das mit Christian erfahren, vielleicht waren die Wachleute im Haus aber auch aufmerksamer geworden. Nach einem Mord könnte man das erwarten. Ich ließ Kyle heraufkommen.

»Siehst scheiße aus«, sagte er zum Gruß. Er hatte Recht. Dieses Mal war ich diejenige mit den fettigen Haaren, der bleichen Haut und den dunklen Rändern unter den Augen. Kyle sah allerdings auch nicht viel besser aus.

»Es ist viel passiert«, erklärte ich, als er mich wie üblich grob an sich drückte.

Er hörte nicht zu. Immer noch sah er mich prüfend an. »Du siehst aus wie ein Junkie.«

»Nur vorübergehend.«

»Das sage ich auch immer.«

»Mach dir keine Sorgen.«

Er lachte und machte es sich auf der Couch bequem. »Wo ist Jan?«

»Arbeiten.« Gestern Abend hatte er mir was vom Chinesen mitgebracht. »Ich müsste eigentlich auch arbeiten«, sagte ich. »Aber ich bin krankgeschrieben.«

Kyle kicherte. »Jetzt machst du ihn aber schlecht.«

Ich gab keine Antwort. Mir fehlte die Energie. Ich rieb mir die Schläfen mit den Fingerspitzen.

Kyle zog einen dicken Joint aus seiner Tasche. »Was ist los mit dir?«

In Kyles Augen konnte niemand außer ihm irgendein ernsthaftes Problem haben. »Mein Nachbar«, sagte ich und deutete auf die Wand. »Er ist tot.«

»Soll das 'n Witz sein?«, fragte er und zog seine sommersprossige Nase kraus. »Diese französische Schwuchtel?«

Ich spürte, wie mir die Tränen in die Augen stiegen. »Schwedisch, war er zumindest.«

Kyle hörte auf, mit seinem Joint herumzuspielen. »Ernsthaft?«

»Absolut«, sagte ich. »Er ist tot. Jemand hat ihm den Schädel eingeschlagen.«

Nachdenklich zog er an seiner Tüte. »Cool.«

»Schön, dass du das so prickelnd findest.«

»Soll ich jetzt gleich in Tränen ausbrechen?«

Von Kyle konnte man kein Mitgefühl erwarten; er war dazu gar nicht in der Lage. Trotzdem war seine elende Berechenbarkeit irgendwie tröstlich vertraut.

»Du mochtest ihn doch sowieso nicht«, fuhr er fort. »Du hast mir doch erzählt, dass er dauernd versucht hat, dich anzugraben.« Er streifte die Asche in einen Becher ab. »Das wird er wohl jetzt nicht mehr tun.«

»Wohl nicht.« Ich hatte Kyle nicht viel über Christian erzählt – nur, dass wir ein paar Mal zusammen weg gewesen waren. Ich musste mich wohl mal beschwert haben, dass Christian öfter unangemeldet bei mir aufgetaucht war. Daraus hatte er natürlich seine Schlüsse gezogen.

»Wie ist es denn passiert?«

»Ich hab ihn in seinem Schlafzimmer gefunden.« Es klang, als hätte ich es mir ausgedacht.

»Und was hast du in seinem Schlafzimmer gemacht?«

»Ich bin abends spät nach Hause gekommen. Seine Wohnungstür stand offen.«

»Ist was geklaut worden?«

»Nein.«

»Nicht mal sein Fernseher?«, fragte Kyle.

»Nein.«

»Dann muss er ja ganz schön tief in irgendeiner Scheiße gesteckt haben.« Er pflückte sich ein bisschen Gras von der Lippe.

Ich verdrehte die Augen. »Wie kommst du denn darauf?«

Kyle stieß den Rauch aus und schüttelte den Kopf. »Du wusstest so gut wie nichts über ihn.«

»Er war Schwede. Er war auf der Columbia University. Er war Innenarchitekt.« Ich wusste vermutlich mehr über Christian als über Jan.

»Innenarchitekt.« Kyle lachte abfällig. »Schöne Idee.«

»Was redest du da?«

»Er hat gedealt. Mit Koks und Gras, mit allem, was gut ist.«

»Das glaub ich dir nicht.« Das war Kyles Art, es mir heimzuzahlen.

»Das solltest du aber.«

»Warum?« Ich musste plötzlich an Christians volle Brieftasche denken. »Hast du Beweise?«

Er verzog das Gesicht, sauer, dass ich für Christian Partei ergriff. Er fand mich unloyal. »Ich hab manchmal bei ihm gekauft, wenn du's genau wissen willst.«

Ich wäre beinahe aus dem Sessel gesprungen. »Was?«

Er nickte gelassen und lächelte, zufrieden mit dem Effekt seiner Enthüllung. »Der Kerl hat mir das beste Zeug verkauft, das ich je hatte.«

»Warum hast du mir das nicht gesagt?« Ich setzte mich wieder.

»Als er festgestellt hat, dass ich dich kenne, hat er mich gebeten, den Mund zu halten.«

»Und du hast ihm den Gefallen getan.«

»Ich hätte es dir noch erzählt ... bei Gelegenheit.«

Ich schüttelte den Kopf. Kyles Logik war lächerlich, pervers. Ich saß da und starrte ihn an. Am liebsten wäre ich aufgestanden, um ihm eine zu knallen. Es war so still, dass ich den Wecker im Schlafzimmer hören konnte. Ich stand auf. In meinem Schädel hämmerte es. Ich ging in die Küche und stemmte meine Hände auf den Rand des Spülbeckens. Ich starrte in den kleinen, schwarzen Abfluss, als sich das Bild von Christian und Kyle, die sich über einen Stapel Tütchen beugten, aus dem Nichts materialisierte. »Was soll der Aufstand?«, fragte Kyle, der mir in die Küche gefolgt war und sich nun neben mich an die Arbeitsfläche lehnte. »Bist du eifersüchtig?«

»Worauf soll ich denn eifersüchtig sein?« Ich hätte fast geschrien.

»Entspann dich«, sagte Kyle und kam näher. Ich konnte den Cannabis-Geruch in seinen Klamotten riechen.

»Ich bin entspannt.«

»*Ich* war eifersüchtig. Ihr habt für meinen Geschmack etwas zu viel Zeit miteinander verbracht.«

Noch mehr Gelaber. Es war ein Wunder, dass ich nicht selbst einen Mord beging. »Ich hab ihn doch kaum gesehen.«

»Du *hast* ihn gesehen«, beharrte er und legte seine Hände auf meine Hüften. »Ich hab dich beobachtet.«

»Mich beobachtet?«, fragte ich entsetzt. Ob Kyle derjenige war, der mir gefolgt war? Der Gedanke machte mir Gänsehaut.

»Ja.« Kyle nickte, als ob das völlig normal wäre. »Ich wollte ein Auge auf dich haben ...«

Ich spürte, wie sich ein halb hysterisches Lachen durch meine Kehle aufwärts arbeitete. »Was glaubst du eigentlich, wer du bist?«, fragte ich. Ich hatte große Lust, ihn rauszuschmeißen. »Mein Bodyguard?«

»Ich wollte nur für alle Fälle da sein«, sagte er und verzog schmollend den Mund. »Er hat gesagt, er würde dich vögeln, da dachte ich-«

»Und du hast ihm geglaubt?«, brüllte ich.

»Ich *wollte* ja noch mit dir darüber reden«, behauptete Kyle und schmiegte sich an mich. Der Rand der Arbeitsplatte drückte sich in meine Taille. »Wirklich.«

Besser gar keinen als Kyle als Freund. Ich hätte gerne gewusst, wie lange er schon »ein Auge auf mich hatte«. Also hatte ich mich nicht getäuscht – jemand hatte mich beobachtet und zwar Kyle. Ich versetzte ihm einen Stoß mit der Hüfte. »Lass mich in Ruhe.«

Er trat einen Schritt zurück. »Im Übrigen war er eine Schwuchtel«, fuhr er fort.

»Halt's Maul.«

»Er wollte mir einen blasen.«

»Blas dir selbst einen«, schrie ich. »Du redest von einem Toten!«

Aber Kyle ließ sich nicht beirren. »Zuerst wollte er mich aber küssen«, erzählte er. »Da hab ich ihm schon gesagt, dass er die Sache vergessen soll.« Er grinste. Seine Augen waren so rot, dass ich mich fragte, ob er überhaupt noch was sah. »Ich schwöre.«

»Hau ab.«

Kyle hob die Hände, als ob er sich ergeben würde. Dann ging er zurück ins Wohnzimmer, warf sich wieder auf die Couch und zündete sich noch einen Joint an. Ich hörte sein Feuerzeug. Ich blieb in der Küche und wartete darauf, dass er verschwinden würde. Ich konnte seinen Anblick nicht mehr ertragen. Zehn Minuten später kam er, immer noch völlig unbekümmert, zurück in die Küche und fragte, ob ich mit in eine Bar kommen würde. Er wolle eine Frau treffen – eine Filmemacherin, für die er ganz er selbst sein sollte. Das machte ihn natürlich an. Ich wollte ganz und gar nicht, und er ging.

Als ich Kyle gerade als das widerliche, abgestumpfte Arschloch, das er war, abschreiben wollte, rief er mich aus einer Telefonzelle an, um mir zu sagen, dass es ihm Leid tat wegen Christian; es täte ihm auch Leid, dass er mir nicht von dem Dope erzählt hätte, und noch mehr, dass er eben bei mir so blöd rumgelabert hätte – er hätte Christian wirklich gemocht. Für einen Euro wäre er ganz okay gewesen. Und ausnahmsweise klang Kyle mal ernst.

## 18

Eine Woche verstrich, ohne dass ich etwas von der Polizei hörte. Sie arbeiteten an Christians Fall: Sie sammelten Informationen, suchten nach Zeugen, gingen Verbrecherkarteien durch. Sie hatten nicht viele Anhaltspunkte. Christians Vater kam, um den Leichnam zu überführen. Mehr erzählte die Polizei mir nicht. Ich hatte derweil weiterhin Alpträume. Christian stattete mir jede Nacht mit blutverklebtem Haar und blauschwarz verquollenen Augen einen Besuch ab. Er wollte wissen, warum ich ihm nicht helfen würde. Ich suchte angestrengt nach einer Erklärung. Und dann wachte ich gewöhnlich auf – unfähig, irgendwas zu tun. Langsam machte die Sache mich verrückt. Für mein Berufsleben war das Ganze auch nicht gerade gut; ich meldete mich noch weitere vier Tage krank. Ich ging davon aus, dass man es bei Barneys verstehen würde. Ein Mord war schließlich keine Grippe.

Jan war ein Gentleman. Immer wieder entschuldigte er sich dafür, dass er damals in der Bar nicht gleich mit mir gegangen war. Wenn wir zusammen gegangen wären, hätte *er* Christian gefunden, nicht ich. Er hätte mir den Schock, über eine Leiche zu stolpern, ersparen können. Er schien beunruhigter über das, was ich gesehen hatte, als über das, was tatsächlich geschehen war. Dass Christian nun kein Teil dieser Welt mehr war, belastete ihn nicht wirklich. Natürlich konnte man auch nicht erwarten, dass Jan wegen seines Todes am Boden zerstört war – schließlich hatte er Christian nur zweimal getroffen. Jan versuchte, mich mit langen Spaziergängen und gutem Essen aufzumuntern, aber ich war keine gute Gesellschaft.

Und auch sonst war nicht viel mit mir los. Wir hatten immer noch nicht miteinander geschlafen. Aber Jan war ein Typ, der warten konnte – ganz anders als die heißblütigen Amerikaner, die ich ansonsten kannte. In Belgien hatten wir viel Sex gehabt. Aber da war auch nichts anderes zu tun gewesen. Er hatte Urlaub und ich auch. Es hatte sich alles ganz natürlich ergeben. Aber im Augenblick wäre es mir wie ein Sakrileg vorgekommen, so kurz nach Christians Tod Spaß zu haben.

An einem Abend lud Jan mich in die Carnegie Hall ein, um mich aufzumuntern. Ich kann mich nicht erinnern, was wir uns anhörten – irgendeine finstere, klagende Symphonie. Eigentlich hatte ich gar nicht hingehen wollen. Ich trug die Schuhe, die Christian für mich gekauft hatte. Zu seinen Lebzeiten hatte ich sie nicht aus dem Karton herausgenommen, wie oft er mich auch gebeten hatte, sie zu tragen. Jetzt zog ich sie kaum noch aus. Es waren tolle Schuhe – die besten, die ich je gehabt hatte. Das Leder hatte sich perfekt meiner Fußform angepasst – als trüge ich sie schon seit Jahren. Außerdem sahen sie einfach gut aus. Ganz schlicht, trotzdem teuer. Irgendwie genau wie Christian – man musste zweimal hinschauen.

Während des dreistündigen Konzerts nickte ich ein, um irgendwann ruckartig aufzuschrecken. Wieder hatte Christian mir einen Besuch abgestattet. Doch dieses Mal war der Traum anders gewesen. Er hatte mich gewarnt: *Da ist jemand hinter dir her.* Ich war in hysterisches Gelächter ausgebrochen. Und Christian hatte nachdrücklich gesagt: *Warum nimmst du mich nie ernst?*

Als das Konzert endlich zu Ende war, gingen Jan und ich noch in ein Café in der Nähe. Es war einer dieser Nepp-Läden mit mittelmäßigem Kaffee und pappigen Kuchen. Wir saßen uns an einem Tisch gegenüber, aber meine Gedanken waren noch bei Christian. Wenn ich nur intensiv genug nachdachte, würde mir sicher schon einfallen, warum er gestorben war. Ich würde ihm helfen können. Als ich im Geiste gerade mal wieder eine Theorie entwickelte, wurde ich von Jan unterbrochen. »Du bist während der Symphonie eingeschlafen.«

»Ich weiß«, gab ich ein bisschen verlegen zu.

»Du hast von ihm geträumt.« Jan sah mich konzentriert an. Ich fühlte mich ertappt. Stellte er nur Vermutungen an? Oder hatte ich im Schlaf gesprochen? Ich fragte nicht. Es war schließlich nur normal, dass ich an Christian dachte. »Du meinst von Christian?«, fragte ich.

»Ja«, sagte er. Er wirkte irgendwie getroffen.

»Ich kann nichts dafür.«

»Ihr müsst euch nahe gestanden haben.«

»Eigentlich nicht«, sagte ich, obwohl es vielleicht gar nicht stimmte. Vielleicht hatte er mir näher gestanden, als ich geglaubt hatte. Es wurde mir nur erst jetzt klar. Nun, da er tot war, fehlte er mir. Beinahe hätte ich es Jan erzählt. Aber er sah mich mit gerunzelter Stirn an.

»Er war mein direkter Nachbar«, fuhr ich fort.

»Ich weiß.« Er seufzte. Sein Mund bildete eine strenge Linie.

»Es tut mir Leid«, entschuldigte ich mich. »Ich weiß, dass ich bisher nicht sehr unterhaltsam war.«

»Darum geht es nicht«, versicherte er mir. Aber ich wusste, dass er log. »Du kannst aber nicht aufhören zu leben, weil ein anderer Mensch gestorben ist.«

Das hatte ich auch nicht getan. Aber Jan erwartete von mir, dass ich schon vergaß. Und das sagte ich ihm auch.

»Ich bezweifle, dass die Welt diesen Christian so vermissen wird, wie du es tust.«

»Was willst du damit sagen?«

»Vielleicht«, begann Jan und wählte seine Worte mit Bedacht, »ist deine Reaktion ein bisschen übertrieben.«

»Das glaube ich nicht«, antwortete ich. »Schließlich war ich diejenige, die ihn gefunden hat.«

»Ich wünschte, du wärest es nicht gewesen.«

»Tja, war ich aber«, sagte ich. »Und das kann ich nicht ändern.«

»Ich weiß«, meinte Jan. »Wenn ich es könnte, würde ich es ändern.«

Er meinte, was er sagte. Aber es gab nichts, was er tun konnte.

»Hast du ihn denn so gut gekannt?«, fragte Jan. Er legte einen Zwanziger auf den Tisch und winkte der Kellnerin.

»So gut nicht.« Ich konnte nicht gut lügen. Wahrscheinlich durchschaute er mich. »Wir haben uns ein paar Mal unterhalten.«

Jan nickte, fragte aber nicht weiter. »Versuch, nicht immer daran zu denken«, bat er. »Jetzt sind wir ja zusammen.« Er lächelte mich an.

Vielleicht war es egoistisch von mir, das bisschen Zeit, das ich mit Jan hatte, damit zu verbringen, über Christian nachzudenken. Jan trank seinen Espresso, drückte seine Zigarette aus und rutschte von der Bank. »Mit der Zeit«, fügte er hinzu, »wird die Erinnerung verblassen.«

## 19

Es war eine Erleichterung, wieder in den eintönigen Verkaufstrott zurückzukehren. Sobald ich auftauchte, bombardierte Malcolm mich mit Fragen. Er wollte alles wissen, jedes widerliche Detail. Ich hatte ihm die Geschichte schon am Telefon erzählt. Ich begann mich schon selbst zu langweilen. Aber Malcolm ließ sich nicht abwimmeln. »Erzählen Sie es mir noch mal und fangen Sie ganz von vorne an«, forderte er mich auf.

»Ich hab doch schon alles erzählt.« Ich seufzte. »Ich bin aus der Bar rausgegangen …«

Malcolm nickte ungeduldig und murmelte »Ich weiß, ich weiß«, als hätte ich an der falschen Stelle begonnen.

»Ich bin mit Jan und Kyle da gewesen. Dann bin ich gegen halb elf gegangen und noch in einem Antiquariat gewesen. Sie wissen schon, das an der Ecke-«

»Ja, ja«, schnitt er mir das Wort ab. »Kommen Sie doch zu den interessanten Stellen!«

»Ich hab mich eine Weile umgesehen und dann ein Taxi nach Hause genommen. Es muss gegen Mitternacht gewesen sein. Dann hab ich den falschen Schlüssel benutzt. Mein Onkel hat mich gewarnt. Er hat gesagt-«

»Ja, ja, weiß ich«, sagte Malcolm und wedelte mit ein paar Füßlingen vor meiner Nase herum. »Nun kommen Sie schon zum gruseligen Teil – zu der Leiche.«

»Ja, gleich«, sagte ich. »Würden Sie mich die Geschichte bitte auf meine Art erzählen lassen?«

»Es ist einfach so … so Hitchcock-mäßig, so ganz früher DePalma. Ich halte das kaum aus. Ich wünschte, ich wäre an Ihrer Stelle gewesen. Wirklich. Eine *Leiche* zu finden, wie ausgesprochen … ausgesprochen …« Seine Stimme verebbte. Hastig kritzelte er etwas auf die Rückseite einer Quittung.

»Also«, fuhr ich fort. »Da hab ich gesehen, dass Christians Tür offen stand. Ich habe ein paar Mal nach ihm gerufen, aber er hat nicht geantwortet. In der Wohnung stank es nach faulen Tomaten. Ich bin in sein Schlafzimmer gegangen und da lag er ... an der Wand zusammengesackt.« Malcolm sog hörbar die Luft ein. »Zuerst dachte ich, er wäre nur bewusstlos. Aber der Geruch. Ich hab also das Licht angemacht und seine Haare gesehen. Sie waren ganz voller Blut. Wie Ketchup. Und dann erinnere ich mich erst wieder, dass ich irgendwann in meiner Wohnung war; Jan hat mich hingebracht. Wahrscheinlich bin ich ohnmächtig geworden. Und das war's. Das war es, was ich gesehen habe.« Ich schwitzte. Allein darüber zu reden, machte es wieder gegenwärtig – mein ganz privater Horrorfilm.

»Und was ist mit Verdächtigen? Motiven? Eine Tatwaffe?« Malcolm war enttäuscht. Die Geschichte war unvollständig. »Wer war es? Wie ist der Mörder bei Ihnen ins Haus gekommen? Gibt es denn keinen Portier? Was hat *der* gesagt? Was hat die Polizei gesagt? Stehen *Sie* unter Verdacht?«

»Natürlich nicht!«

»Jetzt regen Sie sich bloß nicht auf«, sagte er und umrundete einen Sockentisch »Ich versuche ja nur, die Fakten festzuhalten.«

»Vielleicht sollten Sie Detektiv werden.«

Er verzog das Gesicht. »Ich bin ein auf menschliche Brutalität spezialisierter TV-Künstler.«

»Oh, stimmt ja, ich vergaß.« Er war wohl noch immer bei Barneys, weil er von menschlicher Brutalität allein nicht leben konnte.

»Aber vielleicht«, fuhr Malcolm mit einem konspirativen Lächeln fort, »war's ja nur ein Unfall. Irgendwas Autoerotisches aus der Kategorie ›Es tut so gut, wenn der Schmerz nachlässt‹!«

»Das glaube ich nicht. Das hätte die Polizei mir gesagt.«

»Verlassen Sie sich nicht drauf.« Malcolm rieb sich sein stoppeliges Kinn. Seine neueste Theorie schien ihm zu gefallen. »Also, wenn Sie mich fragen«, erklärte er mir, »ich hab ihn von vornherein für pervers gehalten.«

»Pervers?«

»Er war so perfekt. Geradezu engelhaft. Das sind die Typen, vor denen man sich in Acht nehmen muss.« Er schniefte und hob mahnend den Zeigefinger.

Ich schüttelte den Kopf. »Ich habe weder Peitschen noch Ketten noch sonst was gesehen.« Unser einziger Fick war so konventionell gewesen, wie er nur hatte sein können. Selbst die katholische Kirche hätte nichts dagegen einwenden können.

»Aber mir ist was anderes zu Ohren gekommen«, sagte ich, als ein Rudel japanischer Touristen über die Etage getrippelt kam. »Nicht, dass ich es glaube.«

»Was denn?«

»Er soll gedealt haben.«

»Sie meinen mit Drogen?«

»Nein«, antwortete ich. »Mit Staubsaugern.«

»Ha, ha«, sagte Malcolm stirnrunzelnd. »Sie haben mir allerdings erzählt, dass er gerne einkaufen gehen würde. Insbesondere in gehobeneren Etablissements. Und ohne Knete keine Fete, Baby.«

»Er hatte wirklich immer ziemlich viel Bares bei sich«, gab ich zu. »Ich hätte es mir denken können ...«

»Ach, das muss ja nichts heißen«, unterbrach mich Malcolm und schürzte die Lippen. »Ich kenne Dealer, die nehmen auch Autositzbezüge in Zahlung.« Er zwinkerte, als ob ich wissen müsste, wovon er redete.

Plötzlich fiel mir etwas ein und ich bedachte Malcolm mit einem scharfen Blick. Bezog er sich auf seine eigenen Hinterhof-Geschäfte? Ich hatte vom Personal Gerüchte gehört, nach denen dann und wann teure Gegenstände verschwanden. Ein Mädchen, mit dem Malcolm in der Schmuckabteilung gearbeitet hatte, hatte behauptet, dass er die verschwundenen Sachen durch die Nase zog. Aber das waren Gerüchte. Malcolm kam mir nicht wie einer vor, der fünfhundert Dollar pro Woche verschnupfen konnte. Obwohl ich mich schon mal getäuscht hatte – gründlich getäuscht sogar. Und Malcolm schien immer eine Erkältung zu haben ...

Malcolm ließ mir nicht viel Zeit, weiter darüber nachzudenken. Den ganzen Morgen entwarf er Theorien über Christians tragisches Ende:

Christian der Experimentierfreudige, der sich mit verschiedenen Haushaltsgeräten amüsierte; Christian der Pusher und sein Netzwerk exklusiver Kunden; Christian außer Rand und Band, der Orgien mit Dildos und Peitschen organisierte. Als der Arbeitstag zu Ende ging, war ich nach wie vor der Meinung, dass das alles Bullshit war. Christian war ermordet worden. Zufällig. Es hätte jeden treffen können. Es hätte *mich* treffen können.

Und dann, ich war gerade dabei einen Kaschmirmantel zu verpacken, präsentierte Malcolm mir noch einen letzten Leckerbissen Klatsch, der mich sofort auf hundertachtzig brachte. Angeblich war ein »rothaariger Riese mit irrem Blick« durch Barneys gestürmt und hatte wissen wollen, wo er mich finden könne. Er hatte sogar verdatterte Kunden befragt. Der fragliche Riese war zweifellos Kyle. Laut Malcolm hatte Kyle ihn übel beschimpft, hauptsächlich weil dieser ihm nicht verraten wollte, wo ich mich aufhielt. Außerdem hatte Kyle ihn Pseudo-Genet geschimpft. »Kannst du dir das vorstellen?«, fragte Malcolm. »Dieser Kretin besitzt die Dreistigkeit, mich – einen Künstler – zu beleidigen!« Plötzlich fiel mir Malcolms Stück wieder ein. Ich hatte es immer noch nicht zurückgegeben, und es überraschte mich, dass Malcolm nicht mehr danach gefragt hatte. Ich konnte mich im Übrigen nicht daran erinnern, wann ich das Manuskript das letzte Mal gesehen hatte. Eine beunruhigende Tatsache. Hatte ich es vielleicht versehentlich mit einem Stapel alter Zeitschriften weggeworfen? Seltsam auch, dass Kyle etwas über Malcolms Werk wusste, auch wenn er in letzter Zeit öfter Bühnenbilder für irgendwelche Hinterhoftheater baute. Warum hatte Kyle mir nicht von seinem Besuch bei Barneys erzählt? Vielleicht hatte er es ja nur vergessen. Wie auch immer – er hatte auf Malcolm einen denkbar schlechten Eindruck gemacht. Malcolm, eifriger Anhänger der Carmi-Neurosen-Schule, warnte mich, ich solle vorsichtiger sein – vielleicht hatte Kyle Christian in einem Anfall blindwütiger Eifersucht getötet. »Wer weiß«, sagte er. »Vielleicht ist dein Freund ein Mörder.« Das kam mir so unwahrscheinlich vor, dass es schon wieder lustig war. Kyle, der große, ungelenke Feigling – ein Killer! Andererseits hatte Kyle sich ja auch schon die ausgesprochen unerfreuliche neue Gewohnheit zugelegt, mir nachzuspionieren.

Kurz vor Dienstschluss bekam ich einen Anruf von Barneys Personalabteilung. Sie wollten mich sofort sprechen. Sie beteuerten, es hätte nichts damit zu tun, dass ich mich ein paar Tage krankgemeldet hatte. Man verstand mich wirklich absolut. Einem anderen Angestellten war etwas Ähnliches passiert – da war jemand in seinem Bett gestorben. Nein, nein, es war leider eine Frage von notwendigen Sparmaßnahmen. Der Verkauf ging schleppend und ich war die Letzte, die eingestellt worden war – der Maulwurf unter der Hierarchie-Pyramide. Ob es mir etwas ausmachen würde, aus dem Haus geleitet zu werden? Und ob es mir etwas ausmachen würde, meine Personalkarte zurückzugeben? Ich könnte mein ausstehendes Gehalt nächste Woche abholen. Als ich von einem Security am Ellenbogen geführt durch die CO/OP-Abteilung marschierte, kreischte Malcolm ihm hinterher: »Gurkenfressendes Faschisten-Pack!« Ich musste lachen. Mir tat der Abschied nicht weh. Meine Zeit war hier ohnehin bald um – Carmi würde in zwei Wochen zurückkommen. Irgendwie war das einfach der Zeitpunkt: der Anfang vom Ende der Geschichte.

## 20

Als Jan erfuhr, dass ich gefeuert worden war, sagte er alle Verabredungen ab und wir trafen uns vor dem Metropolitan Museum of Art. Es war das erste Mal, dass ich ihn im Anzug sah. Der graue Flanell stand ihm gut und das sagte ich ihm. Er erwiderte, dass ich meinerseits besser aussehen würde als in den vergangenen Tagen. Dann küsste er mich lange, seine Wangen rau an meinem Gesicht. Er wirkte lockerer als sonst, seine Schritte beschwingter – aber vielleicht kam es mir auch nur so vor, weil ich selbst besser drauf war als die ganze letzte Zeit nach Christians Tod. Ich war beinahe wieder ich selbst. Und bereit, mich auf Jan einzulassen.

Er wollte sich die Gemälde aus dem neunzehnten Jahrhundert ansehen. Wir wanderten von Raum zu Raum. Jan überflog die Texte auf den Informationstafeln. Ich dachte an die vielen Male, die ich mit Kyle im Museum gewesen war. Er war immer Hals über Kopf wie ein kleiner

Junge in einem Spielzeuggeschäft durch die Räume gestürzt und hatte mir quer durch die Säle etwas zugebrüllt, während die anderen Museumsbesucher uns anstarrten. Kyle war extrem begeisterungsfähig, aber alles was ihn auch nur ansatzweise langweilte, würdigte er keines Blickes. Jan war für alles aufgeschlossen und besaß ein umfassendes Hintergrundwissen. Ich war irgendetwas dazwischen.

Heute hielt ich mit Jan Schritt. Wir hielten gelegentlich Händchen und plauderten über nichts Bestimmtes. Schließlich ließen wir uns auf einer glatten Holzbank vor einem von Gauguins Tahiti-Bildern nieder. Jan war mir sehr nah, der Duft seines schon beinahe verflogenen Aftershaves in meiner Nase.

»Wusstest du, dass Gauguin ein Bankangestellter war?«

Ich schüttelte den Kopf.

»Er fing erst mit sechsundzwanzig an zu malen.«

»Erstaunlich«, sagte ich und fühlte mich sehr ungebildet.

»Es gibt also noch Hoffnung.« Er sah mich an und lächelte. »Für mich.«

»Willst du malen?«

»Ich kann kaum irgendwas skizzieren«, gab er lachend zu. »Aber mir gefällt der Gedanke, dass man auch erst spät mit etwas Großem anfangen kann.«

»Ich weiß, was du meinst«, erklärte ich. Sicher würde ich auch noch irgendwann erblühen.

Jan nickte, dann verschwand sein Lächeln. »Wie du weißt, bin ich nur für kurze Zeit hier.«

Jan hatte bereits in seinem Brief erwähnt, dass er nicht lange bleiben würde. Aber ich mochte jetzt nicht über seine Abreise nachdenken.

»Ich weiß«, sagte ich. »Du wirst mir fehlen.«

»Ich habe eine Idee.«

»Was denn?«

»Warum kommst du nicht mit mir?«, fragte er und legte einen Arm um meine Schultern. »Nur für ein paar Tage. Um all dem hier zu entkommen …«

Ich kann nicht, war meine erste Antwort. So verantwortungslos durfte ich nicht sein. Das lag eben nicht in meiner Natur. Aber Jan war darauf vorbereitet. Er hatte sich schon alles ganz genau zurechtgelegt. »Du kannst«, erwiderte er, »wenn du es willst.«

Jan hatte Recht. Ich konnte tun und lassen, was immer ich wollte. Im Augenblick hatte ich eigentlich vor, nach Kalifornien zurückzukehren und mir darüber klar zu werden, was ich mit meiner Zukunft anfangen wollte. Meine Eltern, völlig entsetzt über die Ereignisse hier in New York, hatten mir mein altes Zimmer fertig gemacht und einen Haufen »Aushilfe gesucht«-Anzeigen ausgeschnitten. Aber momentan hatte ich keinerlei Verpflichtungen. Ich war frei. Kalifornien konnte noch warten. Allerdings gab es da noch das Problem mit dem Geld. Mein Gastspiel bei Barneys war nicht übermäßig einträglich gewesen – meine Ersparnisse würden gerade reichen, um die Kaution für irgendein winziges Zimmer in San Francisco zu bezahlen. Jan schien meine Gedanken lesen zu können.

»Ich werde mich um alles kümmern«, sagte er nickend, als ob er gedanklich bereits eine Liste abhakte. »Du brauchst dir keine Gedanken zu machen.«

Ich beschloss mitzuspielen, als sei alles schon besiegelt. »Und wohin sollen wir gehen?«

Jan zuckte die Achseln. »Egal. So lange wir zusammen sind. Es spielt keine Rolle.«

Dann stand er auf und musterte den Gauguin. »Tahiti wäre vielleicht ganz nett. Ich bin noch nie da gewesen.« Er sah mich an, als ob er sagen wollte: *Also, traust du dich*?

Ich betrachtete seine entschlossene Miene. Und plötzlich ging mir auf, dass ich mich tatsächlich traute. Vielleicht würde es mir gut tun. Ich rief mir in Erinnerung, wie glücklich Jan und ich in Berlin gewesen waren. Und Tahiti oder ein anderes tropisches Ziel war garantiert noch besser als Europa im Winter. Aber was sollte ich tun, wenn ich von meiner Trauminsel zurückkehren musste?

Als wir im Taxi zu Carmis Wohnung zurückfuhren, hielt Jan meine Hand fest und blickte aus dem Fenster. Ich dachte noch immer über seinen Vorschlag nach, während die Fifth Avenue draußen an uns vorüberzog. Es war später Nachmittag und die Wolkenkratzer nahmen einen weichen Safran-Ton an. Die Leute hasteten dicht gedrängt auf dem Bürgersteig voran. Ich hätte gerne gewusst, wohin sie wollten.

»Ich habe viel nachgedacht«, sagte Jan, ohne seinen Blick von der Straße zu wenden.

»Worüber?«

»Über Christian.«

Das überraschte mich. Ich hatte nicht erwartet, dass Jan sich über Christian Gedanken machte.

»Was passiert ist, tut mir Leid«, fügte er hinzu.

Ich fragte ihn, was er damit meinte.

»Ich denke, ich hätte … mitfühlender sein können«, antwortete er, während er mir sein leicht gerötetes Gesicht zuwandte. Er wirkte ernsthaft und bedrückt.

»Schon gut«, sagte ich. »Es war so oder so ziemlich hart.« Wir passierten das Empire State Building. Jan legte den Arm um mich. Ich schloss die Augen und genoss es.

Wieder in Carmis Wohnung, wollte Jan einen Jazzsender einstellen. Genau wie damals in Belgien – ein seltsamer Auftakt zum Liebesspiel. Er hatte die Augen geschlossen, als würde er meditieren; ein Saxophon tönte aus den Lautsprechern. Durch das Fenster sah ich, dass es zu schneien begonnen hatte – ein wilder Tanz zarter Flocken, die sich umeinander drehten und hüpften, bis sie auf etwas Festes trafen und zerschmolzen.

Schließlich küsste Jan mich auf den Mund und verweilte lange, als ob er etwas Leckeres probierte. Mir fiel wieder auf, wie gemächlich er küsste – er hatte alle Zeit der Welt. Er konnte tagelang, ja sogar jahrelang küssen. Er schmeckte köstlich – wie gezuckerter Kaffee. Als er sich von mir löste, fragte er: »Haben wir uns wieder aneinander erinnert?«

»Ich glaube nicht, dass ich dich je vergessen habe.«

Er küsste mich, während seine Hände sich über meine Bluse bewegten. Langsam öffnete er Knopf für Knopf. Es war kaum auszuhalten. Irgendwie gelang es mir, mich aus meiner Jeans zu schälen. Je mehr ich zappelte und mich wand, desto langsamer schien er zu werden. Nach einer Weile stand er auf, zog sich aus und hängte die Sachen über einen

Stuhl. Er rieb sich den flachen Bauch. Ich blieb auf der Couch und betrachtete seinen Körper. Bis auf ein paar dunkle Muttermale war er weiß wie eine Kartoffel. Ich erinnerte mich wieder daran, dass die Muttermale trocken wie Sandpapier waren und ich immer versucht hatte, sie nicht zu berühren. Seine Füße waren knochig und vogelähnlich. Auch das hatte ich vergessen. Nun kam alles zurück, als wären wir gerade noch in dem Hotel mit den blauen Fensterläden gewesen. Mit Jan zu schlafen, hatte etwas Konstantes – er spielte wieder und wieder dieselbe Grundmelodie. Es war wie ein Ritual, ein Kult.

»Du hast mir gefehlt«, sagte er, während er sich auf mich legte. Seine Haut roch nach Talkum.

»Du mir auch«, murmelte ich.

Er schob seine Arme unter meinen Rücken und öffnete mit seinen spinnenschnellen Händen meinen BH. Dann stand er auf und streifte seine Unterhose ab. Er war lang und gekrümmt und die Vorhaut bedeckte die Spitze wie ein Stück weiches, gefaltetes Leder. Ich legte meine Hände darum. Er schauderte, dann drängte er sich zwischen meine Lippen. Ich nahm ihn in den Mund. Ein Tropfen salziger Flüssigkeit rann über meine Zunge. Schließlich zog er ihn wieder heraus, streifte mir die Unterhose ab und stieg auf mich. Seine Hände neben meinen Ohren, seine Brust über mir. Er drang ein und begann, sich gemächlich zu bewegen. Ich schloss die Augen. Ich schwitzte, während ich versuchte, es mir bequem zu machen und den richtigen Rhythmus zu finden. Die Heizung knackte im Hintergrund, ein moschusartiger Geruch lag in der Luft. Ich drückte meine Fersen in seinen flachen Hintern und wand mich unter ihm. Jan atmete schwer, sein Gesicht war in dem Kissen oberhalb meines Kopfes vergraben. Ich klammerte mich an seinen Rücken und spreizte die Beine, so weit ich konnte. Ich hatte ganz vergessen, wie feierlich Sex mit Jan war. Jan machte kein Geräusch, stöhnte nicht einmal – ganz im Gegensatz zu den Schreihälsen, mit denen ich sonst zusammen gewesen war. Auch ich war ungewöhnlich still. Ich traute mich nicht, einen Laut von mir zu geben. Irgendwie schien es verboten. Wir kamen schweigend im gleichen Moment und Jan brach über mir zusammen wie eine baufällige Hauswand. Als er wieder zu Atem gekommen war, rollte er sich von mir und griff nach seinen Zigaretten. Er nestelte erst an der Schachtel herum und mühte sich dann mit dem Feuerzeug ab, das er wiederholt schütteln musste. Dann sagte er: »Alex, ich muss dich was fragen.«

Ich wälzte mich auf die Seite und stützte den Kopf auf. »Was?«

»Hast du mit jemand anderem geschlafen?«

Ich gab keine Antwort. Was deutlich genug sein musste.

»Klar«, sagte er. »Wir beide hatten natürlich auch keine Abmachung getroffen.«

Es gab nichts weiter zu sagen. Ein paar Augenblicke verstrichen. Dann musste ich ihn einfach fragen. »Und du?«

»Was?«

»Hast du mit einer anderen geschlafen?« Nicht, dass ich es wirklich wissen wollte.

Er stieß einen Seufzer aus, den ich mir mit ja übersetzte. Das Licht im Zimmer wurde grau. »Vergiss es«, sagte Jan. »Es hat nichts zu bedeuten.« Ich war mir nicht sicher, ob ich seine Meinung teilte. Etwas an der Art, wie er mich ansah, ließ in mir die Frage aufkommen, ob er vielleicht von Christian und mir wusste. Ich fühlte mich plötzlich schuldiger als damals, in dem Moment, als ich wie eine gelangweilte Hausfrau mit meinem Nachbarn ins Bett gegangen war. Und dieses unbehagliche Gefühl verließ mich den Rest des Abends nicht mehr.

## 21

Als ich später am gleichen Abend vom Essen mit Jan zurückkehrte, fand ich ungefähr zehn hysterische Nachrichten von Kyle auf dem Anrufbeantworter vor. Im Grunde wiederholte er ständig immer nur die eine Bitte: Ob ich ihn wohl bitte, bitte in einer Konditorei namens DiRobertis im East Village treffen könnte? Er müsste mir dringend etwas sagen. Der Laden war auf der und der Straße. Ich konnte die und die Bahn nehmen. Ich würde mich bestimmt nicht verirren. Er würde mich sogar anschließend wieder nach Hause bringen. Ich hatte keine Ahnung, was er von mir wollen könnte. Und der Gedanke, mich mit ihm zu treffen, war mir noch unsympathischer als früher. In letzter Zeit wusste ich überhaupt nicht mehr, wie ich Kyle einschätzen sollte. Ich hatte das dumpfe Gefühl, dass hinter meinem Rücken etwas vor sich ging … ein finsterer Plan, wie ein politisches Manöver zu Zeiten des Kalten Kriegs. Trotzdem machte ich mich auf den Weg, wenn auch nur deswegen, weil meine Paranoia von meiner Loyalität zu Kyle untergraben wurde. Das, und weil sich die Nachricht so absolut un-Kyle-mäßig anhörte, dass ich mir echte Sorgen zu machen begann.

Als ich schließlich bei DiRobertis eintraf, war Kyle natürlich nirgendwo zu sehen. Ich verfluchte ihn. Dann verfluchte ich mich selbst dafür, dass ich mich von seiner Hysterie hatte anstecken lassen. Ich würde eine halbe Stunde warten – nicht länger. Das war in etwa die Zeit, die meine eiskalten Hände und Füße zum Auftauen brauchen würden. Ich brauchte dringend einen Kaffee.

Ich setzte mich auf eine Bank gegenüber der Tür, aber konnte trotzdem nicht viel sehen. Die Eingangstür war verstellt mit den Vitrinen, in denen sich die Kuchen türmten. DiRobertis bestand seit 1898 – und so sah es hier auch aus. Im Mosaikboden fehlte hier und da ein Stückchen, obwohl das Gesamtbild immer noch hübsch war. Fotos von der alten Welt hingen an der Wand, und die Gesichter darauf erinnerten mich an meine Familie. Im Laden roch es himmlisch nach frischem Kaffee und Karamell. Ich bestellte ein Stück Kuchen und einen Cappuccino bei einem buckligen Kellner, der augenscheinlich schon seit dem Tag der Eröffnung hier arbeitete. Dann wartete ich.

Ich wollte gerade gehen, als Kyle mit wildem Blick hereinstolperte. Er kam schnurstracks auf mich zu und ließ sich mir gegenüber fallen als sei es eine Erleichterung, endlich nicht mehr laufen zu müssen.

»Du kommst spät«, sagte ich und trank meinen Cappuccino aus.

»Ich weiß«, gab er zurück und nahm seine Uniform-Kappe ab. »Ich bin aufgehalten worden. Tut mir echt Leid.«

Das war überraschend. Eine zweite Entschuldigung von Kyle! Er entschuldigte sich sonst nie! Trotzdem war ich noch sauer. Ich wollte wirklich gern wissen, aus welchem ach so dringenden Grund er mich herzitiert hatte. »Und?«, fragte ich.

Kyle fummelte an seiner Zigarettenschachtel. Dann winkte er dem

Kellner und bestellte Kaffee und zwei Cannoli. »Ich brauche unbedingt einen Zuckerflash«, erklärte er.

»Ich habe dich was gefragt.« Ich hörte mich an wie eine Mutter, die aus ihrem Kind die Wahrheit herauspressen will.

»Ich weiß«, antwortete er. »Kannst du bitte eine verfickte Minute warten?« Er schüttelte den Kopf. »Ich fange gleich an.«

Ich versuchte zu erraten, was in seinem Hirn vorging, aber seine Miene verriet nichts. Kyle war zappelig, was bei ihm allerdings nichts Ungewöhnliches war. Immer wieder verrenkte er sich halb den Kopf, um zur Tür zu sehen, als ob er jemand Bekannten erwartete.

»Kann ich da sitzen?«, fragte er schließlich.

»Wieso?«

»Weil ich die Tür im Auge behalten will«, murmelte er.

Ich zuckte die Achseln und wir tauschten die Plätze. »Besser?«, fragte ich gespielt freundlich.

»Ja«, sagte er. »Na, egal.«

Normalerweise brachte Kyle ein bisschen Humor mit – ohne den war er kein besonders guter Gesellschafter. Der Kellner schlurfte an unseren Tisch und lieferte Kyles Bestellung ab. Er verschlang seine Cannoli und schlürfte den Kaffee. Ich wartete noch immer darauf, dass er zur Sache kam – auf seine große Enthüllung. Endlich schob Kyle seinen Teller weg und wischte sich den Mund mit dem Handrücken ab. Erst jetzt bemerkte ich, dass alle seine Finger blau und schwarz waren.

»Mein Gott«, sagte ich, »was ist denn mit deinen Händen passiert?«

Er blickte auf sie herab, als hätte er sie ganz vergessen. »Ich hab sie mir zwischen zwei Rigipsplatten geklemmt. Dieser Scheiß-Tscheche hat nicht aufgepasst.« Anscheinend hatte er den Tag heute damit verbracht, für ein Improvisationstheater in Brooklyn das Bühnenbild aufzubauen.

»Sieht aus, als ob es wehtut«, sagte ich.

Er verzog das Gesicht. »Tut es.«

Wir saßen ein paar weitere Minuten einfach nur da, in denen Kyle immer wieder zur Tür guckte. Dann begann er mit leiser Stimme. »Ich habe dich gebeten herzukommen, weil ich dich sehen wollte.«

»Das ist alles?«

Er wirkte verletzt. »Ich wollte mich vergewissern, dass es dir gut geht.«

Schön zu wissen, dass Kyle sich so viele Gedanken um mich machte. Aber es war trotzdem total komisch.

»Und?«

Er nickte. »Es sieht aus, als wärst du okay.«

Ich ging davon aus, dass er auf die Sache mit Christian anspielte. »Ich bin noch immer ziemlich durch den Wind«, begann ich. »Wenn es das ist, was du meinst.«

»Ja«, sagte er. »Ich glaube, das ist es, was ich meine.«

»Ich muss immer wieder daran denken.«

»Das war klar.«

»Es wird wohl 'ne Weile dauern.«

Der Kellner schenkte uns Kaffee nach. Kyle trank hastig einen Schluck und verbrannte sich die Zunge. »Scheiße«, fluchte er.

Ich lachte. Ich konnte nicht anders. Ich fragte mich immer noch, warum Kyle so besorgt um mich war. Vor einer Woche war er es noch nicht gewesen. Vielleicht hatte er inzwischen genau deswegen ein schlechtes Gewissen bekommen. Andererseits war Kyle kein Typ für Schuldgefühle. Ich konnte mir wirklich keinen Reim darauf machen. Doch bevor ich fortfahren konnte, sein kompliziertes Wesen zu durchdringen, fragte er: »Wie ist Christian eigentlich ermordet worden?«

Das wiederum war eine typische Kyle-Frage. Er war immer schon von Blut, Eingeweide und Hirnmasse fasziniert gewesen. Christians zermatschter Schädel tauchte vor meinem inneren Auge klar wie ein Foto auf. »Sein Kopf ist gegen die Wand geschmettert worden.«

Kyle nickte und sah sich dann wieder um. Wir waren die einzigen Gäste. »Was ist denn los mit dir?«, fragte ich. Er machte mich langsam nervös. Und ich war in den vergangenen Tagen schon nervös genug gewesen.

»Nichts«, sagte er. »Dieser beschissene Kaffee. Mir klingeln total die Ohren.«

Ich zog ihm die Tasse weg.

»Hey«, rief er.

»Genug.«

»Ihm wurde also der Schädel eingeschlagen?«

Ich nickte.

»Was noch?«

»Wie – was noch?«

Er zuckte die Achseln. »Ich weiß nicht.«

Ich hatte keine Ahnung, worauf er jetzt wieder hinauswollte. »Warum fragst du dann?«

»In dieser Stadt sterben dauernd Leute.«

»Offensichtlich«, sagte ich.

Aber Kyle war mit seinen Gedanken woanders. Er zog sich seine Kappe wieder über die Ohren, als ob er darunter verschwinden wollte. »Ich versuche bloß zu verstehen«, erklärte er.

»Was zu verstehen?«

»Diese ganze Christian-Scheiße«, erwiderte er, wobei er mich konzentriert ansah.

»Wovon redest du überhaupt?« Kalter Schweiß sammelte sich in meinen Achselhöhlen.

Er schüttelte den Kopf. »Irgendwie ist das alles total beschissen. Ich weiß nicht mal mehr, wer okay ist und wer nicht. Alles was ich weiß, ist«, er warf einen Zehner auf den Tisch, »dass jemand ziemlich angepisst ist, weil dein Euro vor seinem plötzlichen Dahinscheiden seine Angelegenheiten nicht anständig geregelt hat.«

»Was für Angelegenheiten?« Dass er sich so vage ausdrückte, machte mich langsam wahnsinnig.

»Ich kann's dir nicht sagen, weil ich es nicht weiß.«

Kyle hielt sich normalerweise für allwissend – umso erstaunlicher sein Eingeständnis. »Meinst du das ernst?«

»Ich hab ganz schön viel Scheiß gehört«, sagte Kyle. »Das ist alles.«

»Von wem?«

Kyle schüttelte den Kopf. »Das willst du gar nicht wissen.«

»Hier geht es nicht um wollen.«

Kyle schüttelte immer noch den Kopf.

»Geht es um diese Drogensache?«, fragte ich.

»Sei einfach nur ein bisschen vorsichtig, okay?«

»Vorsichtig.« Ich sprach das Wort so aus, als würde ich die Bedeutung nicht kennen. »Welcher Klugscheißer hat dir das denn erzählt?«

»Wie ich schon sagte«, antwortete er. »Das willst du gar nicht wissen.«

Ich runzelte die Stirn. Langsam reichte es mir.

»Vertrau mir.«

Leider lag genau da das Problem. Ich vertraute Kyle nicht.

»Ich geb mir Mühe«, sagte ich.

»Wobei?«

»Dir zu trauen.«

Kyle setzte sich kerzengerade auf. »Du traust mir nicht?«

»Du hast mir verschwiegen, dass du schon vorher mit Christian zu tun hattest«, sagte ich.

»Fängst du jetzt wieder damit an?«

Ich schwieg.

Kyle stöhnte. »Ich *wollte* es dir ja sagen. Ich hab mir bloß für ein paar lausige Dollar ein bisschen Koks von ihm besorgt.« Er hob die Hände. Seine Finger erinnerten mich an Lakritzstangen.

»Ich glaub's dir«, gab ich nach, »wenn du dich dadurch besser fühlst.«

»Oh, Mann, danke sehr.« Er lächelte säuerlich.

Ein paar Minuten verstrichen. Der Kellner brachte die Rechnung. Kyle nahm das Wechselgeld in Empfang. Dann meinte er, er müsse gehen. Er würde mich später anrufen. Und weg war er. Ich beschloss, noch zu bleiben und bei einem zweiten Cappuccino darüber nachzudenken, was Kyle gesagt hatte. Auf jeden Fall schien Christian irgendjemandem kräftig auf die Füße getreten zu sein. Aber Kyle hatte eine blühende Fantasie – blühend und wahnhaft. Auch deswegen hatte ich nicht schon längst mit ihm gebrochen. Und wer konnte schon sagen, welche Botenstoffe jetzt wieder in seine Venen ausgeschüttet wurden. Die ganze Geschichte griff langsam derart meine Nerven an, dass ich mich nach Kalifornien sehnte. Ich freute mich jetzt schon darauf, meine Sachen packen zu können. New York war genau die Art von Stadt, in der man unversehens von einem Bus platt gefahren werden konnte.

## 22

Als ich die Konditorei verließ, fror es. Ich beeilte mich, nach Hause zu kommen. Die Temperatur schien immer noch weiter zu fallen. Meine Ohren und Zehen schmerzten. Ich ging noch schneller, denn ich hatte das unangenehme Gefühl, dass sich jemand an meine Fersen geheftet hatte – schon wieder. Ich machte mich langsam wirklich verrückt. Als ich über die Schulter guckte, erwartete ich Kyle zu sehen, doch ich konnte niemanden ausmachen, der irgendwie verdächtig – oder bekannt – aussah. Nur die üblichen anonymen Gesichter, die in Schals und Kapuzen vergraben waren. Trotzdem wechselte ich die Straßenseite – ich konnte nicht anders. Wenn ich nicht bald aus New York herauskam, würde ich demnächst endgültig eingeliefert werden. Ich sah mich schon auf einer schwarzen Ledercouch liegen und irgendetwas über einen Traum erzählen, als ich plötzlich eine Hand auf meinem Arm spürte. Ich fuhr herum. Es war Yassi. Ihr Gesicht war vom kalten Wind gerötet, als ob sie den ganzen Tag draußen gewesen wäre. Plötzlich war ich stocksauer. Ich versuchte, sie abzuschütteln, aber sie zog so fest an meinem Arm, dass ich beinahe das Gleichgewicht verloren hätte. Ein Mann in einem abgewetzten Mantel ging vorbei. Ich versuchte, seinen Blick aufzufangen. Er zögerte, hielt aber nicht an. Und dann zerrte sie mich in eine dunkle, nach Pisse stinkende Gasse. Sie hielt mich mit einer Hand am Oberarm fest. Sie war ein ganzes Stück stärker, als ich gedacht hätte.

»Wir müssen reden«, sagte sie schließlich. Sie lockerte ihren Griff, ließ aber nicht los.

»Finger weg«, fauchte ich.

Aber Yassi hörte mir gar nicht zu. Sie blickte sich hektisch um. Die Gasse war lang und nur schwach beleuchtet. Wenn ich die Arme ausgestreckt hätte, hätte ich auf beiden Seiten die Backsteinmauern berühren können. Yassi machte den Reißverschluss ihres dicken Tarnparkas auf und zeigte mir etwas, das wie eine Spielzeugpistole aussah – ich hatte allerdings auch noch nie eine echte gesehen. Sie steckte in ihrem Hosenbund. »Halt die Klappe, ja?«

Irgendetwas in meinem Inneren zwang mich zu lachen, aber was dabei herauskam, klang ganz und gar nicht natürlich. Es war ein halb ersticktes, hysterisches Kichern. Yassi fand das gar nicht komisch. Sie hielt immer noch meinen Arm, während ich auf die Pistole unter ihrer Jacke starrte. Plötzlich fühlte ich mich so schwach, dass ich nur beten konnte, nicht ohnmächtig zu werden.

Sie bedachte mich mit einem misstrauischen Blick. »Mach bloß keine Dummheiten«, sagte sie. Dann ließ sie mich los.

»Was *willst* du?«, fragte ich heiser. Bis eben war meine Stimme noch völlig in Ordnung gewesen.

»Es geht um Christian«, erklärte sie, während sie sich den Kahlkopf rieb. »Was sonst.«

Ich konnte es nicht fassen. Erst Kyle, jetzt Yassi. Hatte Christian mit jeder einzelnen bescheuerten Person, die ich in New York kannte, zu tun gehabt? »Willst du mich verarschen?«, flüsterte ich.

»Wie kommst du denn darauf?«, fragte sie und verengte ihre grauen, blutunterlaufenen Augen zu Schlitzen.

»Ich weiß nicht«, erwiderte ich. »Aber ich find's nicht lustig.«

»Lache ich etwa?«

Ich schüttelte den Kopf. In was war Christian da hineingeraten … in was hatte er *mich* hineingezogen? Ich versuchte, in Yassis Gesicht zu lesen. Doch da war nichts zu holen. Ich konnte nur hoffen, dass sie nicht unvernünftig wurde. Ich sollte eigentlich aus der Gasse stürmen, weglaufen, schreien, *irgendetwas* tun, aber der Anblick der Waffe – wenn sie denn überhaupt echt war – ließ mich wie angewurzelt auf dem Pflaster verharren. Würde sie mich etwa hier in aller Öffentlichkeit niederschießen?

»Meine Schwester …«, sagte sie und kaute auf ihrem abgenagten Zeigefinger herum. »Sie war Christians Freundin.«

»Deine Schwester?«, wiederholte ich. Für eine andere Äußerung war ich zu entgeistert.

Yassi nickte. »Giti. Sie heißt Giti.«

Ich erinnerte mich wieder an die Frau, die ich mit Christian in der Eingangshalle gesehen hatte. Das musste Giti gewesen sein. Und *deswegen* war mir Yassi so bekannt vorgekommen. Die beiden sahen sich ähnlich. Yassi war blasser und sah fertiger aus, aber die fremdartigen, grauen Augen waren dieselben.

»Ich brauche deine Hilfe«, fuhr sie fort und kam näher. Ihre Kampfstiefel knirschten auf zerbrochenem Glas. »Weißt du, ich mag dich …«

Ich öffnete den Mund, schloss ihn aber dann wieder. Wenn das Yassis Art war, ihre Zuneigung zu zeigen, wollte ich sie bestimmt nicht zur Feindin haben. »Was willst du von mir?«, brachte ich mühsam hervor.

»Ich will, dass du den Mund hältst«, befahl sie. »Das wäre schon mal das Erste.«

Mein Mund klappte zu. Wovon redete sie? Ich nickte. Unter den gegebenen Umständen war es garantiert besser, sich umgänglich zu zeigen.

»Du bist ganz in Ordnung«, grinste sie. »Jedenfalls für eine aus der Bourgeoisie.«

Ich hätte gelacht, wenn ich nicht Angst gehabt hätte, dass sie mich erschießen könnte. Dann trat ich ein paar Schritte zurück. Vielleicht konnte ich einfach losrennen … einen Schuss in den Rücken könnte man doch überleben, oder?

»Ich will über Kyle reden«, sagte Yassi.

»Kyle?«, fragte ich. »Und was ist mit Christian?«

»Vergiss Christian«, gab sie zurück. »Er ist tot … er war dumm.« Sie zündete eine Zigarette an und reichte sie mir. Ich rauchte, obwohl ich es nicht wollte. Aber irgendwie schien es mir keine gute Idee abzulehnen.

»Was meinst du mit dumm?«

»Er war's einfach«, antwortete sie. »Er hat sich benommen wie ein überkandidelter Filmstar.« Sie schüttelte den Kopf. »Aber egal. Deswegen sind wir nicht hier.«

Kyle hatte mir erzählt, dass Yassi dazu neigte, wegen Kleinigkeiten auszurasten. Jetzt erinnerte ich mich plötzlich wieder an diverse Anekdoten … Storys, die ich als Kyles Märchen abgetan hatte. Angeblich hatte sie einen Bauarbeiter zusammengeschlagen, weil er ihr nachgepfiffen hatte. Und dann die Geschichten aus der algerischen Revolution … Aber was auch immer nun an Kyles Geschichten dran war – sie *hatte* eine Waffe bei sich. Ich hoffte inständig, dass sie endlich zur Sache kommen würde.

»Ich will, dass du Kyle warnst …«, befahl sie mir, während sie den Rauch ausstieß. »Vor dem, was auf ihn zukommt.«

Meine Nackenhaare stellten sich auf. Kyle hatte angedeutet, dass etwas Schlimmes im Gang war. Warum warnte *sie* ihn nicht? Ich hätte es ihr beinahe vorgeschlagen.

»Ich würde es selbst tun«, sagte Yassi jedoch in diesem Moment. »Aber es geht nicht. Wir reden nicht mehr miteinander.«

Ich hatte es vergessen – sie hatten Schluss gemacht. Ich konnte es aber auch nicht tun. In was immer Kyle verstrickt war – es war anscheinend ernst. Und ich wollte nicht mit reingezogen werden.

»Er wird dich anrufen«, redete sie weiter. »Das tut er ja immer.« Sie warf die Kippe nachlässig auf den Boden und zertrat sie mit ihrer stahlverstärkten Ferse.

»Sei dir da nicht so sicher …«, wandte ich zaghaft ein. Kyle hatte die Angewohnheit, für Tage, manchmal sogar Wochen unterzutauchen.

»Doch, er wird«, beharrte sie. Ihr Blick wurde plötzlich klar und ruhig, als hätte man eine Kameralinse justiert.

»Alex«, sagte sie. »Du hast es kapiert, oder?«

»Klar«, antwortete ich, obwohl das nicht stimmte. *Was* sollte ich kapiert haben?

Sie senkte den Kopf und zog den Reißverschluss ihrer Jacke langsam wieder zu. War das Verhör vorbei?

»Und noch eins …«, sagte sie, während sie schon auf die Straße zuging. »Denk noch nicht mal dran, zur Polizei zu gehen.«

Ich hatte daran gedacht. Trotzdem hob ich ergeben meine Hände, als ob diese Idee völlig abwegig wäre. »Keine Sorge.«

Ein Lächeln verzog ihr verkniffenes Gesicht. Sie sah dadurch keineswegs weicher aus. »Ich weiß, wo du wohnst …«

Ich stand da wie eine Vollidiotin und nickte als ob mir jemand gerade mal eben seine Ansicht zu den Senatswahlen unterbreitet hätte.

Yassi war schon beinahe wieder auf dem Gehweg. Ich war schon fast frei. Da blieb sie plötzlich stehen, machte auf dem Absatz kehrt und rannte auf mich zu. Ich hielt den Atem an. Jetzt ist es so weit, dachte ich … und schloss die Augen. Als ich sie wieder aufmachte, war ihr Gesicht dicht vor meinem. Sie sprach leise und akzentuiert. »Hör zu, *Alex*. Kyle hat das Netz gefickt … und damit eine ziemliche Scheiße ausgelöst. Das ist alles, was ich sage.« Dann zog sie sich ein schwarzes Barett über die Augen. »Ich verschwinde«, fuhr sie fort. »Ich verlasse das Land. Morgen. Sag Kyle, dass er mich nicht suchen soll – warum auch immer. Er soll seine Zeit nicht verschwenden.« Und im nächsten Moment war sie fort. Ich stand allein in der Gasse und zitterte.

Zuhause zwang ich mir einen großen Gin-Tonic rein. Ich hoffte, dass er meine Angst ertränken würde, aber alles, was er bewirkte, war ein übersäuerter Magen. Immer wieder tauchte Yassis Gesicht vor meinem inneren Auge auf, immer wieder hörte ich ihre blecherne Stimme. Auch Christian ließ sich blicken – *Aber du findest es doch gut?* Und Kyle natürlich. Wenn er ein Telefon gehabt hätte, hätte ich ihn angerufen und mich bedankt, dass ich seinetwegen beinahe erschossen worden wäre. Schließlich versuchte ich einzuschätzen, wie gefährdet ich war.

Ich rief mir die Szene in der Konditorei in Erinnerung. Warum war Kyle so paranoid? Hatte er Angst gehabt, dass Yassi ihn verfolgen würde? Aber wieso sollte sie? Und was war mit seinen Händen? Hatte er sie sich wirklich auf der Arbeit geklemmt? Wenn Kyle glaubte, dass er in Schwierigkeiten steckte, würde er mir doch sicherlich davon erzählen – oder etwa nicht? Vielleicht war er an irgendeinem Deal beteiligt gewesen, der den Bach runtergegangen war. Das hätte mich bei Kyle nicht gewundert. Vielleicht war auch ich jetzt als Mitwisser schuldig. Und was zum Teufel war das »Netz«?

Ich hatte keine Ahnung, was ich von Yassi halten sollte. Sie kam mir nicht gerade wie ein Killer vor, aber sie hatte eine Waffe bei sich gehabt. Irgendwie konnte ich von dem, was sie mir erzählt hatte, nur die Hälfte glauben. Im Augenblick würde ich jedenfalls gar nichts unternehmen. Falls ich etwas von Kyle hören sollte, würde ich ihm wohl Yassis kryptische Botschaft überbringen. Die Bullen würde ich nicht anrufen. Jedenfalls noch nicht. Aber wenn noch etwas passierte …

Gegen sieben Uhr morgens klingelte das Telefon. Ich fuhr erschreckt hoch. Ich dachte, es sei Kyle, aber dem war nicht so.

»Hallo … Alex?«

Ich hörte ein Piepen – die internationale Vermittlung. »Ja?«

»Hier ist Onkel Carmi.«

Ich hatte ihn beinahe vergessen.

»Hi, Carmi«, sagte ich so fröhlich wie möglich.

»Wie geht's dir, meine Liebe?«

»Fein.« Die wirklich guten Nachrichten wollte ich mir lieber für später aufheben.

»Das freut mich.« Ich hörte Spanisch im Hintergrund – eine Männerstimme. Carmi zischte der Person etwas zu.

Dann entstand eine Pause. »Und wie geht's dir?«, fragte ich.

»Sehr gut«, antwortete Carmi. »Besser denn je.«

»Amüsierst du dich?«

Er kicherte. »Und wie.«

»Schön.«

»Und du machst keinen Unsinn?«, fragte er.

»Natürlich nicht.«

»Weißt du, Alex«, sagte er. »Ich bin wirklich froh, dass du da bist.« Wieder entstand eine Pause. »Ich habe mir bisher noch nicht *einmal* Sorgen machen müssen.« In der Leitung knisterte und krachte es. »Die Verbindung ist sehr schlecht von hier.«

»In Ordnung, Carmi. Ich will dich nicht aufhalten.«

»Du hältst mich nicht auf, Alex.« Carmi hustete. »Sag mal, meine Liebe … hast du eigentlich meinen Nachbarn Christian Olsen ab und zu mal gesehen?«

Ich schluckte den Klumpen, der in meiner Kehle aufstieg, mühsam hinunter. »In letzter Zeit nicht.« Das war nicht einmal gelogen.

»Er hat nicht zufällig was für mich abgegeben?«

»Nein, Carmi«, sagte ich. Und er würde es auch nicht mehr tun.

»Komisch.« Er seufzte. »Na gut.«

»Wartest du auf was Bestimmtes?« Ich versuchte, mich an Carmis Nachricht auf dem AB zu erinnern. Ich konnte mir nicht vorstellen, was Christian für Carmi haben sollte.

»Das ist eine lange Geschichte, Alex.«

»Was hast du-« Ein durchdringendes Pfeifen drang durch die Leitung. Ein oder zwei Sekunden war die Verbindung unterbrochen. »Carmi?«, fragte ich. »Carmi?«

»Also gut, meine Liebe«, hörte ich ihn wieder. »Die Leitung ist wirklich schlecht.«

»Was sollte Christian dir denn geben?«, fragte ich.

»Ich kann dich kaum verstehen«, antwortete er. »Ich ruf dich noch mal an.«

»Warte!«, rief ich.

»Bye-bye.«

»Tschüs, Carmi«, erwiderte ich, aber er war bereits weg. Ich legte auf. Was zum Teufel hatte Christian Carmi geben sollen?

## 23

Ich hatte Jan seit zwei Tagen nicht mehr gesehen. Er hatte auf einer Tagung in New Jersey festgesessen und entschuldigte sich auch immer wieder dafür, sodass ich ihm wohl nicht böse sein konnte. Er schlug vor, sich in einem Hotel in Midtown zu treffen. Er musste dort irgendwas für einen Kunden abgeben. Anschließend könnten wir dort essen, wenn ich einverstanden wäre.

Das Erlebnis mit Yassi lag mir noch ziemlich im Magen. Ich war nervös, wenn meine Angst auch langsam verblasste. Jedenfalls dachte ich nicht daran, auf Kyles Anruf zu warten. Woher wollte Yassi wissen, ob ich ihn gewarnt hatte oder nicht? Und war sie wirklich eine echte Bedrohung für mich? War sie ernst zu nehmen? Aus der Wohnung herauszukommen, schien mir eine gute Idee; hier herumzusitzen und mich verrückt zu machen, half schließlich auch nicht. Ich würde den Portier bitten, mir ein Taxi zu rufen, das mich direkt vor dem Hoteleingang absetzen konnte. Was sollte schon passieren?

Als ich das Hotel betrat, sah ich Jan sofort. Er saß mit einem Mann, bei dem es sich vermutlich um seinen Kunden handelte – ein dunkler Typ mit Bürstenhaarschnitt und grauem Anzug – auf einem weißen Sofa und unterhielt sich angeregt mit ihm. Während ich durch die Lobby ging, beobachtete ich sie. Sie gingen miteinander um, als würden sie sich schon lange kennen. Als ich vor ihnen stehen blieb, erhob sich Jan und gab mir einen Kuss. Dann zog er einen Sessel heran und stellte mich Eddie Nazir vor.

»Es ist mir ein Vergnügen«, sagte Eddie.

»Mir ebenfalls«, antwortete ich. Eddie war ungefähr fünfunddreißig, schmal gebaut und dunkelhäutig. Seine Augen waren samtschwarz.

Kurz darauf entschuldigte Jan sich, um uns etwas zu trinken zu besorgen. Mir wäre es lieber gewesen, er wäre geblieben – ich war nicht gerade in Plauderlaune.

»Das tut mir sehr Leid mit Ihrem Freund«, begann Eddie.

»Danke«, erwiderte ich, weil ich nicht wusste, was ich sonst sagen sollte. Ich verstand nicht so recht, warum Jan ihm von Christian erzählt hatte. Aber so, wie die Dinge sich entwickelten, sollte es eigentlich in den Nachrichten gesendet werden.

»Sie müssen unheimlich traurig sein«, fuhr er fort.

»Es war schrecklich«, sagte ich. Der Gedanke an Christian drückte mich wieder völlig nieder.

»Was für eine Tragödie«, seufzte er und starrte in sein leeres Glas.

»Wie von Shakespeare persönlich«, sagte ich.

»Solche Dinge passieren in meinem Land dauernd.«

»Woher kommen Sie denn?«

»Aus Pakistan.«

Zu wissen, dass in Pakistan ständig Leute umgebracht wurden, besserte meine Stimmung keinesfalls.

»Er war so ein Perfektionist«, meinte Eddie.

»Wer?«

»Christian natürlich.« Eddie sah mich peinlich berührt an.

Ich lehnte mich Halt suchend im Sessel zurück. »Sie kannten ihn?«

»Oh, ja«, bestätigte Eddie und schenkte mir ein umwerfendes Lächeln. »Die Welt ist klein, oder?«

Diese Welt war für meinen Geschmack ein bisschen *zu* klein. Scheinbar hatte Christian die ganze Welt gekannt. Ich muss ziemlich fassungslos ausgesehen haben, denn Eddie fügte erklärend hinzu: »Ich hab an ihn verkauft.«

Ich musste mich zusammenreißen, um nicht unbeherrscht herauszuplatzen: Drogen?

»Er war sehr, sehr wählerisch«, fuhr Eddie fort. »Meine Teppiche waren nie genau so, wie er sie haben wollte.«

Also Teppiche, keine Drogen. Wenigstens ergab das einen Sinn. »Für seine … Projekte als Innenarchitekt?«

»Ja.«

»Sie verkaufen Teppiche?«

»Kelims.«

»Oh.«

»Ich exportiere«, sagte er. »Kelims, Stoffe, schmiedeeiserne Figuren. Christian war sehr kritisch. Er hatte einen Kunden mit einer sehr aufwändigen Küche.«

Ich wollte ihn gerade nach Einzelheiten dieser sehr aufwändigen Küche befragen, als Jan mit den Drinks zurückkam. Gin Tonic für mich, Scotch für Jan und Eddie. Wieder begannen sie so locker zu plaudern, als wären sie alte Freunde. Eddie hatte gerade einen Feuer-Opal für seine Schwester gekauft. Sie unterhielten sich über London, während ich über den neuesten Enthüllungen brütete. Konnte das alles wirklich noch Zufall sein? Vielleicht war Eddie es gewesen, der Christian manchmal auf dem Handy angerufen hatte. Ich wartete auf eine Gelegenheit, ihn danach zu fragen, aber er verkündete plötzlich, dass er zum Abendessen verabredet sei – ob wir ihn bitte entschuldigen würden? Er drückte mir die Hand, bedankte sich bei Jan und ging.

Ich trank meinen Gin Tonic; ein Fetzen Zitronenfruchtfleisch setzte sich zwischen meinen Zähnen fest. »Wohin exportiert er?«

»Überallhin.«

»Auch hierhin?«

»Die Amerikaner lieben seine Teppiche«, sagte Jan lächelnd. »Warum interessierst du dich dafür?«

»Er kannte Christian«, sagte ich.

»Ich weiß.«

»Hat er es dir erzählt?«

»Ja«, antwortete Jan und zündete sich eine Zigarette an. »Aber er meinte, er kannte ihn nur flüchtig.«

»Findest du das nicht seltsam?«

»Irgendwie schon«, meinte Jan und stieß nachdenklich den Rauch aus. »Aber es gibt eben komische Zufälle.«

Das kam mir irgendwie bekannt vor. Der Gin war mir wie üblich direkt in den Kopf gestiegen. Ich überlegte, ob ich Jan von Kyle und Yassi erzählen sollte, aber ich befürchtete, dass er mich sofort zur Polizei schleppen und zwingen würde, dort alles zu wiederholen. Dabei war ich mir nicht einmal sicher, was an der ganzen Sache überhaupt dran war. Aber dieser Eddie war wieder was anderes.

»Das kann nicht alles nur Zufall sein«, sagte ich.

»Was meinst du damit?«

»Ich meine: Wieso hast du einen Kunden, der zufällig auch Christian kennt? Findest du das nicht ein bisschen komisch?« Ich hatte Mühe, ruhig zu bleiben.

»Wie ich schon sagte«, antwortete Jan nachdrücklich. »Ein komischer Zufall.«

Ich weiß auch nicht, was ich von Jan erwartete. Im Prinzip war ich ja auch der gleichen Meinung. Vielleicht interpretierte ich in diese »komischen Zufälle« zu viel hinein. Dennoch wurde ich das Gefühl nicht los, dass es irgendwo eine gigantische Verschwörung gab, die sich wie ein Netz um mich herum zusammenzog. Es gab nur eins, was ich tun konnte – ich schickte Jan los, um mir noch einen Drink zu besorgen.

Als wir die Bambustreppe zu dem ruhigen japanischen Restaurant, das Jan ausgesucht hatte, hinunterstiegen, ging es mir wieder besser. Ich hatte mich selbst davon überzeugt, dass mich weder Eddie mit seinen Teppichen, noch Yassi mit ihren Drohungen, noch Kyle mit seinem Verfolgungswahn kümmerte. Nun war ich weit weg von alledem, sicher geborgen in einem unterirdischen Restaurant, in dem zarte Japan-Musik die Gäste einhüllte. Eine Frau in Kimono und Obi begrüßte uns. Jan versuchte, mich für Shabu-Shabu zu begeistern, aber mein Appetit war doch noch nicht wieder in Funktion. Er ging weiter die Karte durch. Nachdem die Kellnerin uns allein gelassen hatte, nahm Jan meine Hand und sagte: »Ich mache mir Sorgen um dich.«

»Mir geht's gut.«

»Du hast … dich da in etwas verrannt.«

»Hab ich nicht.«

Ich muss gekränkt ausgesehen haben, denn er fügte hinzu: »Vielleicht ist das nicht der richtige Ausdruck.«

»Welcher ist es dann?«

Er seufzte. »Ich weiß nicht«, sagte er kopfschüttelnd. »Sagen wir, du grübelst zu viel.«

»Ich kann's nicht ändern.«

»Ich weiß.«

Ich schüttelte den Kopf. Wie gerne hätte ich Jan die ganze Geschichte erzählt. Aber ich war doch selbst schuld. Immerhin hatte ich mich auf Christian eingelassen. Ich wollte Jan nicht auch noch mit hineinziehen. Yassi hatte gesagt, dass ich den Mund halten sollte. Ihre Warnung fühlte ich noch so deutlich wie ein paar Tage zuvor das Brennen auf meiner Zunge von der Zigarette, die ich nicht hatte rauchen wollen. Schließlich entschied ich, dass ich Jan erst dann alles erzählen würde, wenn noch irgendwas geschehen sollte.

Die Kellnerin stellte eine Riesenportion Sushi zwischen uns. Jan wickelte seine Stäbchen aus und goss Soja-Sauce in zwei winzige Schälchen. Dann blickte er mit seinen ruhigen blauen Augen auf. »Versuch etwas zu essen«, sagte er, während er das Tablett zu mir hinschob. »Du siehst langsam aus wie Twiggy.«

Zumindest hatte sich Jan seinen Sinn für Humor bewahrt. Ich brach die Stäbchen auseinander – das eine splitterte. Ich war zwar nicht übermäßig abergläubisch, aber dieses Mal erschien es mir wie ein schlechtes Omen. Als ob ich es niemals schaffen würde, von der Sache mit Christian und seinem mysteriösen Abgang loszukommen. Ich nahm mir etwas von dem Sushi. Leider war ich noch nie ein Fan von rohem Fisch gewesen und die Konsistenz des Seegetiers erinnerte mich an Gelatine.

Während wir aßen, erzählte Jan mir von seiner Tagung, von den Leuten, die er getroffen und den Sachen, die er gekauft hatte. Ich wusste, dass er mich dadurch nur von Christian ablenken wollte und mochte ihn umso mehr dafür. Dennoch kehrten meine Gedanken immer wieder zu Eddie zurück. Ich versuchte allerdings, mir nicht anmerken zu lassen, dass ich geistig nicht ganz anwesend war. Einerseits hörte ich Jan zu und kommentierte das, was er mir erzählte, andererseits rief ich mir immer wieder das Gespräch mit Eddie Nazir, dem Teppichhändler, in Erinnerung. Ich wünschte, ich hätte eine Chance gehabt, Eddie zu fragen, ob er es gewesen war, der Christian an jenem Abend auf dem Handy angerufen hatte. Mir fiel wieder ein, dass Christian damals in Carmis Apartment diese fremde Sprache gesprochen hatte. Sprach ein Pakistani Arabisch? In dieser Hinsicht war ich eine typische Amerikanerin: Ich wusste kaum, wo Pakistan war, geschweige denn, was dort gesprochen wurde. Aber selbst wenn Eddie mit Christian telefoniert hatte – was würde das beweisen? Während ich meinen heißen Sake austrank, kam ich dann aber doch zu dem Schluss, dass Eddie Christians Drogenquelle gewesen sein musste. Oder gab es noch eine andere Erklärung?

Nachdem die Kellnerin die Teller abgeräumt hatte, fragte Jan: »Woran denkst du?«

»An Eddie.«

»Eddie?« Er legte seine Stäbchen behutsam auf das Einwickelpapier und tupfte sich den Mund mit der Serviette ab. »Na ja, dann überlegen wir mal«, begann er. »Eddie ist verheiratet, hat zwei Jungs und lebt in London. Scheint nicht besonders verdächtig, oder?«

Gegen meinen Willen musste ich lachen. Es stimmte – ich zog voreilige Schlüsse. Nicht jeder pakistanische Exporteur verkaufte Dope. »Okay«, sagte ich, »lass uns das Thema wechseln.«

»Gut«, meinte Jan und lehnte sich in seinem Stuhl zurück. »Was ist mit unserem potentiellen Urlaub?« Er trank einen Schluck Sake. »Hast du darüber nachgedacht?«

Dazu war ich gar nicht gekommen. Aber ich nickte.

»Und?«

»Ich weiß es noch nicht.« Ich konnte ihm jetzt noch immer keine Antwort geben.

Ich hatte inzwischen genug Zeit mit Jan verbracht, um zu wissen, dass ich mich in ihn verlieben konnte. Inmitten dieses ganzen Chaos' fühlte ich mich ihm näher als je zuvor – er war die einzige normale Person, die ich kannte. Ich hatte es geschafft, mich in einer Stadt von zwölf Millionen Menschen ausschließlich mit Spinnern anzufreunden. Sobald ich mir das einmal eingestanden hatte, konnte ich auch zugeben, dass ich nichts dagegen hatte, mit ihm irgendwohin zu fliegen. Dennoch wollte ich noch nichts sagen. Ich musste noch eine Weile darüber nachdenken. Er würde mir die Zeit geben, die ich brauchte. Und das war eine andere Sache, die mir an Jan so gut gefiel.

»Als Nächstes«, fuhr Jan fort, »wirst du mich verdächtigen.«

Wir beide lachten. Die Vorstellung war wirklich komisch.

Während Jan sich um die Rechnung kümmerte, ging ich zur Toilette. Eine zugespachtelte Frau lehnte über dem Waschbecken und puderte ihr Kinn. Ich fand ein freies Fleckchen Spiegel und betrachtete mein Gesicht. Das künstliche Licht enthüllte Unebenheiten und feinen Flaum. Ein paar Haarsträhnen hatten sich aus meiner Haarspange gelöst und ich strich sie mit Hilfe von etwas Wasser zurück. Dann fletschte ich die Zähne und betrachtete mein Gebiss. Als ich mit dreizehn endlich meine Klammer abmontiert bekam, war ich beim Anblick meiner Deluxe-Schneidezähne schockiert gewesen. Sie schienen lächerlich groß und weiß; wahrscheinlich hätte ich jederzeit eine Rolle in einem Werbespot für Zahnseide bekommen können.

»Brauchen Sie auch ein bisschen Puder?«, fragte die Frau. Ihre Stimmlage verriet mir, dass ich es mit einer Transe zu tun hatte. Dieser Abend hatte es definitiv in sich.

»Geht schon«, sagte ich.

Sie klappte ihr Puderdöschen zu und zog das hoch gerutschte T-Shirt wieder runter.

Ich zog meinen Lippenstift nach und presste die Lippen dann auf ein Taschentuch.

»Was für eine Farbe ist das?«, fragte sie.

Ich drehte den Lippenstift um. »Scarlet Empress«, sagte ich. Ein Überbleibsel von meinem Gastspiel bei Barneys.

»Zu heftig für mich.«

»Meinen Sie?«

Sie nickte und starrte mich dabei im Spiegel an. »Ihre Pucci-mäßige Handtasche ist fantastisch.«

»Danke«, antwortete ich. »Die hab ich für zwei Dollar in San Francisco gekauft.«

Wir lachten. Dann betrat sie eine der rosafarbenen Kabinen und verriegelte die Tür. Ich sah im Spiegel ihre kanugroßen Pumps. Dann fing sie an zu würgen – so hörte es sich wenigstens an – und ich war einen Moment versucht, sie zu fragen, ob alles in Ordnung sei. Aber weil das vermutlich eine dämliche Frage war, schnappte ich mir meine falsche Pucci-Tasche und zog die Tür leise hinter mir zu.

Wieder zu Hause liebten Jan und ich uns auf die übliche schweigsame Art und Weise, während Miles Davis im Hintergrund spielte. Wir waren in einen Rhythmus gefallen, der ganz und gar anders war als alles, was ich bisher erlebt hatte. Es war sexy, sehr innig und irgendwie isoliert, als würde sich die Außenwelt während unseres Liebesspiels gänzlich zurückziehen. Ich würde den Sex mit Jan vermissen, wenn er nicht mehr da war, insbesondere seine bedächtigen, entspannten Berührungen. Danach döste Jan ein, sein dünner Arm auf meinem Bauch, sein Bein gegen meine Hüfte gepresst. Es war schön, ihn so nah bei mir zu spüren. Von irgendwoher drang ein kalter Luftzug herein, auf der Straße war es ausnahmsweise ruhig. Ich hatte keine Ahnung, wie spät es war. Es war mir auch egal. Jans gleichmäßiger Atem betonte die Stille. Er schlief genau so ruhig wie er im Wachzustand war. Er schnarchte nicht, warf sich nicht herum. Sein Körper war wie der eines Yogis während der Meditation.

Als das Telefon klingelte, wusste ich, dass es Kyle war. Es musste so sein; niemand anderes würde mich mitten in der Nacht anrufen. Ich wand mich unter Jans Arm aus dem Bett und legte mir Carmis Bademantel um. Im Gehen warf ich einen Blick auf die Uhr: Es war halb zwei durch.

»Hallo?«, sagte ich.

»Alex.«

»Kyle?«

»Ja.« Er hustete. »Was geht ab?«

»Was *geht ab*? Es ist verdammt spät!«

»Ich bin im Krankenhaus!«

Mir wurde plötzlich eiskalt. »Bist du krank?«

»Nein.«

»Was dann?«

»Ich bin aufgemischt worden.«

Yassis Gesicht tauchte sofort vor meinem inneren Auge auf. »Bist du verletzt?«

»Meine Arme«, sagte Kyle. »Beide gebrochen. Ich kann mir nicht mal mehr den Arsch abwischen.«

»O Gott«, sagte ich.

»Komm bitte. Ich bin im Saint Vincent's.«

»*Jetzt*?«

»Ich muss dich sehen«, flüsterte er, als wäre es ihm peinlich.

»Okay«, sagte ich. »Ich komme sofort morgen früh.«

Kyle schwieg einen Moment. Im Hintergrund waren gedämpfte Stimmen wie aus einem Fernseher zu hören. »Ich liebe dich«, sagte er.

»Ich dich auch«, sagte ich, was nicht ganz stimmte. Aber er würde sich besser fühlen, und das war im Moment die Hauptsache.

»Bis dann.«

Die Verbindung brach ab. Ich stand im Dunkeln und starrte auf den Hörer. Was für ein Melodram. Ich hätte Yassi gern angerufen, um ihr zu sagen, dass sie offenbar seherisch begabt war, aber ich hatte ihre Nummer nicht – ich wusste nicht einmal ihren Nachnamen. Außerdem saß sie wahrscheinlich schon in einem Flugzeug nach Algerien … zumindest hoffte ich das inständig.

Als ich zurück ins Schlafzimmer kam, war Jan wach. Er hatte bereits seine Unterhose angezogen. »War das das Telefon?«

»Ja.« Ich kam mir vor, als würde ich träumen.

»Du siehst nicht besonders gut aus«, sagte Jan und hielt beim Anziehen inne.

»Ich fühle mich auch nicht besonders gut.«

Er zog sich seinen Pullover über. Seine Haut wirkte geisterhaft bleich im Kontrast zu der grauschwarzen Wolle. »Wer war dran?«

»Kyle.« Ich setzte mich auf die Bettkante und zog Carmis Bademantel fester um mich.

Jan setzte sich neben mich. Er roch nach Sandelholz. Offenbar hatte er sich das Gesicht gewaschen, während ich telefoniert hatte. »Was hat er gesagt?«

»Er ist im Krankenhaus.« Ich musste die Worte beinahe herauswürgen. Alles schien sich so zu entwickeln, wie Yassi es gesagt hatte.

»Was ist jetzt schon wieder passiert?«, fragte Jan. Er verzog das Gesicht, als könnte auch er es nicht glauben.

»Er ist aufgemischt worden.«

»Aufgemischt?«

»Ach, du weißt schon«, antwortete ich. »Zusammengeschlagen.«

»Ach so«, sagte er, während er den Gürtel durch die Schlaufen seiner Hose zog. »Überfallen.«

Das erschien mir unwahrscheinlich. Wenn jemand auf Beute aus war, würde er sich nicht ausgerechnet Kyle aussuchen. Er war zu groß und zu wachsam. Außerdem sah er nicht danach aus, als wäre bei ihm was zu holen. »Das glaube ich nicht«, sagte ich. »Nicht Kyle.«

Jan runzelte die Stirn. »Vielleicht hat er ... jemanden provoziert.« Er zündete sich eine Zigarette an.

»Wie kommst du darauf?«

Er klopfte seine Asche in ein Glas ab. »Ich wollte dir bisher nichts davon sagen.«

»Wovon?« Ich war alarmiert. Auch Jan hatte mir etwas verschwiegen?

Er blies eine Qualmwolke über unsere Köpfe. »Als wir damals in dieser Bar waren«, begann er, »hat sich Kyle benommen wie ein Verrückter.«

Das war für mich nichts Neues. Ich wartete, wie es weitergehen würde.

»Er war sehr ... unangenehm.« Jan zog noch einmal an seiner Zigarette und drückte sie dann aus. Dann zog er seine Schuhe an.

»Er ist immer unangenehm«, sagte ich, erneut erstaunt über die Tatsache, dass die beiden tatsächlich einen Abend zusammen verbracht hatten.

»Ich weiß«, bestätigte Jan. »Aber er wirkte so wütend.«

»Er ist immer wütend.«

»Kyle ist wild entschlossen, sich selbst zu zerstören«, sagte er, während er mich eindringlich ansah. »Du kannst ihm nicht helfen.«

Bis zu einem bestimmten Grad hatte Jan Recht. Trotzdem fühlte ich mich wie der letzte Dreck. Ich hätte sofort versuchen sollen, Kyle Yassis Warnung zukommen zu lassen.

Jan stand auf und stellte sich vor den Spiegel, um seine Haare zu kämmen. Alle Farbe war aus seinem Gesicht gewichen. Er wirkte aufgewühlt.

»Soll ich bleiben?«

»Nein, schon gut.«

»Du musst es nur sagen.«

Ich wollte lieber allein sein und mir in Ruhe Sorgen machen. Jan blieb noch eine Weile und versuchte, mich wieder aufzumuntern. Es war lieb von ihm, aber ich wollte nachdenken. Schließlich brachte ich ihn zur Tür, wo er mich lange umarmte. Wir verabredeten uns für den nächsten Tag, dann ging er.

Ich verbrachte den Rest der Nacht damit, die Gespräche mit Kyle und Yassi wieder und wieder in Gedanken durchzugehen, aber mir fiel nichts mehr ein, was ich nicht schon zigmal überdacht hatte. Immer wieder stellte ich mir dieselben Fragen: Warum war Christian umgebracht worden? Was wusste Yassi, das ich nicht wusste? Warum waren Kyles Arme gebrochen? Und – am wichtigsten! – hatten Kyles gebrochene Arme etwas mit Christians Tod zu tun? Diese offenen Fragen reichten aus, um mich bis vier Uhr morgens wach zu halten. Ich würde morgen früh zu Kyle gehen und aus ihm herausquetschen, was immer aus ihm herauszuquetschen war. Und wenn ich ihm dafür noch ein paar Knochen brechen musste.

## 24

Das Krankenhaus war eine dieser riesigen städtischen Abladestationen für Bettler und Diebe, die hier wie auf einer Müllhalde entsorgt wurden, und stank nach Ammoniak, Bohnerwachs und Krankheit. Die Glastüren waren fleckig von den schmierigen Fingerabdrücken der letzten Monate. Die Flure waren schmuddelig, das Linoleum schälte sich langsam ab. Die Wände hatten dringend einen neuen Anstrich nötig. Ich fragte eine schlampig aussehende Krankenschwester nach Kyle. Sie bellte mir eine Zimmernummer entgegen, ohne mich anzusehen. Ich ging durch die Gänge, darum bemüht, möglichst nicht daran zu denken, warum Kyle hier war. Als ich endlich bei seinem Zimmer angekommen war, blieb ich wie angewurzelt stehen: Vor seiner Tür war ein Cop postiert. Bei seinem Anblick wurde mir schwindelig.

Der Polizist nahm geräuschvoll einen Schluck aus seinem Kaffeebecher. »Ja?«, fragte er mit heiserer Stimme.

»Ich bin eine Freundin«, sagte ich. Wahrscheinlich würde er mich jetzt gleich verhaften.

Er schüttelte den Kopf.

»Ich weiß«, gab ich zu. »Es ist schwer zu glauben.«

Er lachte, aber es klang mehr nach husten. »Wie heißen Sie?«

»Muss ich Ihnen das sagen?«

»Wenn Sie reinwollen, ja.«

Seine Nasenlöcher waren so riesig, dass ich ihm bis ins Hirn sehen konnte. »Alex Orlando«, sagte ich und griff nach der Klinke.

»Moment, Moment«, hielt er mich zurück. Er holte ein Clipboard hinter seinem weißen Klappstuhl hervor. »Den Nachnamen buchstabieren. Langsam. Und hier unterschreiben.«

Das tat ich. Er betrachtete das Blatt einen Moment lang, als würde mein Name irgendeine geheime Botschaft enthalten.

»Kann ich jetzt rein?«

»Italienischer Name?«

Ich verdrehte die Augen. »Ja.« Erst jetzt sah ich auf sein Namensschild: Mastrangelo.

Er klopfte sich auf seine Brust. »Ich bin auch Italiener.«

»Schön«, sagte ich. »Kann ich jetzt rein?«

»Nur, wenn Sie mir sagen, was ein nettes Mädchen wie Sie an so einem Drecksack findet.« Er deutete mit dem Daumen zur Tür.

Ich schenkte ihm mein lieblichstes Lächeln. »Ich steh nun mal auf Drecksäcke.«

Er schnaubte und winkte mich vorbei.

Kyle sah fern, fast ohne Ton. Er hatte einen Stapel Kissen im Rücken. Sein Gesicht war lila verfärbt. Um sein rechtes Auge prangte ein gigantisches Veilchen. Ein weißes Pflaster klebte auf seiner Stirn. Seine gegipsten Arme waren vor seiner Brust verschränkt wie die Flügel eines Brathähnchens. Ich zuckte innerlich zusammen. Es musste höllisch wehtun.

Als Kyle mich sah, lächelte er strahlend, als hätte man ihm gerade mitgeteilt, dass er im Lotto gewonnen hatte. Wenigstens hatte er nicht auch noch Zähne verloren. Ich zog einen Stuhl an sein Bett. Niemand hatte ihm Blumen gebracht; der trostlose Raum hatte keine Fenster. Stattdessen war eine helle, summende Neonlampe mit einem Draht an der Decke befestigt.

»Niedlich, das Nachthemd, das du da anhast«, begann ich.

»Ja«, sagte er. Seine Stimme war flach, als hätte jemand die Lautstärke runtergedreht. »Vielleicht darf ich es ja behalten.«

Ich lachte.

»Ja, ich weiß«, zickte er. »Es ist verdammt lächerlich.«

»Tut mir Leid.« Er hatte Recht: Es war nicht lustig.

Er seufzte. »Hast du 'ne Zigarette?«

»Nein.«

»Die lassen mich hier nicht rauchen.«

»Du bist in einem Krankenhaus, nicht in einer Kneipe.«

»Scheiß drauf.«

»Nörgel nicht rum.«

»Würdest du auch, wenn deine Arme gebrochen wären.«

»Tut mir Leid«, sagte ich wieder und nahm seine demolierten Hände. Dann betrachtete ich wieder sein Gesicht; ein Auge war blutunterlaufen, das andere zugeschwollen. Ich wollte zur Sache kommen – wieso man ihn so fertig gemacht hatte und ob das hier irgendwas mit Yassi zu tun hatte. »Was ist passiert?«

Kyle holte tief Luft und begann zu erzählen. »Ich war in irgendso'nem Laden bei meiner Wohnung um die Ecke und hab mich mit 'ner wahrlich anbetungswürdigen Kuba-Maus unterhalten. Dann kommt so'n Typ vorbei und sagt, ich soll abhauen, weil Inez – so heißt sie – seine Frau oder was auch immer ist. Ich hab ihm gesagt, dass er sich verpissen soll.« Kyle ließ sich in seinen Kissenstapel zurücksinken. »Er nervte aber weiter, bis ich ihm … ein Bierglas in die Fresse geschleudert habe.« Kyle hielt einen Moment inne und versuchte, sich zu kratzen. »Plötzlich ist diese Inez ganz lieb zu mir. Wir fummeln ein bisschen rum.« Er grinste bei dem Gedanken. »Dann muss sie weg, weil sie noch eine Kusine oder so was abholen soll. Also trinke ich noch ein paar Bierchen, esse was und hau auch ab.« Er hustete ein paar Mal, bevor er zum vorhersehbaren Ende kam. »Und plötzlich hab ich halb Havanna am Sack, ein Haufen Zwerge, die mit Rohren auf mich einschlagen und dabei kreischen wie blöd.« Kyles Stimme wurde rau. »Wahrscheinlich hab ich was auf den Schädel gekriegt, denn plötzlich wach ich in diesem Scheißladen auf und bin high von Demerol.« Er runzelte die Stirn. »Sie haben mir den Hahn echt nach dem ersten Kick wieder abgedreht.«

Ich hatte schon Hunderte von diesen Storys gehört, sie ihm aber eigentlich nie abgenommen. Und ich wusste auch jetzt nicht, ob ich ihm glauben sollte.

»Was ist mit Yassi?«

»Was soll mit Yassi sein? Ich habe die Alte seit zwei Wochen nicht mehr gesehen.«

»Ich hab sie vor ein paar Tagen getroffen.« Ich machte eine Pause, um zu sehen, ob Kyles Miene sich veränderte. »Nachdem du mich in diese Konditorei gelockt hast.« Ihm war keine Regung anzumerken.

»Was wollte sie denn?«

»Sie hatte eine Pistole«, sagte ich, selbst überrascht über meine seltsame Stimme. Allein der Gedanke daran machte mich wütend. »Sie sagte, ich sollte den Mund halten.«

»Die hat sie ja nicht alle.« Er tat so, als sähe er fern, obwohl das Bild vor Schnee beinahe nicht zu sehen war.

»Du solltest ein bisschen Reue zeigen, schließlich hast du mich in diesen Mist mit reingezogen.«

»Tut mir Leid.«

»Das kam sehr überzeugend«, zischte ich. Sein Desinteresse machte mich nur noch wütender. »Willst du nicht hören, was sie gesagt hat?«

»Eigentlich nicht.« Kyle sah mich kraftlos an. Das half mir auch nicht weiter. »Was erwartest du denn von mir?«

»Ich weiß nicht«, gab ich zu.

»Okay«, seufzte er. »Erzähl mir, was sie gesagt hat.«

»Sie meinte, dass du in Schwierigkeiten stecken würdest.«

»Ich stecke immer in Schwierigkeiten.«

Das war eine Tatsache. Die Frage war nur, welche Größenordnung von Schwierigkeiten.

»Aber hier geht es um was anderes«, sagte ich. Ich hörte mich an wie ein Psychiater.

»Inwiefern?«

»Diesmal ist es ernst.«

Kyle versuchte, auf die Fernbedienung zu drücken. »Kannst du diesen Scheiß mal wegzappen?«

Ich beugte mich über ihn und ging die Sender durch.

»Stopp!«, brüllte er. Geparden düsten über die Serengeti. »Cool«, murmelte Kyle.

Ich hatte große Lust, die Kiste abzuschalten. »Kyle?«

»Ich bin hier«, sagte er. »Du brauchst nicht so zu schreien.«

»Tut mir Leid«, sagte ich. Ich war nervös.

»Wusstest du«, fragte Kyle, »dass Gepardenmännchen manchmal ihre Jungen fressen?«

»Faszinierend.«

»Ich hätte Tierarzt werden sollen«, meinte Kyle mit sehnsuchtsvollem Blick auf die Mattscheibe.

Ich stellte ihn mir vor, wie er auf irgendeinem abgelegenen Bauernhof einem Lamm auf die Welt half. »Yassi hat gesagt, dass irgendwas Schlimmes auf dich zukommt.«

»Schon passiert«, antwortete er. »Guck mich an.«

»Schon klar.«

»Yassi hält sich für Nostradamus«, rief er aufgeregt. »Aber sie weiß einen Scheiß!«

»Ich sollte dich warnen.« Schuldgefühle breiteten sich in mir aus.

Kyle lachte. »Wovor?«

»Vor dem hier.«

»Ich hab dir doch erzählt, wie's passiert ist.«

»Ich versuche bloß, dir zu glauben.«

Er sah mich entgeistert an. »Mir zu glauben?«

»Ja.«

»Was gibt's denn da nicht zu glauben?«

»Eine Menge«, gab ich zurück.

»Ich habe dir gesagt, was abgegangen ist.«

»Schon«, sagte ich. Das erklärte nur nicht Yassis Hysterie. Oder den Bullen, der da draußen stand. »Was sollte das dann letztens?«, fragte ich.

»Was soll da gewesen sein?«

»Du hast gesagt, dass du dir Sorgen machst.«

Er versuchte, die Achseln zu zucken, aber das misslang.

»Das lag an diesen Scheißdrogen.«

»Was für Drogen?«

»Ich weiß nicht.«

»Wie kann man so was nicht wissen?«

»Ich hatte morgens einen durchgezogen«, sagte Kyle. »Da redet man schon mal Mist.«

»Was ist mit Yassi?«

Er stöhnte. »Fängst du jetzt wieder damit an?«

»Ja«, bohrte ich weiter. »Sie hat gesagt, du hättest das Netz gefickt.«

Kyle grinste. »Netz?«

Ich nickte.

»So was wie das Kabelnetz, ein Fernsehsender?« Er lachte über seinen eigenen Witz.

»Yassi meinte, es gäbe ein Netz.«

»Was für'n Netz?« Kyle verzog sein verbeultes Gesicht.

»Woher soll ich das wissen?«

»Klingt wie irgendwas von DeLillo«, sagte er. »Aber nicht nach Yassi.«

»Yassi meinte, dass dir jemand wegen Christian was antun wollte.«

»Wie ich dir schon sagte: Es waren Kubaner«, behauptete Kyle und stieß einen Seufzer aus. »Wer ist überhaupt Christian?«

»Dein Dealer, schon vergessen?«

»Ach ja«, runzelte er die Stirn. »Der tote Euro.«

»Dieser Euro war der Freund von Yassis Schwester.«

Yassi zog seine noch unversehrte Augenbraue hoch. »Yassi hat keine Schwester.«

»Sie sagt, sie hätte eine.«

»Sie lügt wie gedruckt.«

»Ich hab sie aber gesehen.«

»Wen?«

»Yassis Schwester.« Inzwischen brüllte ich fast.

»Soll ich's dir noch mal sagen?«, brüllte er zurück. »Sie hat keine einzige verfickte Schwester!« Er versuchte, sich vorzubeugen und verzog das Gesicht. »Verdammte Scheiße.«

Eine ganze Weile schwieg ich. Wir starrten beide auf den Fernseher. Der Sprecher erzählte gerade, dass Geparden auf kurzen Strecken die schnellsten Tiere der Welt seien.

»Sie sah Yassi aber ähnlich«, fuhr ich schließlich fort. Meine Stimme hatte an Intensität verloren.

»Und was hat das jetzt mit dem Rest zu tun?«

»Viel!«

Kyle schüttelte den Kopf. »Du bist doch auch nicht mehr ganz dicht.«

Langsam war ich geneigt, ihm zuzustimmen. Dennoch gab ich nicht nach. »Yassi hat gesagt, du würdest mit drinhängen.«

»*Wo* mit drinhängen?« Wieder legte er sein Gesicht in Falten.

»Ich weiß nicht«, antwortete ich. »In der ganzen Sache, in dieser Christian-Geschichte.«

»Die soll sich verpissen«, wütete er. »Die Schlampe will doch nur ihren Arsch retten.«

»Und wovon redest *du* jetzt?«

»Vergiss es«, sagte er und verzog die Lippen wie ein schmollendes Kleinkind.

»Du musst ganz schönen Mist gemacht haben, um auszusehen, wie du jetzt aussiehst.«

»Nein«, beharrte er. »Ich hab eins drauf gekriegt, weil ich der Pussy zu nahe gekommen bin.«

Der Cop draußen hatte Recht. Kyle war ein Drecksack. Aber warum war der Bulle überhaupt da? Ich war gespannt auf Kyles Erklärung.

»Du weißt wahrscheinlich, dass vor deiner Tür ein Cop steht, oder?«

»Ja«, sagte er. »Ist eben aufgetaucht. Keine Ahnung, warum die meinen, ich könnte abhauen.«

»Vielleicht soll er ja Leute davon abhalten, hier reinzukommen.«

»Quatsch«, sagte Kyle. »Die haben mir gesagt, dass sie mich befragen müssten. Alle paar Stunden kommt so'n Schönling von Bulle und quetscht mich aus, wo ich gewesen bin und so weiter.« Er hielt inne und versuchte, seine Arme neu zu positionieren, wobei er unablässig fluchte. »Geil, was? Da tritt dir jemand den Schädel ein und du wirst behandelt wie ein Schwerverbrecher.«

In diesem Moment platzte ein schlaksiger Krankenpfleger herein. Seine Haare waren zu einem dünnen Pferdeschwanz zusammengebunden und er hatte gigantische Pickel im Gesicht. »Die Besuchszeit ist um«, sagte er. »Zeit zum Waschen, Herzchen.«

Kyle stöhnte. »Kann sie das nicht machen?« Er deutete mit dem Kinn auf mich.

»Nein, danke«, weigerte ich mich. »Hier bist du in guten Händen.«

»Krieg ich nicht wenigstens 'ne richtige Schwester?«, jammerte Kyle.

»Tut mir Leid, Süßer«, erwiderte der Pfleger. »Entweder ich oder der Stallgeruch.«

»Dann nehm ich lieber den verfickten Stall«, nörgelte Kyle.

Der Krankenpfleger ging ins Bad; ich hörte das Wasser rauschen. Ich erklärte Kyle, dass ich nun gehen müsse, aber er reagierte nicht. Er wirkte deprimiert, als ob er wüsste, dass es nur noch schlimmer kommen würde. Er bat mich, den Ton lauter zu machen, und ich kam seinem Wunsch nach. Gerade lief ein Beitrag über Maulwürfe. Kyle starrte wie gebannt auf die Mattscheibe. »Sie sind blind«, sagte er mehr zu sich selbst als zu mir. »Aber sie finden sich trotzdem zurecht.«

Ich wiederholte, dass ich jetzt gehen würde. Kyle nickte und bat mich, bald wiederzukommen und ihm Bücher mitzubringen. Alles, was sie hier im Krankenhaus hätten, wären eine Fernsehzeitung und eine furchtbare Illustrierte.

Als ich das Zimmer verließ, war der Polizist weg. Ich wanderte durch das Krankenhaus wie ein Schlafwandler. Schließlich musste ich jemanden nach dem Ausgang fragen. Als ich endlich wieder auf der Straße stand, stellte ich fest, dass ich noch verwirrter war als vor meinem Besuch. Ich machte mich durch kalten Regen und matschigen Schnee auf den Weg zu Carmis Wohnung. Ich wollte nicht mehr ununterbrochen an den malträtierten Kyle in diesem schmuddeligen Krankenhaus denken und konzentrierte mich stattdessen auf die stattlichen Fassaden und die glänzenden, kahlen Bäume, die wie Soldaten die Straße säumten. Ein verblichener Weihnachtsbaum lag auf dem Bürgersteig – ich fragte mich, wer bis Februar wartete, um seinen Baum zu entsorgen. Irgendwie war die Tanne schön – die einzige auch nur halbwegs lebendige Erscheinung an diesem grauen Tag.

## 25

Zurück in Carmis Wohnung hörte ich den Anrufbeantworter ab. Einige Male hatte jemand wieder aufgelegt, ohne draufzusprechen. Sofort wurde mir flau im Magen. Außerdem hatte Malcolm eine Nachricht hinterlassen. Ich stand vor der Maschine und lauschte seiner aufgebrachten Stimme. Offenbar hatte ein Cop ihn bei Barneys aufgesucht und seine Kunden verscheucht. Das hatte Malcolm allerdings nicht so sehr gestört, denn der Polizist war angeblich ein echter Blickfang gewesen – wenn man den gut frisierten Macho-Typ mochte. Malcolm war sich nicht sicher, was der Typ überhaupt gewollt hatte. Er hatte ihm einen Haufen Fragen gestellt – wo er an einem bestimmten Abend gewesen sei und was er gerade schrieb. Wollten sie ihn etwa als Bullenberater engagieren? Er würde mir in der Mittagspause bei Kaps, einem schmierigen Laden gegenüber von Barneys, mehr erzählen. Ich sollte ihn übermorgen um ein Uhr treffen. »Denk dran«, sagte er, »Pünktlichkeit macht Freunde«. Ich fragte mich, ob Malcolm wohl ausrasten würde, wenn er erfuhr, dass ich sein Stück immer noch nicht wiedergefunden hatte.

Mir war klar, dass die Befragung irgendetwas mit Christian zu tun gehabt haben musste. Und plötzlich sah ich Malcolm in einem etwas anderen Licht. Ich kannte ihn längst nicht so gut, wie ich geglaubt hatte. Sollte ich ihn wirklich treffen? Vielleicht war er ein Verdächtiger.

Ich ging in die Küche, um mir etwas zu essen zu machen. Als ich mit meinem Tunfischsalat zurückkehrte, bekam ich den Schock meines Lebens. Yassi und irgendein fetter Kerl, den ich noch nie gesehen hatte, hatten sich auf Carmis Couch breit gemacht. Sie mussten hinter mir hergegangen sein. Dabei war ich sicher, dass ich die Tür hinter mir zugemacht hatte – oder vielleicht doch nicht? Nicht, dass das jetzt noch eine Rolle spielte. So viel zu Carmis Doppel-Schloss-Strategie. Yassi wusste, wie man Leute umbrachte, also konnte sie vermutlich auch leicht in Wohnungen einbrechen. Ich stand wie angewurzelt auf der Türschwelle – mein erster Impuls war, in Carmis Schlafzimmer zu rennen und die Polizei zu rufen, aber man konnte die Tür nicht abschließen. Ich saß in der Falle. Yassi war gekommen, um mich endgültig zu erledigen. Ich war mir ganz sicher. Panik stieg in mir auf. Ich hörte mich sagen, sie sollten sofort ihren Arsch hier rausbewegen – ziemlich gewagt, aber es war raus.

Yassi regte sich nicht. Sie sah genauso aus wie vor ein paar Tagen, nur dass sie eine riesige Sonnenbrille trug, die ihre Augen versteckte. »Ich wollte eigentlich nicht herkommen«, sagte sie und rieb sich die knochigen Hände.

Dafür wäre ich ihr dankbar gewesen. »Nein, wäre auch wirklich nicht nötig gewesen.«

»Aber jetzt bin ich hier.«

Ich schwieg, während ich darauf wartete, dass sie mir den Grund nannte. »Setz dich«, fuhr sie fort und deutete mit ihrer Pergament-Hand auf Carmis Sessel. Ich tat, was man mir gesagt hatte. Erst jetzt sah ich mir den Fettsack neben ihr genauer an. Außer auf seinem Kopf wucherten Büschel schwarzer, lockiger Haare aus all seinen Poren. Er musste ungefähr 150 Kilo wiegen – ein behaartes, menschliches Fettauge. Er schwitzte; große Schweißperlen sammelten sich über seiner Oberlippe.

»Es geht um ein Theaterstück«, fuhr sie fort.

»Ein Theaterstück?« Jetzt ging's los. Ich fragte mich, ob sie ihre Waffe dabei hatte … ich fragte mich, ob die Waffe einen Schalldämpfer hatte … ich konnte überhaupt nicht denken. »Was für ein Stück?«

»Es gibt nur eins«, kreischte sie und sprang auf. Mein Herz setzte einen Schlag aus. Ich musste irgendwas tun. Also zeigte ich auf Carmis Bücherregal. Carmi hatte eine stattliche Tennessee-Williams-Kollektion. Ich wusste nicht, warum mir das jetzt einfiel. Aber die Sammlung war mir gleich am ersten Abend aufgefallen.

Yassi sprang auf, ging hin und legte den Kopf schief, um die Buchrücken zu studieren. »Bourgeoiser Scheiß«, knurrte sie. Was hatte sie erwartet – Bertolt Brecht? Der fette Kerl saß nur reglos da und atmete schwer, als würde er gleich zusammenklappen. Vielleicht stand er kurz vor einem Herzanfall. In seiner rechten Hand hielt er zwischen seinen Wurstfingern eine winzige Waffe, die eher wie eine Wasserpistole aussah. Einen Moment lang überlegte ich, ob ich sie mir nur einbildete.

Yassi fing an, Bücher aus dem Regal herauszureißen und durch die Seiten zu blättern. Einige davon waren Theaterstücke, andere nicht. Ich machte mir nicht die Mühe, sie darauf hinzuweisen.

»Es ist nicht hier«, brüllte sie und bedachte mich mit einem misstrauischen Blick. Ihr Kahlkopf leuchtete dunkelrosa. »Gib mir endlich, was ich will, okay?«

»Das würde ich ja gerne«, murmelte ich. In der Hoffnung, ein wenig Mitgefühl zu sehen, blickte ich den Fettsack an, aber seine Augen waren inzwischen geschlossen. Dann dämmerte es mir. Konnte sie Malcolm meinen? Hatten die Cops ihn bei Barneys nicht nach seiner Arbeit gefragt? Es war einen Versuch wert. »Meinst du *Kitty Kats und Kleptomanen*?«, fragte ich.

»Wovon redest du?« Sie brüllte noch immer. Vielleicht würde es jemand hören und mich retten, bevor es zu spät war.

»Moment«, sagte ich und stand langsam auf. Ich war sicher, dass sie mich umbringen würden. Ich deutete mit dem Kopf Richtung Schlafzimmer. Yassi und der Dicke schienen sich keine Sorgen zu machen, dass ich die Bullen rufen oder weglaufen könnte. Wie hätte ich auch fliehen sollen? Durch ein Fenster im sechzehnten Stock? Ich ging ins Schlafzimmer und tat so, als wollte ich Malcolms Stück holen. Nur wusste ich leider immer noch nicht, wo ich es hingelegt hatte. Man stelle sich mal vor – wegen eines verlorenen Manuskripts umgebracht zu werden. Das war es, was ich dachte, während ich Carmis Nachttisch durchwühlte – dort, wo ich Malcolms Stück zum letzten Mal gesehen hatte. Ich hatte die Hoffnung, es einfach nur irgendwie übersehen zu haben. Aber natürlich war es nicht da. Die Angst packte mich wieder mit unvermittelter Heftigkeit. Ich hörte, wie Yassi nebenan auf Arabisch oder Algerisch – oder was auch immer – mit dem Dicken sprach. Dann plötzlich stand sie neben mir.

»Also, wo ist es?«, fragte sie und zog die Bettdecke von der Matratze runter. Ihre Stimme war nun ruhig. Sie runzelte die Stirn. »Ich brauche dieses Stück.«

Ich war noch nicht bereit zuzugeben, dass ich es nicht finden konnte. Würden sie mich umbringen, wenn sie es nicht bekämen? Aber warum mussten sie es unbedingt haben? Zehn Minuten später sah das Zimmer aus, als ob ein Wirbelsturm hindurchgefegt wäre. Kissen und Decken lagen auf dem Boden. Zeitschriften und Bücher waren aus den Regalen gezerrt worden. Schubladen hingen durchwühlt aus der Kommode. Das Stück war weg ...

Yassi sah sich, die Hände in die Hüften gestemmt, prüfend um. Dann ging sie durch die Wohnung und öffnete und schloss lautstark weitere Schubladen und Schränke. »Was hast du damit angestellt?«, wollte sie wissen.

»Gar nichts hab ich damit angestellt«, sagte ich.

»Hast du es mit in Christians Wohnung genommen?«

»Ich war nie in Christians Wohnung.«

Plötzlich weiteten sich ihre Augen. »Fuck«, sagte sie und schnippte mit den Fingern. »Giti hat behauptet, Christian hätte das Stück.« Sie schien eher mit sich zu reden als mit mir. »Und sie meinte, er hätte es dir zurückgegeben.«

Ich verstand gar nichts mehr. Christian war mir nicht wie die große Leseratte vorgekommen. Trotzdem – nur drei Leute hatten meine Wohnung betreten: Christian, Kyle und Jan. Was bedeutete, dass einer von ihnen es mitgenommen haben musste. Aber warum? Ich hatte keine Ahnung. Diese Arschlöcher.

»Sieh zu, dass du das Scheißding findest«, befahl Yassi. Wir standen wieder im Wohnzimmer. Der Dicke schnarchte. Yassi ohrfeigte ihn und sagte etwas, das abgehackt und guttural klang. Er schlug die Augen auf und blickte mich verständnislos an, als wüsste er nicht, wo er war. Dann erhob er sich stöhnend von der Couch und ließ die kleine Pistole in seine Tasche gleiten.

Yassi kam mir noch einmal gefährlich nahe. »Wir kommen wieder«, sagte sie. Und weg waren sie.

Ich befolgte Carmis Befehle penibel. Mit zitternden Händen schob ich jeden Riegel vor und befestigte die Kette. Dann wankte ich zur Couch und ließ mich darauf fallen. Der Dicke hatte einen muffigen Geruch wie nach gebrauchten Sportsocken hinterlassen. Ich stand auf und öffnete ein Fenster. Ich konnte immer noch nicht glauben, dass Yassi eingebrochen war – vermutlich waren sie direkt hinter mir hereingekommen. Ich wäre am liebsten ins nächste Flugzeug gesprungen und nach Kalifornien zurückgejettet. Wenn Carmi nicht gewesen wäre, hätte ich es schon vor Tagen getan. Ich überlegte, ob ich die Polizei rufen sollte. Aber was sollte ich ihnen sagen? War ich bedroht worden? Man konnte es wohl so nennen; ich fühlte mich jedenfalls so. Aber ich wollte mich nicht selbst ins Spiel bringen – ich wollte nicht mit hineingezogen werden. Aber … wo hineingezogen eigentlich? Irgendwie hoffte ich, dass sich diese ganze Geschichte irgendwann von selbst erledigte. Warum hatte Yassi gesagt, dass sie wiederkommen würde? Aber mit etwas Glück würde ich ja dann schon weit weg sein. Und wenn sie mich wirklich hätte erledigen wollen, hätte sie schließlich gerade die perfekte Gelegenheit dazu gehabt.

Was ich einfach nicht begreifen konnte, war, dass Yassi Malcolms Manuskript haben wollte. Kannten sie sich etwa auch? Entging mir hier irgendetwas? Verstehen tat ich jedenfalls gar nichts mehr. Ich beschloss, Malcolm anzurufen. Obwohl ich nicht wusste, was genau ich ihn fragen sollte …

»*Pronto*«, meldete er sich.

»Malcolm?«

»Wer sonst?«

»Hier ist Alex.«

»Wie geht's, meine Liebe?«

»Gut«, log ich.

»So klingen Sie aber nicht.«

Ich seufzte. »Das ist eine lange Geschichte.«

»Das alte Klischee.«

»Tja«, sagte ich und wechselte das Thema. »Hören Sie mal, kennen Sie eine Yassi?«

»Yassi?«, wiederholte er. Er sprach den Namen aus wie eine komplizierte fremdländische Vokabel. »Hört sich an wie eine Falafel-Sorte.«

»Ist aber eine Frau.«

»Dann nicht«, sagte er. »Aber ich kenne eine Falassi. Sie ist allerdings ein Er und eine verdammt gute Schauspielerin.«

»Schön«, sagte ich, ohne zu wissen, ob ich ihm glauben sollte. In letzter Zeit glaubte ich eigentlich niemandem mehr. Andererseits hatte Malcolm bei der Erwähnung von Yassis Namen wirklich nicht den Bruchteil einer Sekunde gestutzt.

»War das alles?«, fragte er.

»Glaub schon.«

»Ist diese Yassi an meiner Arbeit interessiert?«

»Das ist sie tatsächlich«, sagte ich.

»Dann sagen Sie ihr, sie soll meinen Agenten anrufen. Haben Sie was zu schreiben?«

»Ja«, behauptete ich, obwohl das nicht stimmte.

»Woran insbesondere?«

»*Kitty Kats*-«

»An diesem Mist?«

»Ich dachte, es wäre genial?«

»Ja, ich weiß.« Er seufzte. »Ich hab sogar ein paar Extra-Kopien für das Pulitzer-Komitee gemacht.«

Plötzlich fiel mir wieder ein, dass er behauptet hatte, nur dieses eine Exemplar zu haben. Ich erinnerte Malcolm daran. Daran und an seinen Wutanfall.

Es ließ ihn ziemlich kalt, bei einer Lüge ertappt zu werden. »Ach, das«, winkte er ab. »Ich mache von allem fünf Kopien – man weiß ja, was mit Hemingway passiert ist.«

»Aber Sie haben gesagt ...«

»Ich weiß, ich weiß«, beschwichtigte er mich. »Ich musste ein bisschen dicker auftragen.«

Ich fragte mich zwar, wieso, aber in Anbetracht der Umstände war das jetzt auch eher unwichtig.

»Na ja, jetzt schreibe ich wieder banalen Mist«, sagte er. »Sie wissen ja, wie das ist.«

Ich wusste es nicht, schwieg aber.

»Sehen wir uns bei Kaps?«

»Oh«, bemerkte ich ganz beiläufig. »Ich kann leider nicht.«

»Warum nicht?«, fragte er.

Ich antwortete nicht schnell genug.

»Sie wollen mich nicht sehen«, sagte er mit einer Stimme, die genauso bitter klang wie damals, als er mich beschimpft hatte, weil ich sein Stück nicht gelesen hatte. »Also gut.«

»Moment«, warf ich ein. Ich hatte keine Lust, mir eine seiner Tiraden anzuhören. »Ich versuche, meine ... Termine umzulegen.« Sehr überzeugend klang ich nicht.

»Tja, dann«, sagte er beleidigt. »Bis bald.«

»Okay«, erwiderte ich und überlegte, wieso ich ihm nicht einfach mal den Marsch blies. Aber ich war eben genetisch nicht in der Lage, unhöflich zu sein.

»Viel Spaß noch«, sagte er.

»Ihnen auch.« Aber er hatte schon aufgelegt.

Ich stand da mit dem Hörer in der Hand und fragte mich, ob auch Malcolm in die ganze Geschichte verwickelt war. Inzwischen schien es mir nicht mehr außerhalb des Möglichen. Wieder kam mir Malcolms unaufhörlich laufende Nase in den Sinn. Das, und die Tatsache, dass er quasi zugegeben hatte, irgendwelche Waren gegen ein paar Lines zu tauschen. Vielleicht war Malcolms Interesse an menschlicher Brutalität doch nicht ausschließlich literarischer Natur.

## 26

Jan kam wie verabredet am späten Abend zu mir. Bei einer Flasche Wein erzählte ich von den Highlights des Nachmittags – begonnen mit meiner Visite bei Kyle bis hin zu Yassis bei mir. Jan hörte mir wie üblich ruhig und aufmerksam zu; nichts, was ich sagte, schien ihn wirklich zu überraschen. Ab und zu stellte er einfache Fragen. Als ich fertig war, starrte er nachdenklich in sein Glas, in dem der Burgunder tiefrot schimmerte. »Das klingt alles ganz schön ungesund.«

Das klang nicht nur so.

»Du kannst dich mit Kyle nicht mehr treffen«, fuhr Jan fort. »Ich traue weder ihm noch seinen Freunden.«

Wie gewöhnlich hatte Jan Recht. In letzter Zeit war Kyle mir nicht mehr besonders sympathisch und trauen tat ich ihm schon gar nicht. Seine Freunde hatten mich sowieso noch nie interessiert.

»Was mich an der Geschichte stört«, sagte Jan, »ist, dass das Stück so einfach verschwunden ist.« Er blickte sich in der Wohnung um. »Das bedeutet, dass jemand hier war – mit dir oder ohne dich.«

Und wie sehr mich das erst störte! Wenn Yassi einfach hier hereinspazieren konnte, dann konnten das sicher auch andere. Der Verfolgungswahn meldete sich wieder. »Ich hab Angst, dass ich als Nächstes dran bin.«

»Ich glaub nicht, dass du deswegen Angst haben musst«, meinte Jan.

»Woher willst du das wissen?«

»Weil es unsinnig wäre.«

In letzter Zeit war so einiges unsinnig gewesen.

»Hast du die Polizei angerufen?«, fuhr Jan fort, während er einen Arm um mich legte.

»Nein.«

»Ich weiß nicht so recht, ob du das überhaupt tun solltest.«

»Wegen Yassis Drohung?«

»Nein«, meinte Jan und rieb mir den Arm. »Ich will nicht, dass du hinterher mit drinhängst.«

»Das tu ich doch schon längst.«

»Das ist es, was ich befürchte.«

Ich musste nicht mehr allzu lange darüber nachdenken, ob ich die Cops anrufen sollte oder nicht.

Als wir uns gerade entschieden hatten, wohin wir zum Essen gehen sollten, klingelte es an der Tür. Ich erwartete niemanden und dachte mit Schrecken sofort an Yassi. Jan wollte für mich an die Tür gehen, aber ich wollte nur, dass er mit mir kam. »Wer ist da?«, fragte ich. Die Stimme auf der anderen Seite antwortete: »Polizei!« Ich wusste nicht, ob ich das glauben sollte. Ich blickte Jan an. Er hakte die Kette ein, ich öffnete die Tür einen Spalt weit.

Und riss die Augen auf. Es war Jacob, der Party-Promoter vom Flughafen! Er zeigte mir seine Marke, während mir die Kinnlade runterklappte. »Polizei«, wiederholte er, diesmal mit einem Augenzwinkern. »Dürfte ich Ihnen ein paar Fragen stellen?« Ich nickte stumm. Die ganze Sache wurde langsam lächerlich; beinahe erwartete ich, dass Christian im nächsten Moment aus seiner Wohnung geschlendert kam, um mir zu sagen, dass alles bloß ein »ganz lustiger Spaß« gewesen sei. *Du magst doch Späße, nein?*

»Ich bin in Wirklichkeit kein Party-Promoter«, sagte Jacob.

»Ach was.« Ich musterte ihn rasch. Er sah genauso aus wie beim letzten Mal. Schwarzes, lockiges Haar, Pfirsichhaut und kluge, dunkle Augen. War das Kyles *Schönling von Bulle?*

»Alex ›Candy‹ Orlando?«, fragte er.

Ich lächelte. Das hatte ich ganz vergessen.

Detective Jacob Bloom stellte sich vor.

»Wir haben bei der Polizei bereits eine Aussage gemacht«, sagte Jan in dem Versuch mir zu helfen.

»Ich weiß«, erwiderte Jacob mit einem raschen Blick auf ihn. »Ich brauche nur noch ein paar Informationen.« Er lächelte und zeigte seine kräftigen, gesunden Zähne. Irgendwie landeten wir in Carmis Küche – wir waren Jacob gefolgt. Er war der Typ Mann, ein geborener Anführer. Wir setzten uns an den 50er-Jahre-Tisch. Ich fühlte mich wie vor Gericht.

»Schön haben Sie es hier«, sagte Jacob, wobei er sich umblickte.

»Die Wohnung gehört meinem Onkel.«

»Und das ist ...« Er blätterte durch sein schwarzes Notizbuch. »Anthony Carmine Orlando.«

»Ja«, sagte ich. »Carmi.« Mein armer Onkel. So viele fremde Leute, die durch seinen Palast trampelten.

Jacob lehnte sich in seinem Stuhl zurück. Sein Fuß tappte auf dem Linoleum.

»Ich möchte noch einmal hören, wann Sie und Hangerman an diesem Abend auseinander gegangen sind«, sagte er und sah Jan an. Mit Hangerman meinte er Kyle, erklärte ich Jan.

»Wie ich schon sagte«, erwiderte Jan. »Wir haben uns gegen halb zwölf getrennt. Aber genau weiß ich es nicht.«

»Dadurch hätte er genügend Zeit gehabt«, sagte Jacob und blickte auf seine Uhr, als ob er es überprüfen wollte.

»Wer hätte genügend Zeit gehabt?«, fragte ich, obwohl ich die Antwort kannte. Trotzdem wollte ich, dass Jacob es aussprach. Dadurch würde es erst real – oder besser gesagt – surreal werden.

»Hangerman, Kyle. Er hätte genug Zeit gehabt, herzukommen und Olsen den Schädel einzuschlagen.«

Ich hatte Mühe zu verarbeiten, was ich da hörte. Kyle war zwar ein Poser, aber ich war mir ganz sicher, dass er nicht fähig war, einen Menschen zu töten. Dafür war er viel zu feige. »Was soll Kyle denn gegen Christian gehabt haben?«, fragte ich.

Jacob zuckte die Achseln. Für ihn musste es eine alltägliche Geschichte sein. »Vielleicht hat Olsen ihn bei einem Deal verarscht.«

Ich schüttelte den Kopf. Kyle würde garantiert niemanden wegen eines Häufchens Koks umbringen. »Das kann nicht sein.«

»Olsen hatte mit ein paar ziemlich obskuren Personen zu tun«, erklärte Jacob. »Wir haben ihn – und seine ›Freunde‹ – drei Monate lang beschattet.«

Das brachte mich auf die Frage, ob Jacob auch mir zum Flughafen gefolgt war. Schließlich gehörte ich ja wohl zu Christians Freunden. Er nickte leicht, als ob er meine Gedanken gelesen hatte.

Jan schüttelte den Kopf, als könne er die ganze Geschichte noch immer nicht glauben.

»Kennen Sie eine Yassi Ahmet?«, fragte Jacob.

»Eigentlich nicht«, begann ich. Ich wollte ihm gerade von ihrem Besuch erzählen, als er mir das Wort abschnitt.

»Wir wissen, dass sie hier war«, warf er ein, während er sich wieder zurücklehnte. »Wir wissen alles über sie.«

Warum hatte er dann noch gefragt? Und warum waren sie nicht heraufgekommen und hatten sie wegen Hausfriedensbruch und Nötigung eingesperrt?

»Schon gut«, sagte er mit einer herablassenden Handbewegung. »Sie hat ein paar Einträge im Strafregister. Hauptsächlich wegen Waffenbesitzes und Prügeleien. Kneipenschlägereien … wegen ihrer anarchistischen Ansichten.« Jacob grinste schief. »Bislang sind keine Morde oder Verstümmelungen dabei. Und machen Sie sich keine Sorgen wegen dem Walross, das sie im Schlepptau hat. Das ist ihr Cousin. Ein Chiropraktiker aus Queens.«

Falls er versuchte, mich zu beruhigen, so war er dabei nicht besonders erfolgreich. Wie er mich ansah, wie seine Augen funkelten. Er schien alles zu wissen.

»Die Verletzung an Olsens Kopf«, fuhr er nüchtern fort, »deutet auf eine sehr kräftige Person hin.« Er knöpfte seinen Trenchcoat auf; er hatte sich bisher nicht die Mühe gemacht, ihn auszuziehen. Vermutlich konnte man daraus schließen, dass er nicht lange bleiben wollte. »Noch eins«, sagte er jetzt. »Wir haben in Olsens Wohnung ein Manuskript gefunden. Von einem Typen namens …« Er blätterte wieder durch sein Notizbuch. »Foxman. Malcolm. Ein Theaterstück. *Kit Kats* und irgendwas. Witzige Geschichte.«

Da war es also gelandet. Yassi hatte zum zweiten Mal Recht gehabt. Christian musste es aus meinem Schlafzimmer genommen haben, obwohl mir *das* nun wirklich völlig unverständlich war. »Ich habe mit Malcolm bei Barneys gearbeitet.«

»Das wissen wir«, erklärte mir Jacob. »Wir haben Foxman zum Verhör vorgeladen.«

»Das war sicher interessant«, sagte ich und lachte. Ich wusste ja bereits, dass sie mit ihm gesprochen hatten. Jacob war offenbar der ›Blickfang‹ gewesen, den Malcolm erwähnt hatte. Aber diese Neuigkeit ließ vor allem Malcolm in neuem Licht erscheinen.

»Das kann man laut sagen«, erwiderte Jacob grinsend. »Er sagte, er hätte Ihnen das Stück geliehen, aber Sie hätten es verloren.«

»Nicht verloren«, verbesserte ich. »Es ist verschwunden.«

»Überall auf den Seitenrändern ist Hangermans Handschrift zu finden«, erzählte Jacob weiter. »Er hat zu allem einen Kommentar geschrieben wie ein Kritiker.«

Die ganze Sache wurde immer seltsamer. Kyle als Theaterkritiker? Theaterschauspieler traf es eher. Natürlich hatte ich überhaupt keine Ahnung, was Kyles Gekritzel in Malcolms Arbeit zu suchen hatte. Vermutlich bewies das, dass Kyle Christian – oder Malcolm oder beide – gekannt hatte. Warum die drei sich für ein und dasselbe Stück interessierten, war mir ein Rätsel. Dass sie eine Art Buchclub gegründet hatten, war wohl eher nicht anzunehmen.

»Wann haben Sie festgestellt, dass das Stück weg war?«, fragte Jacob.

»Ich weiß nicht mehr.« Ich wollte nicht unbedingt zugeben, dass ich mich, bis Yassi gekommen war, gar nicht wirklich um den Verbleib des Manuskripts gekümmert hatte.

»Das reicht mir leider nicht.«

»Was wollen Sie denn von mir hören?« Christian war so oft bei mir gewesen, dass ich unmöglich sagen konnte, wann genau er es mir geklaut haben sollte. Zumal ich keine Lust hatte, in Jans Anwesenheit die Einzelheiten durchzugehen.

»Sie weiß es nicht«, stellte Jan nochmals klar, als ob Jacobs Fragen ihn langweilten. Es war schön, ihn auf meiner Seite zu wissen.

Jacob ignorierte ihn. »Wir haben Kyles Fingerabdrücke überall in Olsens Wohnung gefunden«, fuhr er fort. »Sogar ein paar auf seiner Zahnbürste. Wollen Sie mir nicht sagen, wie oft die beiden zusammen waren?«

Ich konnte ihm keine Informationen darüber geben, weil ich es einfach nicht wusste.

»Wir wissen, dass Sie mit Olsen ziemlich gut befreundet waren«, sagte Jacob mit einem Seitenblick auf Jan. »Wir wissen alles darüber.«

Vor meinem inneren Auge sah ich schon kaffeebefleckte körnige Schwarzweißfotos von Christian und mir auf irgendeinem Schreibtisch im Polizeipräsidium liegen.

»Ich habe Ihnen schon alles gesagt, was ich weiß«, sagte ich. »Was wollen Sie denn noch?«

»Alex«, versuchte es Jan ruhig und legte mir eine Hand auf die Schulter. »Reg dich bitte nicht auf.« Dann wandte er sich an Jacob. »Was könnte sie Ihnen sonst noch sagen?«

»Würden Sie uns bitte einen Moment allein lassen?«, fragte Jacob ungeduldig.

Es war eine Aufforderung, keine Bitte. Jan schüttelte den Kopf, als wäre ihm unbegreiflich, was hier vor sich ging. »Ich wollte sowieso gerade gehen«, erwiderte er mit eisiger Stimme. Es war das erste Mal, dass ich ihn wütend sah. Er drückte meine Schulter und ließ sich Zeit mit dem Abschied. In aller Ruhe blickte er in den Kühlschrank und nahm sich ein paar Apfelsinen. Jacob guckte böse. »Ich ruf dich später an«, versprach Jan mir und küsste mich auf die Wange. Dann ließ er uns allein. Ich hatte meine Verteidigung verloren. Ich fühlte mich wie ein Quarterback, der kurz davor stand, zu Boden gerissen zu werden.

Als Jacob die Eingangstür zuklappen hörte, sagte er: »Und nun erzählen Sie mir, was Sie über das Stück wissen.«

»Malcolm hat es mir gegeben. Ich habe es gelesen und immer wieder vergessen, es zurückzugeben. Dann ist es verschwunden.«

»Warum hat Christian sich dafür interessiert?«

»Ich habe keine Ahnung. Es war doch bloß ein Theaterstück.«

»Vielleicht nicht.«

»Was soll das heißen?«

»Schon gut«, sagte Jacob. »Was hat Ahmet zu Ihnen gesagt?«

»Sie meinen Yassi?«

Er nickte ungeduldig.

»Sie wollte das Stück-«

»Ach ja, natürlich. Ich habe schon ein wenig mit ihr geplaudert«, zwinkerte er mir zu. »Sie werden sie nicht mehr wieder sehen.«

Das hoffte ich sehr.

»Wann hat Foxman es Ihnen gegeben?«, fragte Jacob.

»Ich weiß nicht«, antwortete ich. »Vielleicht vor drei, vier Wochen?«

»Drei oder vier Wochen.« Jacob verdrehte die Augen. »Der Typ hat ein Gedächtnis wie ein Sieb. Er hat gesagt, vor zwei *Monaten*.«

Wenn er meinte.

»Haben Sie Foxman jemals zusammen mit Olsen gesehen?«

»Ja, einmal.« Mir fiel ihre Zufallsbegegnung ein. »Bei Barneys.«

Jacob horchte auf. »Was ist passiert?«

Ich schüttelte den Kopf. »Nichts.«

»Worüber haben sie geredet?«

Ich versuchte, es mir ins Gedächtnis zu rufen, aber die Erinnerung war inzwischen verschwommen. »Malcolm wollte wissen, ob Christian seine Arbeiten kannte.«

»Und?«

»Anscheinend nicht.«

»Sonst noch was?«

»Ach ja«, sagte ich. »Malcolm hat Christian dauernd Nazi genannt.«

»War er einer?«

»Ein Nazi?« Ich musste mir ein Lachen verbeißen.

Jacob lächelte, schnell und strahlend.

»Nein«, antwortete ich. »Da bin ich mir ganz sicher.«

Jacob kritzelte etwas in sein Notizbuch. Dann schaute er auf. »Foxman hat ihn doch nicht bedroht, oder?«

»Nein«, sagte ich. Worauf wollte er denn jetzt hinaus? »Was meinen Sie damit?«

»Ach, nichts«, meinte Jacob. »Es heißt nur, dass Foxman in Kombination mit einer Einkaufstasche ziemlich gefährlich werden kann.«

»Mit einer Einkaufstasche?«

Jacob nickte. »Vor ein paar Jahren. Ist bei Saks durchgedreht«, erzählte er. »Hat jemanden mit einer riesigen Tasche umgehauen ...«

Ich stellte mir Malcolm vor, wie er rasend einen Louis Vuitton-Shopper kreisen ließ. Die Vorstellung war lustig. Ich wollte Jacob bitten, diesen Punkt näher auszuführen, doch er war schon beim nächsten.

»Was ist mit Foxman und Hangerman – waren die je zusammen unterwegs?«

Mir fiel Malcolms Abneigung gegen Kyle ein. »Sie haben sich einmal getroffen. Auch bei Barneys.«

Jacob schrieb auch dies auf.

»Erzählen Sie mir von Ihrer Zeit mit Olsen.« Er war wieder bereits beim nächsten Punkt. »Mit wem Sie ihn gesehen haben, wen er angerufen hat, wohin er ging.«

»Da gibt es nichts zu erzählen«, sagte ich. »Wir sind ein-, zweimal essen gegangen. Er hat mich mal in sein Fitness-Studio mitgenommen. Und ich habe ihn nie mit jemandem zusammen gesehen. Außer mit seiner Ex – der Schwester von Yassi.«

»Von ihr wissen wir auch schon«, erklärte Jacob. »Sie hat letzte Woche in Algerien geheiratet.«

»Oh, das tut mir Leid«, sagte ich.

»Was ist mit Anrufen? Irgendwelche, die Ihnen seltsam vorkamen?«

»Anscheinend hat er Anrufe aus Pakistan bekommen, es ging um ... Teppiche.«

Jacob nickte langsam. »Für seine ›architektonischen‹ Projekte?«

»Ja«, antwortete ich. Wie lächerlich sich das anhörte.

»Wussten Sie, dass Olsen sein Studium abgebrochen hatte?«

Ich schüttelte den Kopf. So weit zur Columbia.

»Er hat allerdings ein paar schicke Küchen in Tribeca entworfen«, sagte Jacob und tippte sich nachdenklich mit dem Kugelschreiber ans Kinn.

Wenigstens hatte Christian also nicht in jeder Hinsicht gelogen. Irgendwie fand ich das tröstend.

Jacob gluckste. »Was war nun mit diesen Anrufen?«

»Was sollte damit sein?«, fragte ich. »Christian hat schwedisch oder arabisch geredet. Ich hab kein Wort verstanden.«

»Woher wussten Sie dann, dass er mit Pakistan gesprochen hat?«

»Weil er das gesagt hat.«

»In Pakistan spricht man kein Arabisch«, entgegnete Jacob und lächelte wieder.

»Und was spricht man dann dort?«

»Urdu.«

»Vielleicht hat er Urdu gesprochen.« Ich zuckte mit den Achseln. »Ich hätte den Unterschied nicht bemerkt.«

»Und Sie haben ihm natürlich geglaubt?«

»Nicht wirklich.«

»Haben Sie schon mal einen *Teppich-Händler* getroffen?«

Ich schüttelte den Kopf. »Nur einen Exporteur.«

»Oh, ja«, murmelte Jacob und ging einmal mehr sein Notizbuch durch. »Eddie Nazir?«

Ich nickte. Gab es etwas, das er nicht wusste?

»Ja«, sagte Jacob. »Wir überprüfen ihn gerade.«

Also hatte Eddie vielleicht gelogen. Ich versuchte, irgendetwas aus Jacobs Miene zu lesen, aber sie verriet nichts. Wahrscheinlich war er ein fantastischer Pokerspieler.

»Haben Sie Olsen je mit Hangerman zusammen gesehen?«

»Nein. Wie ich Ihnen schon sagte – ich wusste nicht mal, dass sie sich kannten … bis nach Christians Tod.«

»Wundert Sie das?«

»Sehr.«

»Hat Hangerman irgendwann mal etwas über Olsen gesagt?«

»Eigentlich nicht.«

»War er eifersüchtig?«

»Auf Christian?«

Jacob nickte. Er beugte sich über den Tisch und sah mich aufmerksam an. Ich spürte, wie ich rot wurde – das passierte mir nur ganz selten.

»Er meinte, er wäre es, aber …«

»Wundert Sie *das*?«

»Nicht wirklich«, antwortete ich. »Kyle ist auf jeden eifersüchtig.« Sobald die Worte heraus waren, wollte ich sie schon zurücknehmen. Sie klangen vollkommen falsch.

»Wir kennen seine Strafakte. Das meiste ist Kinderkram.«

Ich nickte. Ich konnte Jacob nichts Neues erzählen. Blieb die Frage, ob er mir etwas verheimlichte.

»Wie lange kennen Sie ihn?«, fragte er und sah mich ernst an.

»Elf Jahre.«

»Hat er Sie je bedroht?«

»Nein.«

»Jemanden, den Sie kennen?«

»Nein«, sagte ich zögernd. Kyle wetterte ständig über jemanden, aber das war eben Kyle. Es lag wohl in seiner Natur.

»Sie scheinen sich nicht so sicher zu sein.«

»Na ja.« Ich fühlte mich bemüßigt, die Wahrheit zu sagen. »Irgendwie doch.«

»Was soll das heißen?«

»Wissen Sie, Kyle ist eben so!«

Er schüttelte den Kopf. »Tut mir Leid, weiß ich nicht.«

»Kyle redet viel.«

»Worüber?«

»Über das, was er alles machen will.«

»Zum Beispiel?«

»Ich weiß nicht.« Ich seufzte. »Dummes Zeug ...«

»Wie zum Beispiel?«

»Wie zum Beispiel Dinge, die ich ihm nicht abnehme.«

»Aber ich vielleicht.«

»Was – Sie vielleicht?«, fragte ich.

»Ich könnte sie ihm vielleicht abnehmen.«

»Das sollten Sie aber nicht.«

»Und warum nicht?«

»Weil Kyle unglaublich von sich selbst eingenommen ist.«

»In welcher Hinsicht?«

»Wenn er etwas sagt, ist es ... wie eine Kundgebung.«

»Erklären Sie das genauer«, bat Jacob und beugte sich noch weiter zu mir. Ich konnte einen Hauch Pfefferminz in seinem Atem wahrnehmen. »Hat er je etwas in Bezug auf Olsen kundgegeben?«

Ich nickte langsam. Jetzt konnte ich nicht mehr zurück.

»Was war es?«

»Er sagte, er würde Christian eins überziehen, wenn der mich nerven würde.«

Jacob sah mich an. »Haben Sie ihm das geglaubt?«

»Nein«, entgegnete ich. »Würden Sie?«

»Das kommt drauf an«, sagte Jacob.

»Worauf?«

»Ob noch jemand anderes so was kundgegeben hat.« Jacob ließ sich gegen die Lehne zurückfallen.

Inzwischen fühlte auch ich mich wie eine Mörderin – als hätte ich Kyle ein Dutzend Mal in den Rücken geschossen. Ich rieb mir das Gesicht. Es fühlte sich taub an. »Sie glauben also, dass es Kyle war?«

»Schwer zu sagen«, antwortete er und strich sich seine Locken zurück. »Ich werde ihn nicht festnehmen, wenn es das ist, was Sie meinen. Jedenfalls noch nicht. In der Zwischenzeit habe ich einen Mann vor seiner Tür postiert.«

Ich nickte. Jetzt wusste ich, was der Cop im Krankenhaus zu suchen hatte.

»Es tut mir Leid«, sagte er.

»Danke.«

»Nicht wegen Hangerman.«

»Warum dann?«

»Weil ich Sie so aufgeregt habe.«

Es war nett von ihm so zu tun, als würde er sich Gedanken über mich machen. »Schon okay.«

Er nickte. »Falls Ihnen noch etwas einfällt, rufen Sie mich bitte an.«

Im nächsten Moment war er aufgestanden und bereits auf dem Weg zur Tür.

»Moment.«

Er hatte die Hand schon auf dem Türknauf liegen. »Ja?«

»Was haben Sie am Flughafen gemacht?«

»Gearbeitet«, antwortete er.

»Warum haben Sie mich angesprochen?«

»Was denken Sie denn?« Er lächelte. Offenbar fand er mich amüsant.

»Sie haben mich beobachtet. Bestimmt wegen meiner Verbindung zu Christian?«

Er schüttelte den Kopf. »Nicht nur.«

»Wieso dann?«

»Tut mir Leid«, gab er zurück. »Streng vertraulich.« Er öffnete die Tür. »Eins noch.« Er warf einen Blick auf die Wandteller in Carmis Flur. »Ich sage es wirklich ungern, aber … Sie dürfen ab sofort die Stadt nicht verlassen.«

Als Jacob weg war, trank ich die Weinflasche aus, die Jan und ich aufgemacht hatten, und grübelte über die Dinge nach, die ich Jacob eben erzählt hatte. Ich hatte eindeutig ein schlechtes Gewissen. Die Art und Weise, wie Jacob seine Fragen formuliert hatte, seine Miene … alles hatte darauf abgezielt, mir Informationen über Kyle zu entlocken – Gutes und Schlechtes, einschließlich der vollkommen überdrehten Kleinigkeiten, die ich nie ernst genommen hatte. Und nun fühlte ich mich, als hätte ich ihn begraben. Immer wieder rief ich mir in Erinnerung, dass es nicht meine Schuld war – wenn Kyle nicht immer so sorglos wäre … wenn er sich einmal um seine eigenen Angelegenheiten kümmern und sein Gehirn einschalten würde – dann wäre nichts von all dem passiert. Und ich hatte noch immer keine Ahnung, wie tief er wirklich drinsteckte. Ich wollte noch immer lieber glauben, dass es sich bloß um einen Haufen Zufälle handelte. Schließlich gab es noch genügend andere zwielichtige Gestalten, die man überprüfen konnte.

Jan rief mich ziemlich spät an. Ich war beinahe schon eingeschlafen. Wir sprachen nicht lange. Er wollte sich vergewissern, dass mit mir alles in Ordnung war und dass der Cop mich nicht noch zusätzlich deprimiert hatte. Nach der Geräuschkulisse im Hintergrund zu schließen befand sich Jan gerade in einer Kneipe – ich hörte laute Stimmen und Musik. Als wir uns verabschiedeten, hätte ich schwören können, dass er sagte, er liebe mich. Aber vielleicht träumte ich auch schon.

## 27

Am nächsten Morgen quälte ich mich aus dem Bett, um mich direkt auf den Weg ins Krankenhaus zu machen. Vielleicht war es das schlechte Gewissen, weil ich Jacob so viel erzählt hatte. Vielleicht war es aber auch, weil ich mich, wie Jan gemeint hatte, in etwas verrannte. Ich hatte das dumpfe Gefühl, dass mir irgendwas entging. Ich musste Kyle dazu bringen, mir die Wahrheit zu sagen, selbst wenn es den ganzen Tag dauern sollte. Am liebsten wäre ich wegen Yassi auf ihn losgegangen. Dass sie so eine Psychopathin war, hatte er mir nicht gesagt. Als ich bei Kyles Zimmer ankam, saß ein anderer Cop draußen vor der Tür. Er machte sich nicht die Mühe, mich unterschreiben zu lassen, blickte nur kurz auf und kümmerte sich weiter um sein Kreuzworträtsel.

Kyle saß wieder gegen seinen Kissenstapel gelehnt. Ein Buch lag auf seinen spitzen Knien. Er sah bereits etwas besser aus. Die Schwellung um das eine Auge war zurückgegangen. Die Hämatome verblassten. Er schien auf dem Weg der Besserung zu sein. Als ich mir einen Stuhl an sein Bett zog, lächelte er säuerlich. »Hi, Honey«, begrüßte ich ihn. »Da bin ich wieder.«

»Ja«, sagte er. »Und ich war mir schon sicher, dass du mich für immer hast sitzen lassen.«

Beinahe wäre mir rausgerutscht, dass ich mir da auch schon sicher gewesen war. Aber ich wollte die Sache lieber etwas behutsamer angehen. Ich hatte ihm drei Bücher aus Carmis Sammlung mitgebracht. »Hier«, sagte ich und ließ sie aufs Bett fallen. »Zu deiner geistigen Erbauung.«

Kyle überflog die Titel. »Das ist ja alles Japsen-Scheiß.«

»Schon«, antwortete ich. »Aber auf Englisch.«

Kyle sah mich genervt an. »Hättest du mir nicht wenigstens irgendwas Cooles mitbringen können?«

»Versuch's doch erst mal.«

»Versuch du es doch erst mal.«

»Hab ich schon.« Ich verriet Kyle nicht, dass sie mir nicht besonders gut gefallen hatten.

»Leg sie da rein«, befahl er und deutete mit der Nase auf ein

Schränkchen, in dessen Innerem sich noch mehr, noch seltsamer betitelte Bücher befanden.

»Der Letzte, der hier lag, ist abgekratzt«, sagte Kyle.

»Wie tröstlich«, antwortete ich.

Die meisten Bücher waren, wie ich sah, aus dem Serbokroatischen übersetzt worden.

»Niemand hat die Dinger abholen wollen.«

»Glück für dich.«

»Er war Professor.«

»So sieht's aus.«

»Er hatte Krebs«, sagte Kyle.

»Woher weißt du das alles?«

»Der Krankenpfleger.«

»Oh.« Ich hatte eigentlich keine Lust, Einzelheiten zu erfahren.

Ich setzte mich neben das Bett. Nach Smalltalk stand mir nicht der Sinn. »Yassi ist mir gestern gefolgt und in Carmis Wohnung eingebrochen«, sagte ich. »Mit irgendeinem Fettsack.«

»Du meinst Ari?«, fragte er und blinzelte. »Ihren Cousin?«

»Ich weiß nicht, wer das war«, antwortete ich. »Aber er hatte eine Waffe dabei.«

»Der Typ stinkt«, kicherte Kyle. »Wie ein Arschloch.«

»Und wenn schon«, gab ich zurück. »Hörst du mir eigentlich zu?«

Er seufzte. »Ja. Ich hör dir zu.«

»Und?«

»Was und?«, sagte er. »Ich hab's dir doch schon gesagt: Yassi hat sie nicht alle, aber sie tut dir nichts. Sie bläst sich nur immer tierisch auf.«

Bläst sich auf. Mir hätte gleich klar sein sollen, dass von Kyle keine Hilfe zu erwarten war. Er konnte ohnehin nichts unternehmen.

»Halt dich von ihr fern«, gähnte Kyle.

»Es wäre schön, wenn *sie* sich von mir fernhalten würde«, stellte ich klar. Langsam machte Kyle mich wütend. »Warum sagst du ihr das nicht?«

»Würde ich ja«, sagte Kyle. »Wenn sie mal herkäme und mich besuchen würde.«

»Wo wir gerade bei Besuchen sind. Gestern war ein Cop bei mir.«

»Aha?«

»Er hat mir einen Haufen Fragen über dich gestellt.«

»Zum Beispiel?«

»Ob du zum Beispiel gegen irgendjemanden Groll hegst.«

»Groll?«

Ich nickte. Es war das Erste, was mir eingefallen war.

»Hoffentlich hast du mit Ja geantwortet«, sagte er grinsend.

Das hatte ich. Aber ich sagte es ihm nicht.

»Sie haben nichts gegen mich in der Hand«, fuhr Kyle fort. »Sonst hätten sie mich schon längst verhaftet.«

»Das sei dir mal nicht so sicher.«

»Bin ich aber«, antwortete er einen Hauch beleidigt.

»Du könntest etwas entgegenkommender sein«, sagte ich. »Und sie über ein paar Dinge aufklären.«

»Das habe ich doch. Ich weiß nicht, was die von mir erwarten.«

»Sag ihnen die Wahrheit.«

»Das hab ich.« Er stöhnte.

»Dann ist ja alles klar.«

»Und wenn nicht, besorg ich mir einen Anwalt.«

Das klang für mich wie ein Schuldeingeständnis.

»Kennst du einen?«

»Einen was?«, fragte ich.

»Einen Anwalt.«

Ich schüttelte den Kopf. »Nein.«

Kyle starrte mich bestimmt eine volle Minute an, seine Lippen leicht geöffnet. Mir kam es vor, als wollte er mir etwas erzählen, aber dann schien er blitzartig seine Meinung zu ändern. Er wandte sich seinem Buch zu und tat, als ob er läse: *Das Leben Balzacs.*

»Das ist übrigens ziemlich gut hier.«

»Was?«, fragte ich.

»Dieser Typ, Balzac. Er hat pro Tag mindestens hundert Tassen Kaffee getrunken.«

»Ich weiß«, sagte ich. »Das weiß jeder.« Aber Kyle hörte schon nicht mehr zu. Er versuchte, die Seite des Buchs mit seinem kleinen Finger umzublättern. Ich bot ihm keine Hilfe an.

»Ich will wissen, was du in Malcolm Foxmans Stück gekritzelt hast.«

»Wer ist Malcolm Foxman?« Kyle gab den Versuch zu lesen auf und streckte seine Beine aus.

»Ein Theaterautor.«

»Ein Theaterautor?« Kyle verzog das Gesicht, als würde er überhaupt nichts verstehen.

»Ja.«

»Ist er berühmt?«

»Er glaubt es zumindest.«

»Was schreibt er?«

»Verschiedenes.«

»Noch nie von ihm gehört«, schnaubte Kyle.

»Du erinnerst dich nur nicht mehr.«

»Dann hilf mir auf die Sprünge.«

»*Kitty Kats und Kleptomanen* von Malcolm Foxman.«

Kyle schüttelte den Kopf.

»Du hast es gelesen. Bei Christian.«

»Wer ist Christian?«

Ich stöhnte. »Jetzt fang nicht wieder mit der Abbott-und-Costello-Masche an.«

»Das tu ich gar nicht. Ich schwör's.«

»Christian ist der tote Euro, weißt du noch?«, versuchte ich es nochmals. »Dein Dealer.«

»Ach, der.«

»Ja, der.«

»Und wer ist dieser Schreiberling, den ich kennen soll?«

»Du hast ihn einmal bei Barneys getroffen«, sagte ich. »Du hast sein Stück gelesen.«

»Geht es da um Engel oder so was?«

»Ja«, bestätigte ich.

»Oh«, meinte er. »Das.«

Ich wartete. Kyle ordnete seine Arme neu. Dann erzählte er mir, wie es kam, dass seine Schrift in Malcolms Manuskript zu finden war.

Angeblich war er einen Abend bei Christian gewesen und hatte sich ziemlich zugedröhnt. »Ich hab mich gelangweilt«, erzählte er. »Er hatte überhaupt keine Bücher.« Kyle verdrehte sich den Hals, um mich ansehen zu können. »Ich weiß echt nicht, was du an dem Kerl fandest. Er war ein absoluter Schwachkopf.« Kyle zog seine Decke mit den Zähnen bis zum Kinn. »Wie auch immer – ich entdeckte das Stück, fing an zu lesen, merkte, dass es mir gefiel und nahm es schließlich mit. Ich unterstrich die Sachen, die mir gefielen. Da kommt eine Stelle, in der es darum geht, sich an jedem zu rächen, der einem quer kommt. Das gefiel mir am besten« Er lachte. »Cool.«

Die Erklärung erschien mir plausibel genug, obwohl ich immer noch nicht wusste, warum Christian mir das Manuskript gestohlen hatte. »Und was ist dann passiert?«

»Nichts«, sagte Kyle. »Und ich hab auch keine Ahnung, warum alle plötzlich um diesen Genet für Arme so ein Getue machen.«

»Eine Menge Leute wollen das Stück haben.«

»Wer denn?«

»Yassi zum Beispiel«, sagte ich.

Er wirkte einen Moment lang, als würde er in Tränen ausbrechen. »Ich liege völlig demoliert im Krankenhaus und sie macht sich wegen eines bescheuerten Theaterstücks Gedanken?«

»Das Stück ist jetzt bei den Cops«, fuhr ich weiter fort. »Die haben es auch gesucht.«

»Ich weiß«, sagte er. »Vielleicht führen sie es ja auf!« Er lachte über seinen eigenen Witz.

»Und was ist mit Christian?«, fragte ich weiter. »Wie ist das Manuskript wieder in seine Hände gelangt?«

Kyle seufzte, als ob ich ihn langweilte. »Christian ist total ausgerastet deswegen. Er hat mir eine Tüte schlechtes Gras gegeben, nur damit ich es zurückbringe. Okay? Bist du jetzt zufrieden?«

»Ich denke schon.« Ich war sicher, dass er log.

»Hat es dir gefallen?«

»Das Stück?«

»Ja«, meinte er. »Ich fand es ganz witzig.«

»Ich auch.«

Wenigstens in einem Punkt stimmten wir überein.

Als ich nach Hause zurückkam, war Jacob unten in der Lobby und sprach mit Louis, dem Portier. Als er mich sah, erklärte er mir grinsend, dass er noch ein paar Dinge wissen müsse. Ob ich mir einen Moment Zeit für ihn nehmen würde? Wir könnten einmal um den Block gehen – länger würde es nicht dauern. Was sollte ich sagen? Ich hatte nichts zu verbergen. Draußen war endlich eine grelle, eisige Sonne durch die Wolkendecke gedrungen. Für meinen kalifornischen Teint war sie ein grausamer Scherz. Wir gingen schweigend bis zur Ecke. Da ich den Block kein zweites Mal umrunden wollte, fragte ich ihn schließlich, woran er denn dachte.

»Ach«, meinte er. »Eigentlich an nichts.«

»Das ist ja mal eine Überraschung«, sagte ich. »Normalerweise quellen Sie doch über vor Fragen.«

Er lächelte und trat dann einfach auf die Straße. Dichter Verkehr strömte auf uns zu. Ein Taxifahrer stemmte sich auf die Hupe. Jacob machte eine wegwerfende Handbewegung.

»Machen Sie das nicht noch mal«, keuchte ich.

»Tut mir Leid«, antwortete er. »Ich hasse es, warten zu müssen.«

Das war nicht zu übersehen. Wenigstens hatte er den Anstand, sich zu entschuldigen.

»Also, ich will Ihnen sagen, worum es geht«, fuhr er fort, wobei er mir einen Seitenblick zuwarf. Seine Wangen waren von der Kälte gerötet. »Dieses Stück, das Ihnen abhanden gekommen ist, das Foxman geschrieben, das Olsen gefunden, das Hangerman voll gekritzelt hat. Tja, wir haben auf dem Deckblatt eine Beschreibung gefunden.«

»Eine Beschreibung?« Was für eine Beschreibung? Ich wusste, dass ich nicht zu fragen brauchte. Er würde es mir schon sagen.

»Eine Wegbeschreibung, eine Richtungsanweisung«, sagte er. »Biegen Sie auf der Mulberry rechts ab, auf der Canal links, so ungefähr.« Jacob hielt an, um ins Schaufenster einer Bäckerei zu spähen. »Kaffee?«

»Immer«, antwortete ich. Wir gingen hinein. Der Laden war so überhitzt, dass ich augenblicklich zu schwitzen begann.

»Setzen Sie sich.« Jacob deutete mit dem Kopf auf ein paar Hocker, die am Fenster standen. Ich ließ mich nieder, während er den Kaffee holte.

»Hier.« Er reichte mir einen dampfenden Becher.

»Danke.«

»Ich weiß, wie lästig das sein muss«, meinte er, als er sich setzte und seine Jacke aufknöpfte, »seine Zeit ständig mit Typen wie mir verbringen zu müssen.«

So schrecklich war es gar nicht. Aber das sagte ich ihm nicht.

»Sie haben uns sehr geholfen«, fuhr er fort.

»Ich gebe mir Mühe.«

Er probierte seinen Kaffee, verzog das Gesicht und ließ drei Stücke Zucker in den Becher fallen.

»Sie sind gerade vom Krankenhaus gekommen?«

Ich antwortete nicht. Er wusste es ohnehin.

»Ich würde mich zurückhalten«, sagte er. »Wenn ich Sie wäre. Sie kennen das ja – Mittäterschaft und so weiter.«

Ich hatte meinen Mantel ausgezogen, schwitzte aber immer noch. »Ich hab nichts getan.«

»Ich weiß. Aber manche Leute sind vielleicht anderer Meinung.«

»Welche Leute?«

»Ich bin mir nicht sicher.«

»Das ist nicht sehr beruhigend«, sagte ich.

»Ich habe einen Mann in Ihrem Haus postiert. Ihnen wird nichts passieren.«

Er machte mir Angst. Einen Mann in meinem Haus? Wo?

»Reine Routine«, beruhigte er mich. »Gucken Sie nicht so panisch.«

Routine. Ich nickte. Carmi hatte keine Verhaltensregel für den Umgang mit einem Überwachungsteam aufgestellt. Hieß das, dass ich einen Stuhl unter die Türklinke schieben und mit einem offenen Auge schlafen musste?

»Kommen wir wieder auf das Stück zurück«, sagte Jacob.

»Bitte.«

»Die Anweisungen waren auf Schwedisch. Wir haben sie von einem Professor übersetzen lassen.«

»Und wie lautet der Text?«

»Tut mir Leid«, entschuldigte er sich. »Das darf ich Ihnen wirklich nicht sagen.«

Verärgert wiederholte ich meine Frage, aber Jacob rutschte wortlos von seinem Hocker.

»Gehen Sie schon?«, fragte ich.

»Für heute reicht es.«

Dabei hatte er mich so gut wie nichts gefragt.

Jacob hatte sich bereits zum Gehen gewandt. »Die Leichen stapeln sich nur so auf meinem Schreibtisch.« Er stieß die Glastür auf. »Übrigens«, sagte er noch und blickte auf meine Füße. »Schicke Schuhe haben Sie da an.«

Ich lächelte. Es waren die Schuhe, die Christian mir geschenkt hatte. Ich fragte mich, ob Jacob auch darüber Bescheid wusste. Ich sah ihm nach, wie er mit wehendem Mantel die Straße hinunterstürmte. Im Handumdrehen war er verschwunden. Ich hatte meinen Kaffee nicht einmal zur Hälfte getrunken, während Jacobs Becher leer war. Er war der schnellste Typ, der mir je begegnet war. Ich hoffte, dass sich diese Qualität auch in seiner Arbeit niederschlug.

## 28

Heute sollte ich Malcolm bei Kaps treffen. Nach allem, was ich von Jacob gehört hatte, war dies das Letzte, worauf ich Lust hatte. Außerdem hatte ich das blöde Gefühl, Malcolm gar nicht wirklich zu kennen … und ich hatte schon genügend Bekannte falsch beurteilt. Dummerweise geisterte mir aber dann doch den ganzen Morgen lang das Bild meines neurotischen Ex-Kollegen durch den Kopf, wie er einsam und kettenrauchend in einer der zerschrammten Kunststoffnischen saß und jedes Mal hoffnungsvoll zur Tür blickte, wenn diese sich öffnete. Schließlich fühlte ich mich so mies, dass ich mich für das arktische Wetter draußen rüstete und zu Kaps hinübertrottete. Ich sagte mir immer wieder, dass es helllichter Tag und der Laden immer brechend voll war – was sollte mir also schon groß passieren?

Als ich endlich auf die Bank ihm gegenüber sank, hatte Malcolm bereits sein Essen vor sich stehen, obwohl er vornehm davon absah, sofort zuzuschlagen. Er bestellte immer dasselbe: zwei hart gekochte Eier und einen Klecks Hüttenkäse mit reichlich Pfeffer auf einem Bett aus Eisbergsalat. Er behauptete, dass sein asketisches Wesen eine solche Diät erforderte. Das und die Tatsache, dass seine Mutter ihn mit Hot Dogs und gebutterten Makkaroni aufgezogen hatte.

»Sie kommen viel zu spät«, sagte Malcolm mit einem Schniefen.

Wir waren um ein Uhr verabredet gewesen. Ich blickte auf meine Uhr – es war ein Uhr vierzehn. Meiner Meinung nach war das nicht als viel zu spät zu bezeichnen. Aber ich sagte nichts dazu. Mit Malcolm zu diskutieren war, als wollte man den Mount Everest hinaufsteigen. Man kam nie zum Ziel.

»Aber das ist nicht weiter schlimm«, fuhr er fort und lächelte ein bisschen. »Sie sind nicht unanständig spät.«

Ich fragte mich, welche Zeit für ihn ›unanständig spät‹ gewesen wäre. »Tut mir Leid«, sagte ich. »Ich konnte mich nicht entscheiden, was ich anziehen sollte.«

Malcolm quälte ein Lachen heraus.

Eine Kellnerin in Wasserstoffblond schlurfte an unseren Tisch. Ich bestellte mit Käse überbackenen Toast und einen Teller Tomatensuppe – mit beidem konnte man hoffentlich nicht viel falsch machen.

»Wie läuft der Laden?«, fragte ich.

»Oh, status quo.«

»Man schlägt sich also durch?«

»Sie kennen mich ja«, sagte er.

»Immer noch der Chef im Irrenhaus?«

»Den Posten macht mir niemand streitig«, meinte Malcom, während er mit seinem Messer spielte.

Ich fragte mich unwillkürlich, ob er sich mit seiner Antwort ausschließlich auf Barneys bezog.

Die Kellnerin brachte mein Mittagessen. Malcolm schnappte sich den Pfefferstreuer und schüttelte ihn heftig, bis sein Teller unter einer gräulichen Decke begraben lag. »Die kriegen das nie richtig hin«, schimpfte er. »Es ist der Pfeffer, der das Gericht so köstlich macht.«

»Ah, der Pfeffer also«, antwortete ich. »Ich dachte, es wäre eher der Salat.«

Malcolm verdrehte die Augen. Ein weißer Krümel Hüttenkäse zierte sein Kinn.

»Und?«, fragte er aufgesetzt fröhlich. »Wie geht's Ihnen?«

»Ganz gut«, antwortete ich. Etwas Besseres fiel mir nicht ein. Ich wollte Malcolm gerade fragen, warum die Polizei mit ihm hatte sprechen wollen, als er mir zuvorkam.

»Wahrscheinlich haben Sie schon mitgekriegt, dass man mich ausgequetscht hat«, sagte er kichernd.

»Ich hab's mitgekriegt.«

»Aber die Cops sind so blöd.« Er winkte mit heftigen Armbewegungen die Kellnerin heran. Als sie an unserem Tisch stand, bestellte er zwei Kaffee für sich und einen für mich, obwohl ich kaum zu essen angefangen hatte. »Die kapieren wirklich überhaupt nichts ...«

»Was meinen Sie damit?«

»Ach, Sie wissen schon«, erzählte er weiter, während er sich im Laden umsah. »Sie haben mich nach *meiner* Vergangenheit ausgefragt. Aber da haben sie sich kaum die richtige Story rausgesucht ...«

Die richtige Story. »Welche Story?«

»Mein kleiner Disput mit dem Gesetz.«

Also hatte Jacob keine Scherze gemacht. Ich wartete, aber Malcolm schien mir dazu nichts weiter erzählen zu wollen. Er entschuldigte sich und ging zur Toilette. Ich hätte schwören können, dass seine Nase drei Schattierungen röter war, als er schließlich zurückkam. Aber vielleicht bildete ich mir das ja auch nur ein.

Die Kellnerin brachte unseren Kaffee. Ich nahm einen Schluck. Er schmeckte wie Kaffeesatz pur. Ein paar flockenartige Stückchen trieben auf der Oberfläche.

»Haben Sie gewusst, dass Ihr Monster es gewagt hat, mein Stück zu kritisieren?«, fragte Malcolm. Er wirkte wie ein Stinktier, das jeden Moment sein Sekret abschießen würde.

Mit Monster konnte nur einer gemeint sein. »Sie meinen Kyle?«

Malcolm schnaubte. »Ich hab Ihnen doch erzählt, wie er auf der Suche nach Ihnen durch Barneys gerast ist?«

»Oh, ja.«

»Er hat sich aufgeführt wie ein Neandertaler.« Malcolm schüttelte den Kopf. »Ich war überrascht zu hören, dass er reges Interesse an meinen Stücken gezeigt haben soll. Obwohl ich natürlich weiß, wie unwiderstehlich ich schreiben kann – selbst für Idioten.«

Ich dachte nicht daran, Kyle zu verteidigen. Es hatte ohnehin keinen Sinn, Malcolm überzeugen zu wollen, dass Kyle intellektuell durchaus ernst zu nehmen war.

Stattdessen nickte ich. »Ihm gefiel das Stück.«

Malcolm horchte auf. »Tatsächlich? Erzählen Sie.«

»Er fand es witzig.«

»Ist das alles?«, knurrte er.

»Und klug.« Das hatte Kyle zwar nicht gesagt, aber ich hielt es für das Beste, Malcolm zu besänftigen.

Er stieß ein Grunzen aus. »Die Bullen haben gesagt, dass seine Kommentare ziemlich tiefsinnig waren.« Malcolm trank einen Schluck Kaffee. »Aber was wissen die schon? Analphabetische Schwachköpfe.«

»Wird auf der Polizeischule nicht auch Shakespeare gelehrt?«

»Ha ha«, lachte er künstlich. »Kein Wunder, dass Sie es mir nie zurückgegeben haben. Ich dachte mir schon, dass Sie es ob meines wundersamen Genies nicht rausrücken wollten!« Er trank noch einen Schluck und schüttelte sich. »Der Kaffee hier ist richtig gemein.«

»Haben die Cops es Ihnen zurückgegeben?«

»Sie haben es mir noch nicht einmal gezeigt.« Er zündete sich eine Zigarette an. »Beweisstück. Können Sie sich das vorstellen? Malcom Foxman, ein Rädchen im Getriebe der Justiz.«

»Was haben sie Ihnen denn noch erzählt?«

Malcolm schüttelte den Kopf. »Nichts.« Er nahm einen langen Zug. »Außer, dass mein Meisterwerk als Notizblock missbraucht wurde.«

»Ich hab's gehört.«

»Oh, das haben Sie auch erfahren?« Er seufzte. »Und ich dachte, ich würde exklusiv geheime Informationen bekommen.« Er drückte seine Zigarette aus. »Offenbar hat jemand auf meinem ersten Akt eine Nachricht hinterlassen.«

»Wie beleidigend.«

»Sie verstehen mich wenigstens«, sagte Malcolm. »Sie waren es doch nicht, oder?«

Ich sah ihn verletzt an. »Natürlich nicht.«

»Es hätte auch nicht sein können«, fuhr er fort. »Es sei denn, Sie können Schwedisch.«

»Da haben Sie mich kalt erwischt.«

»Ich wusste doch, dass selbst Sie nicht *so* intellektuell sind.«

»Wow, danke.«

»Man hat mir nicht verraten, was da notiert war«, sagte Malcolm, während er seinen Kaffee nachdenklich umrührte. »Nur, dass es streng vertraulich sei.«

»Streng vertraulich«, wiederholte ich. Wenigstens war Jacob konsequent. Mir war inzwischen aufgegangen, wie es sich abgespielt haben musste. Christian hatte sich etwas auf dem Manuskript notiert, wahrscheinlich, als er über Handy telefoniert hatte. Ich erinnerte mich wieder, dass er während des Gesprächs in Carmis Schlafzimmer verschwunden war. Und ich war jetzt sicher, dass ich das Manuskript dort zuletzt gesehen hatte. Dann musste der Blödmann es einfach eingesteckt und mitgenommen haben. Und wenn es so gewesen war – wovon ich jetzt ausging –, schien mir auch Kyles Geschichte von seiner Langeweile, dem Stück und seinen Notizen glaubhaft. Vielleicht sagte Kyle ja doch die Wahrheit.

»Und was wollten die Cops von Ihnen wissen?«, fragte ich.

»Sie wollten wissen, ob ich das Monster und Ihren Nazi näher kennen würde.«

»Und?«

»Wieso und?«, sagte Malcolm. »Ich habe beide bei verschiedenen Gelegenheiten kennen gelernt. Das wissen Sie doch.«

Ich wusste es. Aber ich hatte gedacht, dass Malcolm mir vielleicht etwas Neues erzählen würde.

»Und das müssen Sie sich mal reinziehen«, fuhr Malcolm fort. »Sie wollten wissen, ob ich ein Alibi habe.«

Das hätte mir eigentlich absurd vorkommen müssen. Tat es aber nicht. Es machte mir Sorgen. Zählte Malcolm zu den Verdächtigen?

»Ich hab ihnen gesagt, dass ich mit meiner Muse gerungen habe, nicht mit einem blonden Nazi.« Malcolm lachte über seinen eigenen Scherz. »Sie haben ewig gebraucht, um zu begreifen, was ich gemeint hab. Wahrscheinlich dachten sie, ›Muse‹ sei irgendein Frauenname. Natürlich«, erzählte er weiter, »haben sie versucht, Schlüsse zu ziehen. Ich hatte schon verschiedene Zusammenstöße mit dem Gesetz …« Er zwinkerte mir zu, als ob ich das lustig finden sollte. Tat ich aber nicht.

»Was für Zusammenstöße?«, fragte ich.

»Ach, Sie wissen schon«, sagte er mit einem Achselzucken. »Kinderkram …«

»Was denn zum Beispiel? Haben Sie beim Kiosk um die Ecke ein Mars geklaut?«

Malcolm runzelte die Stirn. »Sie sollten mich besser kennen.«

Das war das Problem. Ich hatte das Gefühl, niemanden mehr richtig zu kennen. Vielleicht hatte ich das ja auch nie. »Was dann?«, fragte ich.

Er seufzte. »Wenn Sie es wirklich wissen wollen«, sagte er und putzte sich die Nase mit einem Uralt-Taschentuch. »Es ging um einen kleineren Fall zum Thema Betäubungsmittelgesetz. Nichts Großes, das müssen Sie mir glauben.«

Mir fiel es schwer, Malcolm mit irgendwelchen kleineren Fällen in Verbindung zu bringen. Ich überlegte, ob ich ihn weiter zu seinen Abhängigkeiten ausfragen sollte, aber er war mit seinen Gedanken schon woanders. Er sah sich im Restaurant um.

»Malcolm«, sprach ich ihn an. Sein Blick kehrte zu mir zurück. »Was ist passiert?«

»Ach, nicht viel.« Er zündete sich wieder eine Zigarette an. »Gerade mal ein kleiner Klaps auf die Finger und ein Gastspiel in irgendeiner Betty-Ford-Klitsche … aber mir geht's wieder gut, wie Sie sehen.«

Ich war mir nicht sicher, ob ich das sehen konnte, aber ich nickte trotzdem. Inzwischen wusste ich, dass ich Malcolm wirklich nicht kannte. Und ich wusste nun auch, dass er ein Verdächtiger sein musste.

Malcolm blickte auf seine Uhr. »Das ist die Letzte«, sagte er und wedelte mit seiner Zigarette herum. »Danach muss ich wieder zurück unter Tage.« Er kontrollierte die Rechnung und legte einen Zwanziger auf den Tisch. »Das geht auf mich«, sagte er. »Bald bin ich reich.«

# Teil 3

## 29

Ich wartete an der Ecke 58th und Fifth auf Jan. Er hatte mich gegen vier Uhr angerufen, um sich mit mir zu verabreden. Wir wollten einen langen Spaziergang machen – der Tag war für die Jahreszeit ungewöhnlich warm – und danach etwas essen gehen. Ich stand in einem Fleckchen schwindenden Sonnenlichts und beobachtete die Pferdekutschen, die zu meiner Linken vorbeizogen und ihren Geruch hinterließen. Vor mir erhob sich die Märchenschloss-Fassade des Plaza Hotels. Kreischende Bremsen und lautes Hupen zerrten an meinen Nerven. Jacobs Rat, ich solle mich von Kyle fernhalten, machte mir immer noch Sorgen. Ich musste immer wieder daran denken. Was sollte Kyle mit zwei gebrochenen Armen schon anrichten?

Ich sah Jan von weitem auf mich zukommen, sein schneller Schritt war mir mittlerweile ganz vertraut. Er trug einen anthrazitfarbenen Flanell-Anzug und ein weißes Hemd. Keine Krawatte. Bewundernd sah ich ihn an, ganz wie das erste Mal, als ich ihm begegnet war; sein gutes Aussehen war immer wieder erstaunlich. Als er mich entdeckte, winkte er.

»Tut mir Leid, dass ich so spät bin«, sagte er, als er fast bei mir war.

»Du bist gar nicht spät.«

Er küsste mich. »Hast du Hunger?«

»Noch nicht.«

»Willst du ein bisschen gehen?«

»Es ist ein herrlicher Tag«, antwortete ich.

»Ja«, stimmte er zu. »Ich hätte gar nicht fragen müssen.«

Wir wanderten einen Weg entlang, der sich um einen Teich schlängelte. Es war ein schöner Ort, obwohl das Wasser sumpfig grün war und faulig roch. Eine einsame Ente brach die spiegelnde Oberfläche, tauchte ins Wasser, kam wieder heraus und schüttelte sich die Tropfen aus dem Gefieder.

Jan lief, als müsste er irgendwo ankommen. Ich musste zwei Schritte machen, um mit einem von seinen mitzukommen. »Hast du es eilig?«, fragte ich.

»Tut mir Leid«, antwortete er. »Ich bin einfach nicht daran gewöhnt, neben jemandem herzugehen.«

»Und ich bin an mein Schneckentempo gewöhnt.«

Jan lachte. Wir verfielen in einen lockeren Trott und seine gedämpfte Stimme, die von seinem abenteuerlichen Tagwerk im Diamond District erzählte, lullte mich ein. Der Himmel verblasste zu einem staubigen Grau. Irgendwie war es romantisch. Ich überlegte, ob ich Jan sagen sollte, dass ich ihn liebte. Aber ich hatte nicht den Mut. Keiner von uns hatte es bisher so richtig ausgesprochen und ich wollte nicht die Erste sein.

Er schlug einen anderen Weg ein, der sich tiefer in den Park hineinwand. Die Baumreihen und die sanften kleinen Hügel erstreckten sich scheinbar unendlich. Bald war der Verkehr von der Fifth Avenue kaum noch zu hören. Man konnte sich leicht verirren, wenn man nicht aufpasste. Der Gedanke machte mich direkt nervös. Wenn ich allein gewesen wäre, hätte ich mir wahrscheinlich eine ganze Reihe von unheimlichen Szenarien ausgemalt.

»Du weißt, wohin du gehst, oder?«, fragte ich Jan.

»Ich habe einen exzellenten Orientierungssinn«, erwiderte er lächelnd. »Ich würde niemals zulassen, dass du verloren gehst.«

»Warst du schon oft hier?«

»Ja, ich kann hier besser denken.«

»Es ist so still hier.«

»Einer der wenigen Orte«, sagte er, »wohin man flüchten kann.«

Jan hielt vor einer Bank an. Er zündete sich eine Zigarette an und rauchte nachdenklich; offenbar ging ihm etwas im Kopf herum. Ich hoffte, dass es etwas Schönes war. Die schlechten Nachrichten der letzten Wochen reichten für die nächsten Jahre aus.

Ich setzte mich auf die Bank und wartete, während ich meinen Schal neu um meinen Hals drapierte. Es war plötzlich kalt geworden.

Jan blieb vor mir stehen und blickte in das Dach aus nackten Zweigen. Er war so groß, dass seine Oberschenkel sich in meiner Augenhöhe befanden.

»Sctz dich«, sagte ich.

»Lieber nicht«, antwortete er. »Ich hab den ganzen Tag gesessen.«

Er betrachtete die Bäume. »Die sind wahrscheinlich über hundert Jahre alt.«

Auch ich schaute auf. »Woher weißt du das?«

»Man kann's einfach sehen.«

»Findest du es nicht unvorstellbar«, sagte ich, »dass etwas oder jemand in dieser Stadt so lange überleben kann?«

»Es ist wirklich erstaunlich«, meinte er, den Blick immer noch in den Ästen, »aber wahrscheinlich haben sie sich an den Stress gewöhnt.«

Wenn das bei mir nur auch so gut funktionieren würde.

Schließlich setzte sich Jan doch neben mich auf die Bank. Sein Bein drückte gegen meins. Ich spürte seine Körperwärme durch die Wolle meiner Hose.

»Weißt du«, begann er. Sein Blick war auf den Boden gerichtet. »Ich muss bald weg.«

Da war es also. Natürlich hatte ich gewusst, dass das irgendwann anstünde, aber ich hatte mich nie wirklich mit dem Gedanken auseinandergesetzt. Ich hatte im Augenblick gelebt und nun wurde ich plötzlich mit der Zukunft konfrontiert. Jans bevorstehende Abreise machte mir klar, dass auch ich New York bald verlassen würde. Ich hatte keine Pläne gemacht, noch nichts gepackt. Nun wurde mir bewusst, dass ich nur noch ein paar Tage hatte.

»Früher als ich dachte«, fuhr er fort. »Dummerweise.«

»Was heißt früher?«

Jan warf die Kippe zu Boden und trat sie mit der Schuhspitze aus. »Übermorgen.«

»*Übermorgen*?« Warum sagte er mir das erst jetzt?

Er schien meine Gedanken zu lesen. »Ich wollte es dir nicht früher sagen. Ich wollte uns die letzten Tage miteinander nicht verderben.«

Es hatte funktioniert.

»Das kommt jetzt ziemlich plötzlich.« Er zog ein Gesicht, als hätte er einen Fehler gemacht. »Ich hoffe, du bist nicht sauer deswegen.«

»Ich bin nicht sauer«, antwortete ich. »Überrascht vielleicht, aber nicht wirklich ...«

»Machen wir das Beste draus«, unterbrach mich Jan, plötzlich aufgesetzt fröhlich. »Was willst du unternehmen?«

»Erst einmal aufstehen«, schlug ich vor. »Mir wird kalt.«

Jan zog mich an seine Seite und wir gingen weiter. Es war inzwischen beinahe dunkel. Eine ganze Weile schwiegen wir beide. Was gab es auch schon zu sagen?

Der Straßenlärm wurde wieder lauter. Wir waren wieder am Rande der realen Welt angekommen. »Hör mal«, sagte Jan plötzlich, »du hast mir noch keine Antwort gegeben.«

»Worauf?«

»Auf die Frage, ob du nun mit mir kommst oder nicht.«

Jan blieb stehen. Wir standen an einer hölzernen Brücke, die sich über einen weiteren, sumpfigen Teich spannte. Der Wind hatte aufgefrischt, meine Haare wehten mir ins Gesicht. Jan streckte die Hand aus und versuchte, sie zurückzuhalten. Er sah mich mit einem intensiven Blick an, während er auf eine Antwort wartete. Ich konnte mit ihm gehen oder zurück nach Kalifornien fliegen. Eigentlich waren das die beiden einzigen Alternativen für mich. Wenn ich nicht mit Jan ginge – würde ich ihn dann je wieder sehen? Ich hatte natürlich schon darüber nachgedacht wie es wohl mit ihm wäre, aber nur flüchtig. Ich hatte zumindest genügend Zeit mit ihm verbracht, um sagen zu können, dass wir bestimmt gut miteinander auskommen würden. Dennoch war es keine leichte Entscheidung für mich. Und wenn ich Ja sagte, wäre ich erst mal auf ihn angewiesen.

Ich war mir noch immer nicht sicher und das sagte ich ihm. Jan schien im Augenblick zufrieden mit dieser Antwort. Wir kehrten zur Straße zurück und stiegen in ein Taxi. Jan lud mich in ein teures Restaurant ein, in dem wir eine Flasche Champagner tranken, als würden wir den Anfang feiern und nicht das Ende.

## 30

Am nächsten Morgen bekam ich einen Anruf von Louis, dem Portier: Kyle wartete unten. Offensichtlich war er aus dem Krankenhaus entlassen worden. Ich hatte keine Lust, ihn zu sehen. Louis klingelte noch zweimal an; Kyle ließ sich nicht abwimmeln. Doch ich weigerte mich weiterhin, ihn zu empfangen. Louis meinte, ich solle mir keine Sorgen machen, er würde ihn schon an die Luft setzen. Ich konnte trotz allem nicht umhin, mich elend zu fühlen. Immerhin war Kyle mein ältester Freund. Nichtsdestoweniger war es für mich das Beste, ihn nicht zu sehen.

Eine Viertelstunde später klingelte das Telefon. Ich dachte zuerst, es müsste Kyle sein, der mich von der nächsten Ecke anrief, um mich zu beschimpfen, aber er war es nicht.

»Hallo, meine Liebe«, sagte Carmi fröhlich.

»Hi, Carmi«, erwiderte ich, ehrlich erleichtert. Es war schön, mit jemandem sprechen zu können, der mit dem Chaos der letzten Wochen nichts zu tun hatte.

»Wie geht's?«

»Ganz okay«, log ich.

»Nur ganz okay?«

»Gut«, verbesserte ich mich. »Vielleicht bin ich ein bisschen einsam.« Ich wusste nicht, was mich dazu gebracht hatte, so etwas zu sagen.

»Die Stadt ist eben so«, entgegnete er.

»Wahrscheinlich.«

»Hast du keine Freunde gefunden?«

Freunde. Wahrscheinlich hatte man Christian als solchen bezeichnen können. Aber Christian war tot. »Nicht wirklich«, antwortete ich.

»Na ja«, sagte Carmi. »Ist vermutlich auch besser so.«

Carmi hatte Recht. Es wäre besser gewesen, wenn ich mich ausschließlich um mich gekümmert hätte.

»Wie ist es so in Puerto Rico?«, fragte ich.

»Traumhaft.«

»Wie im Paradies?«

»Bis hin zum Apfel.« Carmi kicherte.

»Schön«, freute ich mich für ihn.

Mir fiel wieder ein, dass Christian für ihn ein Paket hatte abgeben sollen. »Carmi«, begann ich, »Christian, dein Nachbar, hat immer noch nichts für dich abgegeben.« Über Christian im Präsens zu sprechen, klang so falsch. Aber ich wollte wissen, was Carmi erwartete. Ich war bereits zu dem Schluss gekommen, dass es sich nicht um Drogen handeln konnte. Carmi hatte in seinem Arznei-Schrank nicht einmal rezeptfreie Medikamente.

»Oh«, antwortete Carmi. »Mach dir deswegen mal keine Sorgen.«

»Tu ich auch nicht«, sagte ich. »Ich hab mich nur gefragt …«

»Die Leute haben heutzutage immer so viel zu tun«, fuhr Carmi fort. »Und Christian kommt mir nicht sehr verlässlich vor.«

Es war schwer, verlässlich zu sein, wenn man tot war.

»Ich erzähl dir alles, wenn ich zurückkomme«, sagte er.

»Da bin ich mal gespannt«, antwortete ich und versuchte, nicht allzu neugierig zu klingen.

»Also, bis in ein paar Tagen dann.«

»Okay.«

»Dann reden wir über alles.«

Wenn er wüsste.

Wider besseren Wissens – und entgegen Jacobs Rat – wagte ich mich hinaus. Trotz meiner Angst, vielleicht aber auch gerade deswegen, hatte ich Hunger. Mein Appetit kehrte langsam zurück und es gab nichts mehr zu essen in Carmis Kühlschrank; ich konnte mich nicht einmal mehr daran erinnern, wann ich das letzte Mal in einem Supermarkt gewesen war. Ich presste meine Handfläche gegen das Fenster, um herauszufinden, wie kalt es war: Die Scheibe war eisig.

Als ich an Louis vorbeigehen wollte, signalisierte er mir mit seiner tellergroßen Hand, dass er mir etwas zu sagen hatte. Ich wartete darauf, dass er sein Telefonat beendete. Schließlich legte er auf und sagte: »Sie müssen mehr wählerische sein.«

Ich nickte. Erzählen Sie mir was Neues.

»Dieser Type. Mit gebrochen Arme.« Er winkelte seinen Arm an, um zu unterstreichen, von wem er redete.

»Ich weiß, wen Sie meinen«, antwortete ich.

»Der iste nichte richtige in Kopfe.«

»Meinen Sie?« Ich fragte mich, warum ich mir die Meinung eines Menschen anhörte, der »Louis, der Chinamann« genannt wurde.

»Jap«, sagte er und ruckte an den Ärmelaufschlägen seiner Uniformjacke. »Ich Jungs wie die in der Army sehen.«

In der Army.

»Sie haben Angste ...« Er wich irgendeinem imaginären Geschoss aus. »Sie wissen«, sagte er. »Von den Kugeln.« Er deutete auf seinen glänzenden Kahlkopf. »Hirn wird zu Breie.«

Meine Großeltern hatten einen ähnlichen Akzent gehabt.

Ich wich langsam zurück. »Danke, dass Sie ihn losgeworden sind.«

»Kein Probleme, machen Sie keine Sorgen.« Er schlug seine riesigen Pranken zusammen.

»Mach ich nicht.«

»Ich abe viel Freunde.« Er lächelte und seine Augen verschwanden in seinem fleischigen Gesicht.

»Bis dann«, sagte ich.

»Sie sagen, wenn brauchen«, rief er mir hinterher.

Es war schön zu wissen, dass ich Kyle mit Betonstiefeln im East River versenken lassen konnte, wenn mir danach war.

Draußen war die Luft klar und eisig; mein Atem bildete weiße Wölkchen. Ich lief die Straße entlang, die schwitzigen Hände tief in den Taschen vergraben. Als ich an einer Gasse vorbeikam, erinnerte der Gestank mich an meine Begegnung mit Yassi, und ich legte einen Schritt zu.

Ich wollte gerade den Supermarkt betreten, als Kyle mich einholte. Er musste den ganzen Morgen auf mich gewartet haben. Sein Gesicht war vom Wind gerötet. Die meisten Prellungen waren abgeklungen, obwohl

:n über dem rechten Auge noch nicht gezogen waren; er sah ein bisschen aus wie Frankensteins Monster. Nur noch einer seiner beiden Arme war in Gips.

»Ich soll mich nicht mit dir blicken lassen«, sagte ich, während ich versuchte, um ihn herumzugehen.

»*Was?«* Kyle verzerrte das Gesicht, als würde er kein Wort verstehen.

»Ich soll nicht mit dir reden.«

»Warum nicht?«

»Mittäterschaft oder so was«, antwortete ich. Ich hatte keine Lust, mit ihm rumzudiskutieren.

»Meinst du das etwa ernst?« Sein Tonfall war so ungläubig, als hätte er noch nie so was Blödes gehört.

»Ja«, erwiderte ich. »Und jetzt lass mich einkaufen.«

»Ich muss mit dir reden.« Er blickte sich um. »Vergiss die Mortadella.«

Ich weiß nicht, wie er auf die Idee kam, dass ich Mortadella kaufen wollte. Ich hasste Mortadella. Irgendwie war das komisch und ich lachte. Vielleicht hatte er das damit bezweckt.

»Ich will mit dir reden«, wiederholte er.

»Wie ich schon sagte.« Jacobs Rat ratterte durch mein Hirn wie ein Telegramm. »Ich soll nicht mit dir reden.«

»Das ist doch Scheiße«, brüllte er.

Wie immer war er berechenbar.

»Wer hat dir das gesagt?«, wollte er wissen.

»Egal.«

»Yassi?«

»Nein.«

»Wer dann?«

»Egal«, wiederholte ich.

»Egal? Ich kenne dich seit elf Jahren und du sagst egal?«

Ich hätte mir gewünscht, dass er nicht mir den schwarzen Peter zugeschoben hätte. Ich wollte nur weg und Kyle mit seinem lädierten Arm dort auf dem Bürgersteig stehen lassen. Ich machte einen Schritt vorwärts.

»Warte«, sagte er und packte meine Schulter.

»Lass das!«

»Okay«, lenkte er ein und wich zurück. »Ich will ja nur reden.«

»Dann rede.«

»Es ist zu kalt.«

»So schlimm ist es nicht«, behauptete ich, obwohl ich beinahe mit den Zähnen klapperte.

»Meine Eier frieren ab«, sagte er.

»Na und?«

»Lass uns da rein gehen.« Er deutete auf ein Billard-Café auf der anderen Straßenseite. Die Fassade war ganz aus Glas; man konnte von draußen sehen, wie sich die Spieler über die Tische beugten. Es schien mir ein sicherer Ort zu sein, so verrückt es sich anhörte. »Fünf Minuten«, sagte ich.

»Wie du willst«, erwiderte Kyle. Ich folgte ihm in das Café. Darin befanden sich mindestens dreißig Tische in drei Reihen, zwischen denen gerade genug Platz war, um ungehindert spielen zu können. Die Leute – hauptsächlich junge Asiaten – waren überraschend leise. Vermutlich erforderten acht Bälle Konzentration. Es war total verraucht. Die Hitze erschlug mich. Augenblicklich fing ich an, mich aus den äußersten Schichten Klamotten zu schälen, obwohl ich wusste, dass es mich eine Ewigkeit kosten würde, wieder alles anzuziehen.

Kyle zog seine schäbige Jacke aus. »Das stinkt ja widerlich hier«, sagte er naserümpfend.

»Es war deine Idee.«

»Du hast mich ja nicht in deine Wohnung gelassen«, jammerte er.

Ich hatte keine Lust, es ihm noch mal zu erklären.

Wir standen noch immer an der Tür. Ein Glatzkopf fragte uns, ob wir einen Tisch wollten. Kyle sagte Ja, obwohl ich nicht in der Stimmung war zu spielen. Kyle nahm unsere Queues mit hinüber in eine der hinteren Ecken. Gedämpftes Neonlicht beleuchtete den grünen Filz.

»Ich hab früher um Geld gespielt«, sagte Kyle, als er die Bälle wie ein Profi auf den Tisch legte. »Immer wenn ich pleite war.«

Ich schwieg. Glaubte er wirklich, dass ich jetzt mit ihm eine Partie Pool spielen würde?

»Du fängst an«, sagte er und rieb die Spitze seines Queues sorgfältig mit Kreide ein.

»Ich will nicht spielen«, meckerte ich.

Kyle sah mich erstaunt an.

»Ich lass dich auch gewinnen«, grinste er.

»Ich will nicht gewinnen.«

»Jeder will gewinnen«, knurrte er.

»Im Übrigen – wie willst du überhaupt mit dem Arm spielen?«

Kyle blickte auf seinen eingegipsten Arm hinunter. »Ich lass mir schon was einfallen.«

Er beugte sich über den Tisch und probierte verschiedene Positionen aus. Er balancierte den Queue mit dem gesunden Arm und legte den gebrochenen auf den Tisch. »So müsste es gehen«, sagte er schließlich.

Ich begann, meine Jacke anzuziehen.

»Hey. Wo willst du hin?«

Ich hatte genug. Wollte er mir wirklich etwas sagen oder spionierte er mir nur hinterher? »Ich habe keine Ahnung, was ich hier soll.«

»Kannst du bitte eine Sekunde warten?«, fragte er.

Ich sah zu, wie er anstieß. Der Stoß war ziemlich lahm. »Fuck«, fluchte er. Ich machte keine Anstalten aufzustehen. »Du bist dran.«

Ich würde nur noch zwei Minuten bleiben. Ich riss ihm den Queue aus der gesunden Hand und attackierte den Dreier-Ball. Er prallte gegen die Bande, rollte aber nicht in die Tasche. Gewöhnlich war ich besser. Wir hatten einen Tisch zu Hause gehabt. Früher hatten Kyle und ich oft gespielt. Ich versuchte, die Erinnerung zu verdrängen.

»Guter Versuch«, meinte Kyle und hockte sich neben den Tisch, um die Lage der Bälle zu überprüfen. Dann schaute er zu mir auf. »Ich wollte mit dir reden …«, begann er und wurde dann leiser, »… weil du mir gefehlt hast.«

Sentimentalität sah Kyle überhaupt nicht ähnlich. Ich fragte mich, was er nun wieder vorhatte. Vielleicht wollte er auch bloß Mitleid heischen. »Ich bin hier«, sagte ich.

Er betrachtete den Abstand zwischen Stoßball und Zehn. »Weißt du noch, dass ich dir von den Kubanern erzählt habe?«

»Ja.«

»Na ja … das war nicht ganz die Wahrheit.«

Ach was. Ich verschränkte die Arme vor der Brust und wartete schweigend.

»Ich meine … es hätten Kubaner sein können.« Kyle zielte und stieß zu; die Kugel sprang vom Tisch.

»Scheiße«, murmelte er.

»Aber es waren keine«, bemerkte ich und hob den Ball auf.

»Nein.«

»Wer dann?«, fragte ich, während ich die nächste Kugel anvisierte.

»Böse Menschen.«

»*Böse Menschen*?« War Kyle jetzt zur Märchenstunde übergegangen? Immer noch über den Tisch gebeugt, drehte ich den Kopf, um Kyle anzusehen.

»Es ist alles Yassis Schuld«, sagte er mit finsterer Miene.

»Dass du zusammengeschlagen worden bist?«

Er nickte. Ich konzentrierte mich wieder auf meinen Stoß. Ich wusste, dass er danebengehen würde, noch bevor die Queue-Spitze den Ball berührte.

»Du bist dran.«

Kyle rührte sich nicht. »Ich glaube, ich stecke jetzt echt in Schwierigkeiten.«

Es war das erste Mal, dass Kyle so etwas zugab. »Wegen dieser Leute?«

»Die werden wiederkommen«, fuhr er fort und blickte sich um, als würden die bösen Menschen jeden Moment hier auftauchen. Er machte mich nervös.

»Was hast du gemacht?«, fragte ich.

»Nichts«, sagte er. »Glaube ich jedenfalls …«

»Tja, glauben allein reicht wohl nicht.« Ich zog mir einen Hocker heran und setzte mich.

Kyle setzte sich neben mich. Er holte tief Luft und erzählte mir eine neue Version der Geschichte.

Wie er schon sagte, hatte es nie Kubaner gegeben. Kyle war von Yassis ›Freunden‹ verprügelt worden. Zumindest glaubte er das. Er konnte aber nicht sicher sein, weil sie ihn umgenietet und platt getreten hatten, ohne sich erst vorzustellen. Immer wieder hatten sie ihn nach dem Stück gefragt. Sie konnten nur Malcolms Manuskript gemeint haben, aber er hatte es Christian zurückgegeben, bevor dieser starb. Er hatte versucht, es ihnen zu erklären, aber sie hatten es ihm nicht abgekauft. Kyle schwor mit dem für ihn typischen Hang zum Dramatischen, dass sie ihn hatten umbringen wollen. Doch dieses Mal fiel es mir nicht so schwer, ihm zu glauben.

»Nett von dir, dass du endlich anfängst, die Wahrheit zu sagen«, bemerkte ich.

»Tja«, antwortete Kyle. »Es ist halt kompliziert.«

»Hast du Jacob die Geschichte erzählt?«

»Dem Bullen?«

Ich nickte.

»Fuck, bestimmt nicht«, rief er. »Ich hab keine Lust, diese Idioten noch länger auf dem Hals zu haben.«

»Vielleicht lassen sie dich in Ruhe, wenn du zur Abwechslung mal die Wahrheit sagst.«

»Ich habe doch nicht gelogen«, behauptete Kyle. »Ich hab nur nicht alles gesagt.«

Meiner Meinung nach bestand dazwischen kein großer Unterschied.

»Und was willst du jetzt machen?«, fragte ich.

Kyle zuckte die Achseln und lehnte sich gegen den Tisch. »Vielleicht gehe ich für eine Weile nach Philly«, sagte er nachdenklich.

»Philly.«

»Ja.«

Ich hatte keine Ahnung, warum Kyle sich ausgerechnet Philadelphia ausgesucht hatte, aber ich fragte gar nicht erst nach. Er hätte mir nur wieder eine neue Story aufgetischt.

»Ich reise auch ab«, klärte ich ihn auf.

Er horchte auf. »Wann?«

»Wenn mein Onkel wieder da ist«, sagte ich. »In ein paar Tagen.«

»Hättest du es mir überhaupt erzählt, wenn das Thema nicht zufällig aufgekommen wäre?«

Ich gab keine Antwort. Ich war mir nicht sicher, was ich von Kyle halten und wie viel ich ihm erzählen sollte. Aber da wir uns leider schon so lange kannten, fiel es mir schwer, ihm gegenüber auf meine Worte zu achten.

»Fliegst du nach Kalifornien zurück?«

»Ich weiß noch nicht.« In letzter Zeit tendierte ich immer mehr dazu, ein paar Wochen mit Jan zu verbringen. Kalifornien lief mir nicht weg. »Vielleicht reise ich noch ein bisschen herum.«

»Wohin?«, fragte Kyle. Er ließ den Queue auf den Tisch fallen – offenbar hatte er keine Lust mehr zum Spielen.

»Ich weiß es noch nicht«, gab ich zu.

»Allein?«

»Mit Jan.«

»Mit Jan?«, fragte Kyle. »Das kannst du nicht machen.«

Hielt Kyle sich für meinen Vater? Ich konnte machen, was ich wollte. Er war doch nur eifersüchtig.

»Natürlich kann ich das.« Ich fing an, mich wieder anzuziehen. Ich wollte verschwinden, bevor das jetzt ausartete.

»Du kennst den Typ doch nicht mal richtig«, meinte Kyle und kam mir ganz nah.

»Oh, doch.« Ich ärgerte mich über mich selbst, weil ich mich auch noch zu einer Verteidigung hinreißen ließ.

»Ach ja? Dann will ich dir mal was über deinen Prince Charming erzählen ...«

»Ich will's gar nicht hören«, sagte ich und zog mir meine Baskenmütze über die Ohren.

»Moment.« Kyle stellte sich so dicht vor mich, dass ich ihn hätte schubsen müssen, um an ihm vorbeizukommen. »Lass mich ausreden.«

Ich seufzte. Ich schwitzte bereits wieder. Inzwischen verabscheute ich die ofenartige Hitze in den geschlossenen Räumen New Yorks mehr als die Kälte. Einen Moment lang schloss ich die Augen – ich war langsam mit meiner Geduld am Ende. Ich wusste aus jahrelanger Erfahrung, dass Kyle keine Ruhe geben würde, bis er losgeworden war, was er sagen wollte.

»Weißt du noch, wie wir drei an dem einen Abend in der Bar waren?«, fuhr er fort. »Als du dich so schlecht gefühlt hast, dass du gegangen bist?« Ich hatte das Bild von Kyle und Jan, die mit den leeren Schnapsgläsern vor sich am Tisch saßen, noch sehr deutlich vor mir. »Na ja, danach fingen Jan und ich an, richtig zu saufen ... wir haben ungefähr noch zwei Runden Whiskey getrunken. Dann – und jetzt raste bloß nicht aus ...« Er sah mich belämmert an. »Ich wollte Christian anrufen und mir was besorgen. Aber weil ich keine Kohle mehr hatte, habe ich Jan gefragt, ob er mitkommen und mir was leihen könnte. Aber Jan meinte, er hätte keinen Bock auf was zu rauchen, weil er dadurch immer so gereizt würde oder was.«

Soweit ich wusste, interessierten Jan Drogen überhaupt nicht. Mich genauso wenig. Jedenfalls nicht mehr, seit ich in einem Koffee-Shop in Amsterdam zusammengeklappt und am anderen Ende der Stadt wieder aufgewacht war, ohne zu wissen, wie ich überhaupt dahingekommen war … aber das war schon lange her.

»Jan fing an, mich allen möglichen Scheiß über Christian zu fragen«, erzählte er weiter, »ob ich zum Beispiel wüsste, wie oft du dich mit ihm triffst und so.«

Es war anzunehmen, dass Kyle sich diesen Teil der Geschichte ausgedacht hatte. Ich zweifelte allerdings nicht daran, dass er Jan gefragt hatte, ob er das Gras für ihn bezahlte. Kyle würde jeden fragen, der sich ihm auf Sichtweite näherte. Aber ich konnte mir nicht vorstellen, warum Jan sich für Christian interessiert haben sollte. »Und was hast du ihm gesagt?«, fragte ich.

»Ich habe Jan erzählt, dass Christian dir Schuhe geschenkt hat.«

Ich sprang von meinem Hocker. »Das hast du nicht.«

»Doch«, rief Kyle triumphierend. »Na und?«

»Du Arschloch!« Ich wünschte mir nur, ich hätte es Kyle niemals erzählt. Alles, was er wusste, verwandte er gegen mich.

Kyle ignorierte meinen Ausbruch. Er war gerade erst in der Aufwärmphase. »Darüber ist der Typ total ausgerastet und fing an, noch mehr Fragen zu stellen.«

»Halt den Mund«, befahl ich. Mir wurde langsam schlecht.

»Ich bin noch nicht fertig«, erwiderte Kyle grinsend. »Richtig unangenehm wurde es nämlich erst, als ich Jan erzählt hab, dass Christian dauernd versucht, dich flachzulegen …«

»Du lügst doch«, sagte ich. Seine Stimme hatte inzwischen diesen unechten Tonfall angenommen, jetzt kam dieses Drogen-vergiftete Gelaber, das ich nur allzu gut kannte. »Das war's jetzt«, fuhr ich fort und drängte mich an ihm vorbei. Doch er blieb mir dicht auf den Fersen und redete einfach weiter.

»Ich lüge nicht. Er sagte, er würde jetzt sofort zu Christian gehen und ihn platt machen … ich schwör's!«

Ich war bereits auf der Straße und ging Richtung Carmis Wohnung. Louis würde dafür sorgen, dass Kyle nicht weiter als bis in die Lobby kam. Nur noch einen Block lang würde ich mir diesen Müll anhören müssen. Ich verfluchte die Ampel, als sie auf Rot sprang.

Kyle stand frierend neben mir. Ausnahmsweise war seine Miene ernst. »Alex«, flehte er, »was immer du vorhast – geh nicht mit ihm!« Er legte seine gesunde Hand sanft auf mein Haar. Ich schüttelte ihn nicht ab. Die Erinnerung an früher meldete sich ein letztes Mal. »Ich trau diesem Kerl nicht über den Weg … und ich sage das nur, weil ich dich liebe.«

Er sagte das nur, weil er nicht wollte, dass ich ihn allein ließ. Die Ampel sprang auf Grün. Ich warf ihm einen Blick zu – vielleicht den letzten – und ließ ihn an der Ecke stehen. Ich hörte, wie er hinter mir her schrie und rannte gehetzt zurück nach Hause, wo ich keuchend wie ein Rennpferd ankam. Es hätte mich nicht überrascht, wenn mich jemand darauf hingewiesen hätte, dass mir der Schaum vor dem Mund stand. Ich schoss an Louis vorbei, ohne ihn richtig zu sehen. Er rief mich zurück, um mir zu sagen, dass eine Frau »mit kahle Kopfe – beinah so kahle wie ich« nach mir gefragt hatte. Nicht einmal das holte mich wieder runter. Ich wies Louis an, sie unter keinen Umständen heraufzulassen. Wenn er wollte, konnte er die Cops oder meinetwegen seine so genannten Freunde rufen – mir war alles egal.

## 31

Ich brütete nicht allzu lange über das nach, was Kyle gesagt hatte. Ich bestellte eine Pizza und verschlang die Hälfte, obwohl das Ding kalt und matschig war, wobei ich zufrieden feststellte, dass Kyle es wenigstens nicht geschafft hatte, mir meinen Appetit zu verderben. Ich nahm ihm ab, dass er Jan von den Schuhen erzählt hatte, obwohl Jan das Thema nie zur Sprache gebracht hatte. Aber dazu war er auch viel zu sehr Gentleman. Aber all das andere Zeug glaubte ich nicht.

Ich schob gerade den Rest der Pizza ins Tiefkühlfach, als das Telefon klingelte. Es war Jan, der von einer Telefonzelle aus anrief. Ich konnte ihn bei den Hintergrundgeräuschen kaum verstehen.

»Alex«, sagte er.

»Hi.«

»Ich will dich sehen.«

»Wo bist du?«, brüllte ich gegen eine penetrante Hupe an.

»Was?«

»Wo du bist«, wiederholte ich.

»In der Nähe. Kannst du runterkommen?«

»Jetzt?«

»Ja«, sagte er aufgeregt. »Ich habe eine Überraschung für dich.«

»Was für eine Überraschung?«

»Das verrate ich nicht«, sagte er leise lachend. »Dann ist es ja keine Überraschung mehr.«

»Okay«, sagte ich. »Warum kommst du nicht rauf?«

»Nein«, antwortete er. »Komm du runter.«

»Wo bist du?«

»Komm einfach. Ich warte in der Lobby.«

Ich hatte keine große Lust, wieder in die Kälte hinauszugehen. Aber Jans gute Laune wirkte fast ansteckend.

»Also gut«, lenkte ich ein. »Ich bin in ein paar Minuten unten.«

»Okay.« Er legte auf.

Das war unser letzter gemeinsamer Abend. Und das war wohl auch der Grund dafür, dass er nicht heraufkommen wollte; er hatte irgendetwas Besonderes geplant. Der Gedanke gefiel mir. Während ich mir hastig die Zähne putzte, überlegte ich, was ich ihm sagen würde. Ich musste ihm eine Antwort geben. Es gab eigentlich nichts, was mich davon abhielt, mit ihm zu gehen. Carmi würde in drei Tagen zurück sein, die Wohnung würde also nur zwei Tage leer stehen. Ich konnte meine Eltern morgen früh noch anrufen und ihnen Bescheid geben. Sie würden mich vermutlich für verrückt erklären, aber ich war achtundzwanzig Jahre alt – alt genug, um zu tun, was ich für richtig hielt. Sie wussten von Jan und sie vertrauten mir. Im Übrigen wollte ich Jan noch nicht so bald schon wieder aufgeben. Unseren unvermeidlichen Abschied noch eine Weile aufzuschieben würde nicht das Schlechteste sein. In weniger als einem Monat wäre ich wieder in Kalifornien. In der Zwischenzeit würde ich ein bisschen Zeit in Belgien verbringen. Vielleicht konnten wir ja auch nach Paris fahren. Dann würde ich nach Hause zurückkehren. Was hatte ich zu verlieren?

Als ich in den Flur hinaustrat, stieß ich auf ein paar Leute, die sich um den Verwalter scharten. Er warf mir einen warnenden Blick zu, der *Sagen Sie ja nichts*! zu bedeuten schien. Vielleicht versuchte er, sich ein paar Extra-Dollar zu verdienen, indem er Touristen herumführte, so nach dem Motto *Besuchen Sie einen echten Tatort*! Mir wurde flau im Magen. Aber dann begriff ich. Die Leute waren hier, weil Christians Wohnung zu vermieten war. Sie wussten nicht, dass dort drin jemand umgebracht worden war – oder es war ihnen egal. Vermutlich hatte der Vermieter die blutbesudelte Tapete überstrichen und die Miete um fünfhundert Dollar angehoben.

Jan wartete in der Eingangshalle. Er sah aus, als sei er dreißig Blocks weit durch den Wind marschiert. Seine Haare waren zerzaust, seine Wangen ganz rosig. Er lächelte über das ganze Gesicht. Ich freute mich auch sehr, ihn zu sehen. Er verriet mir, dass wir die Nacht in einem Nobelhotel auf der Upper East Side verbringen würden – das war seine Überraschung! Die Tatsache, dass er sich so etwas Romantisches für uns ausgedacht hatte, ließ seine Attraktivität für mich noch wachsen. In dem Hotel, in dem er hier in New York abgestiegen war, hatte ich ihn kein einziges Mal besucht. Ich war nur mal in der Lobby gewesen, wo ich ja dann auch Eddie, seinen Kunden, kennen gelernt hatte. Jan hatte mich nicht mit hinaufnehmen wollen; er hatte gemeint, dass sein Zimmer nicht besonders sehenswert sei – außerdem zu voll gestopft und laut. Mir war das recht gewesen – ich bewegte mich lieber auf vertrautem Terrain.

Das Hotel war eine dieser Luxus-Absteigen, in denen sich alte, reiche Leute mit winzigen, japsenden Hündchen einmieteten. Die Eingangshalle war mit weißem Marmor, riesigen Blumenarrangements und einer Armee von Bediensteten in dunkelroten, mit Goldlitzen versehenen Uniformen ausgestattet. Während Jan eincheckte, stand ich vor dem Aufzug und beobachtete die gut gekleideten Leute, die ein- und ausstiegen. Ein Page fragte mich, ob ich einen Koffer hätte. Es machte mir Spaß, das zu verneinen. Er hielt mich wahrscheinlich für ein Callgirl.

Jan hielt seinen kleinen, schwarzen Koffer in der Hand. Er hatte ihn vorher schon hier deponiert. »Na«, fragte er, als wir den Fahrstuhl betraten. »Was sagst du?«

»Schick.«

»Ich dachte mir, es könnte Spaß machen, so zu tun, als wären wir richtig reich.«

»Du *bist* reich«, sagte ich, »oder?«

»Ich habe diverse Rücklagen«, antwortete er lächelnd.

Jan hatte offensichtlich Geld. Bislang war es mir nur noch nicht wirklich zu Bewusstsein gekommen.

Das Zimmer war sehr groß, das Bett ebenso. Die Ausstattung bestand aus geschnitzten Möbeln, Messinglampen und dicken Vorhängen. Alles wirkte so überladen, dass wir beide lachen mussten. »Es ist nicht ganz das, was ich erwartet hatte«, meinte Jan, während er sich genauer umblickte.

»Mir gefällt es«, sagte ich. Irgendwie passte es zu Jan. Es hatte den Charme der alten Welt.

»Sicher?«

»Ganz bestimmt.« Ich ging zum Bad und schaltete das Licht ein. Es hatte die Größe von Carmis Wohnzimmer. »Das Bad ist fantastisch!«

Jan ging zur Minibar und mixte zwei Drinks. Ich setzte mich aufs Bett und sah ihm zu. Er reichte mir einen Gin Tonic und ließ sich auf das Sofa am Fenster fallen. Ich nippte an meinem Longdrink; der Alkohol jagte mir einen Schauder über den Rücken.

»Morgen reist du also ab«, begann ich. Ich wollte es ihm jetzt sagen.

Jan nickte und trank einen Schluck. »Ich muss zurück.«

»Ich weiß«, erwiderte ich und hob erneut mein Glas an die Lippen. Meine Eröffnung erforderte etwas Mut.

»Also?«

»Also«, wiederholte ich.

»Kommst du mit?«

»Willst du das denn?«

Jan stellte sein Glas auf den Tisch. Er setzte sich neben mich aufs

Bett und küsste mich lange. »Ich will, dass du mit mir kommst«, sagte er. »Du kannst zwei Tage oder zwei Wochen bleiben. Wie immer du willst ...«

»Okay«, sagte ich. »Dann lass uns fahren.«

Er lächelte. »Dann ist es also abgemacht.«

»Ja.« Ich kippte den Rest Gin herunter. Ich hätte gerne gefeiert, doch irgendwie beschlich mich ein ungutes Gefühl. Vielleicht lag es an dem, was Kyle gesagt hatte, auch wenn ich ihm nicht glaubte. Vielleicht lag es aber auch nur daran, dass ich so etwas noch nie getan hatte.

Jan hatte seinen Koffer geöffnet und wühlte nun darin herum. »Ich wollte mir das eigentlich für später aufsparen«, erklärte er, während er mir einen rosafarbenen Seiden-Beutel gab. »Aber ich kann's nicht mehr erwarten.«

Ich hielt den Beutel in meiner Hand. Ich wollte ihn nicht zu eilig öffnen. Der Gedanke, dass er etwas für mich ausgesucht hatte, brachte mich zum Lächeln. Es war schon lange her, dass mir ein Mann etwas Schönes geschenkt hatte – mit der Ausnahme gewisser Schuhe, versteht sich. Und die hatte ich eigentlich nicht haben wollen.

»Mach auf«, drängelte er.

Ich löste die schwarze Kordel und schüttete den Inhalt in meine Hand. Eine Goldkette mit winzigen Diamanten. Sie war wunderschön.

»Die hat mal einer Inderin gehört«, erklärte Jan. »Eine sehr alte Kette.«

»Sie ist so schön«, entfuhr es mir. Unwillkürlich musste ich daran denken, dass Diamanten dem indischen Aberglauben nach Gefahren abwehren konnten. Ob Jan diese Legende kannte? »Ich habe aber nichts für dich!«, sagte ich und kam mir total blöd vor.

»Ich will auch gar nichts«, antwortete er, während er mir die Kette umlegte. »Geh und guck sie dir an.«

Ich lief ins Badezimmer. Die Kette lag in der Vertiefung in der Mitte zwischen meinen Schlüsselbeinen – sie hatte die perfekte Länge. Meine olivfarbene Haut schimmerte durch die filigrane Goldschmiedearbeit. Wenn die Diamanten nicht gewesen wären, hätte es auch ein Henna-Tattoo sein können. Die Kette war absolut richtig für mich. Und das rief ich auch Jan zu, der im Wohnzimmer geblieben war.

»Das freut mich«, rief er zurück.

Ich ging zu ihm.

»Trag sie ab und zu«, bat er, »um an mich zu denken.«

»Ich werde sie immer tragen«, sagte ich. Dabei brauchte ich keine Kette, um an Jan zu denken. Das tat ich inzwischen ganz automatisch.

## 32

Wir gingen erst spät essen. Ich hatte Kopfschmerzen von den drei Gin Tonic und Jan war ganz aufgekratzt. Er brauchte eine Pause von dem ›Refugium des Sonnenkönigs‹, wie Jan unser Hotelzimmer nannte. Wegen der eisigen Abendluft nahmen wir ein Taxi zu einem überfüllten indischen Restaurant im Village. An den Fenstern des Ladens hingen Dutzende von blinkenden Lichterketten. Die Wände waren mit Stoffen im Kinderkleidungsdesign geschmückt, auf denen Wörter aufgedruckt waren: *blau, Katze, Bleistift* und so weiter. Die Decke war komplett mit Papierdeko aus dem Supermarkt zugehängt. Der winzige, rechteckige Raum sah aus wie ein Festwagen auf einem Umzug. Es hätte mich nicht gewundert, wenn er sich vorwärts bewegt hätte – durch pures Chaos angetrieben. Obwohl es schon nach zehn war, drängten die Leute sich an den Tischen.

Wir erwischten Plätze weit hinten, neben der lärmigen Küche, während die indische Popmusik mit dem Stimmengewirr wetteiferte. Ein Kellner, der wie sechzehn aussah, kam zu uns. Jan bestellte Bier.

»Wie hast du diesen Laden entdeckt?«, fragte ich, während ich mich über den winzigen Tisch beugte.

»Gefällt er dir?«, fragte er lächelnd.

»Ich liebe ihn!«

»Er erinnert mich an das Original«, sagte Jan.

»Indien, meinst du.«

Jan nickte. »Vor allem wegen der Gerüche.«

Die Luft war mit Kochdüften geschwängert. Sie würden sich in meinen Haaren und meiner Kleidung festsetzen.

Mir fiel ein, dass ich noch gar nicht wusste, wie der morgige Tag ablaufen sollte. »Wann fliegen wir?«, fragte ich.

Er schaute von seiner Karte auf. »Spät«, sagte er. »Gegen acht. Du hast den ganzen Tag Zeit, um alles zu erledigen.«

Ich nickte. Bis morgen war noch lange hin. Meine Entscheidung kam mir immer noch nicht wirklich vor.

»Willst du deine Eltern anrufen?«

Eine seltsame Frage. Aber wahrscheinlich wollte er nur höflich sein. »Natürlich«, sagte ich.

»Und was wirst du ihnen sagen?«

»Dass ich mit dir nach Europa fliege.«

Er nickte. Der Kellner kam zurück. Jan bestellte für uns. Da ich keine Ahnung von indischem Essen hatte, war es mir recht. Dann lehnte er sich in seinem Stuhl zurück. »Und was ist mit deinem Onkel?«

»Ich schreibe ihm eine Nachricht.«

»Und sagst ihm dasselbe?«

»Ja«, antwortete ich. »Hör auf, dir Gedanken zu machen. Ich kümmere mich schon drum.«

»Gut«, nickte er und brach ein Stück Poppadum ab. »Und Kyle?«

»Erinnere mich bloß nicht an Kyle.« Dessen Gesicht tauchte vor meinem inneren Auge auf.

»Wirst du es ihm sagen?«

»Das hab ich schon.«

Jan beugte sich mit aufgerissenen Augen über den Tisch. »Wann hast du ihn getroffen?«

»Heute«, sagte ich.

»Ich dachte, ihr habt keinen Kontakt mehr«, sagte Jan leicht verärgert.

»Haben wir auch nicht«, antwortete ich. »Wäre zumindest besser für mich …«

»Was wollte er?«, fragte Jan.

»Reden.« Ich rief mir unser Gespräch in Erinnerung … sofern man es als solches bezeichnen konnte.

»Und was hatte er zu sagen?«

»Einen Haufen Schwachsinn«, erwiderte ich und rutschte auf meinem Stuhl nach vorne. Ich wurde immer wieder von Kellnern angerempelt, die Teller mit brutzelnden Shrimps, Fleischbällchen und kleinen, silbernen Schüsseln mit Gerichten, die ich nicht identifizieren konnte, an mir vorbeibalancierten.

»Was für einen Schwachsinn?«

»Über Christian«, erklärte ich. »Und wenn du's unbedingt wissen willst, auch über dich …« Allein der Gedanke an Kyles idiotische Geschichte machte mich wütend.

»Über mich?« Jans sonst so gleichmäßig ruhige Stimme bekam einen seltsamen Unterton. »Was kann er denn über mich großartig zu sagen haben?«

»Schon gut«, sagte ich. Warum hatte ich auch meinen Mund aufgemacht? Es lag an dem verdammten Gin.

»Nein«, drängte er und nahm meine Hand. »Erzähl es mir.«

»Es ist wirklich nur dummes Geschwafel – Kyles Geschwafel eben. Du bist danach nur genervt …«

»Alex«, sagte er und drückte fest meine Finger. »Ich will es wissen.«

»Ja, ja.« Er konnte genauso hartnäckig wie Kyle sein. Was machte es schon, wenn er Kyle nicht ausstehen konnte? Er würde ihn nie wieder sehen. »Kyle hat erzählt, dass du an dem Abend zu Christian wolltest … weil du wütend warst …«

»An welchem Abend?«

»An dem Abend, als er umgebracht worden ist.«

»Das ist doch Quatsch«, sagte er stirnrunzelnd. »Ich kannte Christian nicht mal. Im Übrigen bin ich zu Eddies Hotel gegangen, um mich von ihm zu verabschieden, bevor ich zu dir kam.«

»Du musst dich nicht rechtfertigen. Reg dich wieder ab.«

»Ich reg mich gar nicht auf«, korrigierte Jan. »Aber Kyle lügt.«

Der Kellner unterbrach uns, um acht verschiedene Gerichte von unterschiedlicher Farbe und Konsistenz abzuladen, und wir schlugen zu. Ich war halb verhungert. Die matschige Pizza lag schon verdammt lange zurück. Jan schien es ähnlich zu ergehen, denn wir beide sprachen kaum ein Wort, bis die Hälfte der Schüsseln leer war.

»Ich hätte dir das lieber nicht gesagt«, begann Jan, als er sein Bier ausgetrunken hatte.

»Was gesagt?«

Jan schüttelte den Kopf und seufzte, als hätte er sich selbst noch nicht endgültig entschieden.

»Was gesagt?«, wiederholte ich, während ich mir noch ein Stück Brot abriss.

»Ich hab über das, was du gesagt hast, nachgedacht.«

»Über Kyle?«

»Über den Abend in dieser Bar«, sagte Jan. Er schob den Teller von sich. »Der Abend, an dem Christian getötet wurde.«

Was immer er sagen wollte – es konnte nichts Gutes sein.

»Du hast Jacob doch schon alles erzählt«, sagte ich.

»Nicht alles.«

Ein anderer Kellner räumte geräuschvoll unsere Teller ab. Dann brachte er Tee und Mango-Eis »aufs Haus«.

»Ach, du liebe Güte«, rief ich. Ich spürte, wie mir das Blut aus dem Gesicht wich.

Jan zog eine Augenbraue hoch.

»Es geht um Kyle«, sagte ich. Ich brauchte keine Antwort.

Jan nickte. »Ich hab bei meiner Aussage ein paar Sachen ausgelassen. Ich dachte, sie wären nicht so wichtig.«

Langsam fing ich an zu begreifen. Jan hatte für Kyle gelogen – meinetwegen. Ich war mir nicht sicher, was ich davon halten sollte.

»Versteh mich nicht falsch«, fuhr er fort. »Ich mag Kyle, soweit man Kyle überhaupt mögen kann.« Er lächelte. »Er ist ganz amüsant.«

Amüsant war nicht das erste Wort, das mir zu Kyle einfiel.

»Und ich weiß ja, dass er ein sehr alter Freund von dir ist.«

»Falls er in dieser Geschichte mit drinsteckt-«, begann ich.

»Ich glaube, das tut er«, unterbrach Jan mich. »Immer noch …«

Ich fühlte mich, als wäre ich gerade auf die Lösung eines Rätsels gestoßen worden.

»Ich wollte eigentlich nichts sagen«, fuhr Jan fort. »Aber nach dem, was er dir über mich erzählt hat …«

Ich nickte. Jetzt verstand ich langsam die Zusammenhänge.

»Also – willst du hören, was ich zu sagen habe?«, fragte er.

»Hab ich eine Wahl?«

Er lachte. »Nein.«

»Dann los.« Ich aß das Eis auf, während Jan zu reden begann.

»Nachdem du uns in der Bar allein gelassen hast, bestellten wir noch eine Runde Whiskey. Eigentlich haben wir uns ganz gut verstanden.« Er trank einen Schluck Tee. »Wir haben über New York und Europa geredet. Er hat sein Französisch an mir erprobt.« Ich hatte nicht gewusst, dass Kyle überhaupt Französisch konnte. »Es war ziemlich schlecht«, fuhr Jan lächelnd fort. »Kyle wollte noch weitertrinken.« Was mich nicht überraschte. »Aber ich musste los. Ich wollte noch bei Eddie vorbeigehen, um mich von ihm zu verabschieden. Und ich wollte zu dir.« Jan nahm den letzten Löffel Eis. »Kyle fragte mich, ob ich schon mal von Christian Dope gekauft hätte. Hatte ich natürlich nicht. Kyle meinte, dass er ihn anrufen wollte – Christian würde ihm noch was schulden.«

»Schulden? Was?«

»Drogen, nehme ich an.« Er zuckte die Achseln. »Es ist also durchaus möglich, dass Kyle an diesem Abend noch zu Christian gegangen ist.«

»Möglich, ja«, sagte ich, während ich in meinen heißen Tee blies. »Aber das bedeutet noch nicht, dass er ihn umgebracht hat.«

»Er hat noch etwas gesagt, was mir nicht so recht aus dem Kopf will«, sagte Jan.

»Noch was?«

»Ja. Kyle erzählte mir, dass er Christian Geld für eine Lieferung gegeben hat, die er nie bekommen hat … und dass er Christian ein bisschen einschüchtern wollte.«

»Ihm Druck machen, meinst du.«

»Genau.«

»Du glaubst also«, folgerte ich nach einem Moment, »dass Kyle Christians Kopf gegen die Wand geschlagen hat, weil er ihm noch was schuldig war?«

»Irgendjemand hat ihn gestoßen«, sagte Jan. »Einer, der ziemlich stark war.«

Kyle *war* stark … »Aber Kyle würde niemals jemanden umbringen.«

»Vielleicht hat er das auch nicht gewollt«, erwiderte Jan.

Ich hörte mich selbst wiederholen: *Vielleicht hat er das auch nicht ge-*

*wollt.* Ich konnte mir zwar nicht vorstellen, dass Kyle ein Mörder war. Dass er jemanden aus Versehen getötet hatte, konnte allerdings schon eher sein.

»Kyle sagte zu mir, dass er Christian auf die Sprünge helfen würde, wenn er ihm nicht geben würde, was er haben wollte.«

»Das hat er dir gesagt?«, fragte ich.

»In genau diesem Wortlaut.«

Mir war fast so schlecht wie damals, als ich Christian in seinem Schlafzimmer gefunden hatte. Ich fror, obwohl ich am ganzen Körper schwitzte. »Das glaube ich nicht«, flüsterte ich. Trotzdem passte alles zusammen – alles. Erst das, was Jacob gesagt hatte, dann Kyles eigene Aussage mir gegenüber – er hatte ja zugegeben, dass er von Christian gekauft hatte – und nun das, was Jan mir erzählt hatte … brauchte man eigentlich noch mehr Beweise?

Der Kellner brachte uns die Rechnung. Immer noch warteten eine Menge Leute auf einen Tisch. Wahrscheinlich wollte man uns schnell loswerden.

»Was willst du jetzt machen?«, fragte ich zögernd.

»Ich rufe Jacob an, sobald wir wieder im Hotel sind«, antwortete Jan.

Und dann würde es vorbei sein. Sie würden Kyle verhaften.

Eine ganze Weile schwiegen wir. Im Geist ging ich unser Gespräch noch einmal durch; Jan streichelte abwesend meine Hand, während er auf sein Wechselgeld wartete. Ich versuchte angestrengt, Ausreden für Kyle zu erfinden – Gründe dafür, dass er es nicht gewesen sein konnte, der Christian mit dem Schädel gegen die Wand geballert hatte. Ich war eigentlich überzeugt davon, dass Kyle niemals planvoll jemanden angreifen würde. Doch Verbrechen im Affekt passierten ständig – sie blieben trotzdem Verbrechen. Ich wusste, dass Kyle kein Typ war, der sich in jeder Situation unter Kontrolle hatte.

»Ich kann immer noch nicht glauben, dass er es gewesen sein soll«, sagte ich. Aber ich hörte mich an wie jemand, der längst überzeugt war.

Ich hätte gedacht, dass ich in einem Hotelbett mit Samtdecken und neben Jan besonders gut schlafen würde, doch dem war nicht so. Vielleicht lag es an der Sache mit Kyle, vielleicht war ich aufgeregt, dass ich mit Jan nach Europa gehen würde. Was immer der Grund gewesen sein mochte – ich schreckte plötzlich auf. Ich hatte das Gefühl, ich müsste ersticken. Jan saß am Schreibtisch. Im Halbdunkeln konnte ich zuerst nicht genau erkennen, was er tat. Er telefonierte leise auf Französisch, aber ich vernahm nur Bruchstücke und konnte nichts verstehen. Ich hatte keine Ahnung, wie spät es war. Mit wem sprach er? Ich versuchte, meine Benommenheit abzuschütteln, aber dann drehte ich mich um und schlief wieder ein.

Als ich wieder aufwachte, war es sieben Uhr. Jan war nicht im Zimmer. Ich war zwar kein Frühaufsteher, aber quälte mich trotzdem aus dem Bett und zog die schweren Vorhänge vom Fenster. Draußen sah es ungemütlich aus; die Sonne versteckte sich hinter einer Masse schmutziggrauer Wolken. Ich zog einen der dicken weißen Frottee-Bademäntel an, die hier für die Hotelgäste bereithingen. Jan hatte seinen nicht angerührt – er hing immer noch an der Rückseite der Badezimmertür. Vielleicht war er kurz rausgegangen, um sich eine französische Zeitung zu besorgen.

Ich wanderte im Zimmer herum. Dann schaltete ich den Fernseher an. Ich zappte eine Weile durch die Programme, bis ich die Morgennachrichten fand. Dann setzte ich mich auf den Schreibtisch und rief den Zimmerservice an. Ich musste Jans Papiere wegschieben, um die Karte zu finden. Plötzlich fiel mir auf, dass dort zwei Reisepässe lagen. Das kam mir komisch vor. Ein belgischer Pass – natürlich – und einer aus Surinam. Welche Verbindung mochte er zu Südamerika haben? Wieder fiel mir ein, dass er offensichtlich viel Kohle hatte. Es war anzunehmen, dass man mit Edelsteinen reich werden konnte. Und wenn man reich war … Dennoch hatte ich das Gefühl, dass ich noch einiges über Jan zu lernen hatte.

Er kehrte mit zwei Cappuccinos und einem Stapel Zeitungen zurück. Während wir den Kaffee tranken, planten wir den Tag. Ich würde ein Taxi zu Carmis Wohnung nehmen und sie für seine Rückkehr vorbereiten. Dann würde ich packen und meine Mutter anrufen. Jan käme mich gegen fünf abholen. Und dann ginge die Reise los.

## 33

Ich bat den Taxifahrer, mich nicht direkt vor Carmis Wohnung rauszulassen, damit ich ein letztes Mal durch Manhattan schlendern konnte. Ich wollte noch einmal die Ausmaße der Stadt auf mich wirken lassen.

Ganz im Abschiedsblues betrat ich die Eingangshalle und lief direkt in Jacob hinein. Er lief ungeduldig auf und ab, als ob er schon eine Weile warten würde. Als er mich sah, rang er sich ein halbes Lächeln ab.

»Was für eine Überraschung«, sagte ich.

»Sehr witzig.«

Ich hatte nicht witzig wirken, sondern nur die Atmosphäre etwas auflockern wollen. Leider war der Schuss wohl nach hinten losgegangen.

»Louis hat mir gesagt, dass Sie nicht zu Hause sind«, sagte er und musterte mich. Ich wartete darauf, dass er mich fragen würde, wo ich gewesen war.

»Was kann ich für Sie tun?«, fragte ich misstrauisch.

Jacob blickte sich um. »Gehen wir ein Stück spazieren.« Er deutete auf die Tür.

»Muss das sein?«, fragte ich, während ich den Reißverschluss meines Mantels aufzog. »Ich hab gerade schon einige Blocks hinter mir.«

»Wie Sie wollen«, gab er nach und wir setzten uns auf eine Holzbank neben den Briefkästen. Ich war Jacob näher, als mir lieb war, denn die Bank war nicht besonders groß. Ohne es zu wollen, bemerkte ich, dass er sehr gut roch – nicht nach Aftershave, sondern einfach nur frisch gewaschen.

»Van den Hoven hat mich angerufen«, begann er. »Er hat mir ein paar interessante Details über Ihren Freund Hangerman erzählt.«

Es kam mir komisch vor, dass jemand Jan bei seinem Nachnamen nannte. Mein Herz begann zu rasen. »Kyle«, stammelte ich, als würde ich ein ausländisches Wort aussprechen.

»Wir haben ihn aufs Revier mitgenommen.«

»Also hat er es tatsächlich getan …« Meine Stimme war nur noch ein Flüstern.

»Sieht so aus«, antwortete Jacob. »Er hat ein ziemlich verrücktes Alibi. Wir sind gerade dabei, das zu überprüfen.«

»Das heißt, vielleicht ...«

»Es klingt nicht gerade schlüssig.«

Er war seiner Sache sicher. Das war nicht zu überhören.

Jacob warf mir einen raschen Blick zu. »Nehmen Sie es nicht so schwer.«

Ich gab keine Erwiderung. Es von Jan zu hören, war schon hart gewesen – aber das hier war noch mal was ganz anderes.

Jacob stand auf. Er war nicht sehr groß. »Eine Sache noch«, sagte er.

»Was?«

»Sie werden vermutlich aussagen müssen.«

»Gegen Kyle ...«

»Nein.« Er zwinkerte mir zu. »Gegen mich.«

Nach diesen Worten wandte er sich abrupt ab. »Ich rufe Sie an«, rief er, bereits auf dem Weg zur Tür. Ich stand auf und sah ihm hinterher, während ich seinen Duft einatmete, der noch eine Weile in der Luft hing.

Louis kam aus seinem Portierskabuff. »Diese verdammte Peste – Entschuldigung Ausdrucke – endlich weg?«

»Er ist gegangen, Louis«, sagte ich, während ich auf den Aufzug zuging.

»Gott sei Danke«, sagte er, küsste seine Handfläche und blickte gen Himmel. »Der Kerle macht mich nervöse. Er ist immer Bewegunge. Haben Sie gemerkte?«

»Ja, Louis«, bestätigte ich. »Ich hab's bemerkt.« Die Fahrstuhltüren schlossen sich gerade wieder. »Bis dann.«

Auf dem Weg nach oben, stellte ich mir Kyle vor, wie er in Handschellen abgeführt wurde. Ich hätte gedacht, dass ich mich elend fühlen würde, aber ich war bloß erleichtert.

Den größten Teil des Tages verbrachte ich damit, Carmis Wohnung aufzuräumen und zu putzen. Ich wollte, dass er sie makellos vorfand. Schließlich rief ich meine Mutter an. Zu meiner Überraschung hielt sie es für eine gute Idee, Urlaub zu machen – vor allem, wenn man bedachte, was alles geschehen war. Sie bot mir sogar an, Geld zu überweisen, was ich dankend annahm. Ich erzählte ihr nicht, dass ich die ganze Zeit mit

Jan zusammen sein wollte. In den Augen meiner Eltern wäre das nicht schicklich gewesen. Also erzählte ich ihr nur, dass Jan in New York zu tun gehabt hätte und wir nun zusammen nach Europa fliegen wollten. Das alles klang nicht besonders überzeugend, aber meine Mutter schien zufrieden. Ich sagte ihr außerdem, dass ich Carmi eine Nachricht hinterlassen wollte, aber sie meinte, sie würde ihn trotzdem noch anrufen und ihm meine Abwesenheit erklären, sobald er in New York eintreffen würde. Ansonsten würde er noch denken, man hätte mich gekidnappt. Im Übrigen sollte ich sie anrufen, sobald ich in Belgien angekommen war.

Ich brauchte fünf Anläufe, bis ich eine Nachricht für Carmi zu Papier gebracht hatte, die mich nicht wie ein verantwortungsloses Flittchen dastehen ließ. Ich erklärte ihm, dass ich einen Kurztrip nach Belgien unternehmen wollte – ein spontaner Ausflug auf einen anderen Kontinent. Es hörte sich an, als wollte ein Teenie bei einem Freund übernachten. Aber es hörte sich gleichzeitig irgendwie auch so schön dekadent an – nach etwas, das ich immer schon mal hatte machen wollen. Ich konnte mir genau vorstellen, wie Carmi sich an den Tisch setzte und meine Nachricht las, wobei er seine Augen mit jedem Wort weiter aufriss. Ich schloss mit der Versicherung, dass ich mich in seiner Wohnung ausgesprochen wohl gefühlt hätte, und dankte ihm ausgiebig. Die Geschichte mit dem Mord in der Nachbarwohnung ließ ich aus; die Leute im Haus würden es ihm schon früh genug erzählen.

Anschließend ging ich zum Supermarkt, um Carmis Vorräte wieder aufzufüllen. Dann fiel ich im Schnapsladen ein, um drei Flaschen vom besten Alkohol zu erstehen. Ich kaufte sogar einen Strauß gelber Rosen, die ich überall in der Wohnung verteilte. Dann begann ich mit dem Packen, was nicht einmal eine Stunde dauerte – ich hatte aus Kalifornien nicht gerade viel mitgebracht. Als ich alles erledigt hatte, was zu erledigen war, setzte ich mich auf die Couch und ließ meinen Gedanken freien Lauf. Ich hatte noch nicht richtig realisiert, dass Kyle wirklich verhaftet worden war.

Der Wagen kam pünktlich. Ich rutschte neben Jan auf die Rückbank. Er küsste mich ein paar Mal hintereinander und versicherte mir, wie sehr er sich freute, dass ich mit ihm kam. Ich würde es nicht bereuen – er würde mich nicht enttäuschen. Ich war auch ganz aufgeregt. Ich war sicher, die richtige Entscheidung getroffen zu haben. Die erste seit langem. Manhattan glitt an unseren Fenstern vorbei, als der Wagen die überfüllten Straßen entlangfuhr. Wir rasten über den Long Island Expressway, nur um kurz darauf von einem riesigen Stau gebremst zu werden.

Jan sah auf seine Uhr. »Ich hoffe, wir schaffen es noch.«

»Wir haben jede Menge Zeit«, beruhigte ich ihn.

Er reckte den Hals, um durch die Windschutzscheibe zu gucken. »Scheint einen Unfall gegeben zu haben«, murmelte er. Dann lehnte er sich auf seinem Platz zurück. Der Wagen bewegte sich im Schneckentempo voran.

»Das ist für dich.« Er zog einen Umschlag aus der Tasche und reichte ihn mir.

»Danke«, antwortete ich, riss ihn auf und zog den Inhalt hervor. Oben auf dem Blatt stand mein Name. Aber die Zielorte waren geschwärzt. »Das versteh ich nicht.«

»Das ist unser Reiseplan«, sagte er lächelnd.

»Das sehe ich.«

»Ich habe unsere Pläne leicht verändert.«

Ich sah Jan an, um zu sehen, ob er scherzte. »Wohin fahren wir?«

»Dahin, wo es warm ist.«

Warm. Ich hatte einen Koffer voller Sweatshirts und Wollunterhosen.

»Warum sind die Namen der Städte geschwärzt?«

»Weil ich dich überraschen will«, erklärte Jan.

Das war ein Understatement. Das Hotel war eine Überraschung gewesen, die Halskette ebenfalls. Aber das … das war doch einfach verrückt. Ich sprach es aus.

»Mach dir keine Sorgen«, meinte Jan. »Genieß es einfach.« Er lächelte immer noch. Es machte ihm Spaß, das war nicht zu übersehen.

Wir setzten uns wieder in Bewegung; der Wagen schoss plötzlich voran wie ein losgelassenes Wildpferd. »Ich mache mir keine Sorgen«, sagte ich. »Ich bin nur ein bisschen überrumpelt.«

»So hatte ich es mir auch vorgestellt.«

Ich wusste nicht recht, was ich sagen sollte. Jans Vergnügen war offensichtlich. Dennoch gefiel es mir nicht sonderlich, mich blind in die

Hände eines anderen zu begeben – selbst wenn dieser andere Jan war. Ich bekam kalte Füße. Solche Spontanaktionen wie diese hier lagen mir einfach nicht. Aber sollte ich jetzt etwa einen Rückzieher machen? Wieder sah ich mir das Ticket an. »Warum kannst du mir nicht einfach sagen, wohin wir fliegen?«

»Ich will dir die Überraschung nicht verderben.«

»Das machst du ja nicht«, antwortete ich. »Sag's mir einfach.«

»Es wird dir gefallen«, erwiderte er. »Vertrau mir.«

Ich vertraute ihm. Und das sagte ich ihm auch.

»Sei doch einfach neugierig«, sagte Jan gut gelaunt.

»Ich *bin* neugierig«, antwortete ich. »Aber ich würde es lieber wissen.«

»Aber ich möchte es dir nicht sagen. Ich weiß, dass es ein bisschen verrückt ist«, fuhr er fort und streichelte meine Wange. »Aber verdirb es mir bitte nicht …«

Ich wollte es weder ihm noch mir verderben. Wahrscheinlich hatte er lange über diesen Plan nachgedacht. Einfallsreich war er, das musste man ihm lassen. Er hatte sich also in den Kopf gesetzt, mich zu überraschen, und würde wohl kaum nachgeben. Also gab ich es schließlich auf, ihn zu löchern. Ich wusste, dass es ihm nicht nur darum ging, mir zu sagen oder nicht zu sagen, wohin wir fliegen würden. Wenn ich weiter insistierte, bedeutete das auch, dass ich ihm nicht vertraute. In gewisser Hinsicht schien er mich auf die Probe stellen zu wollen. Und ich fragte mich, ob ich die Probe wohl bestehen würde.

Als wir am Flughafen ankamen, mussten wir irgendwie die Zeit totschlagen, also richteten wir uns in der Cafeteria ein, in der ich das erste Mal mit Jacob gesprochen hatte. Zwei Pappbecher mit bitterem Kaffee standen auf dem Tisch zwischen uns; ein Fernsehgerät lärmte über unseren Köpfen. Die Leute zerrten pralle Koffer und zeternde Kinder hinter sich her. Stimmengewirr in fremden Sprachen drang in mein Ohr. Ich fragte Jan nicht mehr nach unserem Ziel. Schließlich konnte er es ohnehin nicht mehr lange geheim halten: Sobald wir am Gate waren, würde ich es wissen. Aber warum hielt er dieses Versteckspiel so lange aufrecht? Darin sah ich irgendwie keinen Sinn. Ich verstand ihn nicht.

Eine Ankündigung durchschnitt den Lärm.

»Das sind wir«, sagte Jan und schob seine Zeitung zusammen. Die Stimme aus dem Lautsprecher hatte fünf Aufrufe hinuntergerasselt. Jan machte keine Anstalten, aufzustehen.

»Okay«, sagte ich. Mein Magen zog sich zusammen.

»Eine letzte Zigarette«, sagte er und entzündete ein Streichholz. Ich rauchte auch eine. Mangels Körpermasse stieg mir das Nikotin direkt in den Kopf. Ein Kribbeln drang durch meine Glieder. Wir hatten nicht viel geredet, seit wir angekommen waren. Jan wirkte irgendwie beunruhigt. Vielleicht lag es an meinem fehlenden Enthusiasmus für seinen Plan, vielleicht auch nicht, aber ich hatte auf jeden Fall das Gefühl, dass ich der Grund für seine plötzlich so finstere Stimmung war. Ich streckte den Arm über den Tisch und nahm seine Hand in meine. Seine Handfläche war warm und feucht.

»Ist alles okay?«, fragte ich. Jan hatte nie schwitzige Hände.

Er drückte die Zigarette nach nur zwei Zügen aus. »Klar«, antwortete er.

»Du bist sauer«, stellte ich fest.

Er erwiderte nichts. Ich deutete sein Schweigen als Bestätigung. Toll, dachte ich. Ausgerechnet zu Beginn unserer gemeinsamen Reise musste es das erste Missverständnis geben. Das war kein gutes Vorzeichen.

»Tut mir Leid«, sagte ich, ohne zu wissen, warum ich mich entschuldigte. Ich hasste Streit. Ich wollte die Harmonie zwischen uns so schnell wie möglich wiederherstellen.

»Ich hätte mir nur gewünscht«, begann er und stand auf, um mich mit seinen kühlen, blauen Augen von oben herab zu betrachten, »dass du mir vertraust.«

Also das wieder. Warum hatten wir plötzlich Probleme? »Das tu ich ja«, sagte ich so überzeugt, wie ich konnte.

Jan sah mich immer noch an. »Das glaube ich nicht.«

Ich stieß einen Seufzer aus. Schuldgefühle wecken konnte ich auch. »Vertraust du denn *mir*?«, fragte ich.

Jan gab keine Antwort. Was eigentlich nur Nein bedeuten konnte. Ich wandte ihm den Rücken zu und bahnte mir einen Weg zwischen den Tischen hindurch und hinaus aus dem Restaurant. Falls Jan versucht hatte, einen Streit vom Zaun zu brechen, dann war er erfolgreich gewesen. Sein Timing hätte allerdings nicht schlechter sein können.

Er holte mich ein und wir gingen auf die Abflughalle zu. Ein breiter Streifen rosafarbenen Teppichs erstreckte sich scheinbar endlos vor uns. Ich fragte mich langsam, ob es wirklich so klug gewesen war, mich Jan anzuschließen. Dabei war ich mir eben noch so sicher gewesen. Ich warf Jan einen kurzen Seitenblick zu. Er starrte stur geradeaus und ging so schnell, als wäre er allein. Vielleicht war er es ja … vielleicht wollte er es ja lieber sein.

Hinter uns schrie plötzlich jemand. Die Stimme klang irgendwie nach Kyle, aber das war natürlich unmöglich. Er war im Gefängnis – das dachte ich jedenfalls. Doch ich hätte wissen müssen, dass ich meinen Ohren trauen konnte. Als ich über meine Schulter zurückblickte, war Kyle schon bei uns. Er atmete heftig, als ob er durch das ganze Terminal gejoggt wäre. Er sah aus wie ein Penner – unrasiert, die Haare verfilzt und fettig; in seinem Jackenärmel prangte ein riesiges Loch und der Rest seiner Klamotten sah verdreckt und abgewetzt aus. Wahrscheinlich war er auf Kaution freigelassen worden – aber was hatte er ausgerechnet hier zu suchen? Er musste mir gefolgt sein – wie er es sich seit kurzem ja offenbar zur Gewohnheit gemacht hatte.

»Wohin willst du?«, fragte Kyle mich schroff. Er schien Jan gar nicht wahrzunehmen.

»Weg«, sagte ich.

»Mit *ihm*?« Er tippte mit dem Finger auf Jans Brust.

»Fass mich nicht an«, zischte Jan und wich zurück.

»Du hast Lügen über mich erzählt«, fauchte Kyle ihn an.

»Du hast Lügen über *mich* erzählt«, erwiderte Jan ruhig.

Dann waren sie jetzt ja quitt. Kyle wandte sich mir zu. »Was zum Teufel hast du vor?«

»Ich gehe weg«, antwortete ich. »Wie ich dir eben schon sagte.«

»Das kannst du nicht machen.« Er packte meinen Arm mit seiner gesunden Hand und wollte mich von Jan wegzerren. Ich versuchte, mich loszumachen. »Mach hier bloß keine Szene«, warnte ich ihn. Aber es sollte noch schlimmer kommen. Jan versetzte Kyle einen heftigen Stoß, der ihn zurückschleuderte und beinahe zu Boden gehen ließ. Ich traute meinen Augen nicht. Ich hätte nie gedacht, dass Jan handgreiflich werden könnte.

»Verschwinde«, sagte Jan. »Sie will nicht mit dir reden.«

Kyle versuchte zu entscheiden, was er nun tun sollte – ich kannte diesen leeren Gesichtsausdruck bereits. Wahrscheinlich hatte er nicht damit gerechnet, dass Jan oder ich Widerstand leisten würden.

»Alex«, begann er erneut. »Der Typ ist ein Lügner.« Er warf Jan einen vernichtenden Blick zu.

Jan schüttelte den Kopf, als könnte er nicht glauben, was passierte.

Wieder hörten wir eine Durchsage.

»Ich gehe jetzt«, sagte Jan. »Kommst du mit oder nicht?« Von der Aufregung, die seine Stimme vorhin noch beherrscht hatte, war nichts mehr zu hören. Er schien keine Kraft mehr zu haben, mich zu überzeugen. Ich musste mich entscheiden: jetzt oder nie.

Ich nahm meine Tasche und setzte mich neben ihm in Bewegung. Dann nahm ich mein Ticket aus meiner Manteltasche und reichte es ihm. Kyle folgte uns auf den Fersen und seine Stimme dröhnte in meinen Ohren: *Du darfst ihm nicht trauen, Alex … du kennst ihn nicht mal richtig … er wollte mich unter die Erde bringen …* und so weiter. Ein Paar mit Koffern im Partnerlook blieb stehen, um uns anzustarren.

Jan drehte sich nicht einmal nach Kyle um. »Ich kann nicht fassen, dass du überhaupt noch mit ihm redest«, zischte er mir zu.

Plötzlich sah ich Kyles Faust an meinem Ohr vorbeisausen. Er hätte mich beinahe am Kopf getroffen. Seine Faust landete knapp neben Jans Hals. Jan wirbelte herum und stieß Kyle so heftig zurück, dass er quasi quer durch die Abflughalle flog. Ich konnte kaum glauben, was ich sah. Kyle landete auf seinem gebrochenen Arm, krümmte sich und begann lautstark zu fluchen. Immer mehr Leute drehten sich nach uns um. Jan nickte ihnen zu und versicherte, dass alles in Ordnung sei. Ich hätte mich am liebsten unsichtbar gemacht.

»Glaub ja nicht, dass du mich los bist«, rief Kyle. Den verletzten Arm an die Brust gedrückt, kam er auf die Knie.

Jan sah ihn ausdruckslos an. »Du bist jämmerlich«, sagte er.

»Das reicht«, sagte ich an Jan gewandt. Ich ging neben Kyle in die Hocke. »Bist du okay?«, flüsterte ich.

»Sehe ich so aus?«, fragte er.

»Was willst du hier?«, fragte ich wieder. »Ich dachte, man hätte dich verhaftet.«

»Tja«, meinte er, während er aufzustehen versuchte. »Die haben mich wieder rausgelassen.«

Ich spürte, wie mich eine Woge der Erleichterung überspülte. Aber hieß das, dass Kyle wirklich unschuldig war? Oder hatte nur jemand die Kaution für ihn hinterlegt? Erst jetzt merkte ich, dass Kyle sehr krank aussah. Ich berührte seine Stirn mit dem Handrücken – er war glühend heiß. »Ich glaube, du hast Fieber«, sagte ich.

»Ich bin krank.«

»Dann geh nach Hause.«

»Wo ist das?«, fragte er.

Gute Frage.

»Kalifornien«, antwortete ich.

Ich half Kyle beim Aufstehen. Er wog mindestens eine Tonne. »Was ist mit dir?«, flüsterte er. »Wohin gehst du?«

»Das habe ich dir schon gesagt«, antwortete ich.

Kyle schüttelte den Kopf. »Bitte glaub mir dieses eine Mal. Ich sage die Wahrheit.«

»Es wird schon gut gehen«, behauptete ich. Obwohl ich mir nicht mehr so sicher war.

Kyle zog mich an sich und umarmte mich fest. »Wie du meinst«, sagte er. Offenbar hatte er aufgegeben. Als ich mich von ihm losgemacht hatte, war Jan fort. Er hatte meine Tasche ein paar Schritte von mir entfernt auf dem Boden abgestellt. Ich ließ Kyle in der Menschenmenge stehen. Aber die Szene hatte mich so aufgewühlt, dass ich noch mal darüber nachdachte, was ich gerade im Begriff war zu tun. Wenn Jan nur nicht so geheimnisvoll getan hätte … Konnte ich wirklich mitkommen ohne zu wissen, wohin?

Ich entschied mich dagegen.

Aber ich wollte mich wenigstens von ihm verabschieden und erklären, warum ich meine Meinung geändert hatte. Wenigstens das hatte Jan verdient.

Ich entdeckte ihn in einiger Entfernung, wie er sich mit schnellen

Schritten seinen Weg durch die Menschenmenge bahnte. Ich schnappte mir meine Tasche und hastete hinter ihm her. Er stand bereits in der Schlange vor dem Metalldetektor, als ich endlich zu ihm stieß. Er sah mich zerstreut an, als ob er mich kaum erkennen würde. »Ich konnte es nicht mehr ertragen«, erklärte er.

»Das kann ich verstehen«, antwortete ich. Der Augenblick war gekommen.

Er nahm meinen Ellenbogen. »Ich bin heilfroh, wenn wir hier weg sind.«

»Ich weiß«, sagte ich. Wie sollte ich es ihm bloß erklären?

»Das glaube ich nicht«, erwiderte er.

Alles ging so schnell. Wir standen nun schon ganz vorne in der Schlange. Ich musste nur durch den Metalldetektor gehen und die Sache wäre entschieden. Wir wären unterwegs. Jan zeigte dem Wachmann die Tickets. Ein weiterer Beamter bedeutete mir, meine Tasche auf das Band zu legen. Aber stattdessen trat ich zur Seite.

»Was machst du?«, fragte Jan.

»Ich kann nicht«, gab ich zurück. »Es tut mir Leid.«

Er runzelte die Stirn. »Natürlich kannst du.«

Ich schüttelte den Kopf.

»Ist es wegen Kyle?«, fragte Jan, als ob er es nicht fassen könnte. »Wegen dem, was er über mich gesagt hat?«

Vielleicht war es das. Ich wusste es nicht. Ich wusste nur, dass ich nicht mit Jan gehen konnte – wo immer er hinfliegen wollte.

»Würde es etwas ändern, wenn ich sage, dass ich dich liebe?«, fragte er, während er mein Gesicht eingehend betrachtete.

Seltsamerweise änderte es nichts. Vielleicht hätte es das, wenn er es früher gesagt hätte. Vielleicht hätte es das, wenn ich nicht das Gefühl gehabt hätte, dass er mich damit nur überreden wollte, mit ihm zu kommen.

Jan stieß einen Seufzer aus. »Dann war's das jetzt wohl.«

»Es tut mir Leid«, sagte ich wieder. Irgendwie schien das in letzter Zeit der einzige Satz zu sein, den ich von mir geben konnte.

»Ich will, dass du etwas weißt.« Jan nahm meine Hand und sah mir in die Augen. »Ich habe dir einen großen Gefallen getan.«

Ich machte Anstalten zurückzuweichen. »Was für einen Gefallen?«

»Ich habe dich gerettet«, antwortete er. »Vor dir selbst.«

Mich gerettet. War ich in Gefahr gewesen?

Jan musterte mein Gesicht. Als ich keine Regung zeigte, schüttelte er den Kopf, küsste mich zart auf die Wange und ließ mich los. Dann drehte er sich um, ging rasch durch den Metalldetektor und griff auf der anderen Seite nach seinem Koffer. Ohne sich umzusehen, lief er den Korridor entlang. Ich war vollkommen verdattert und enttäuscht. Verdattert, dass von jetzt auf gleich alles aus war; enttäuscht von mir, dass ich unsere letzten Minuten versaut hatte. Was immer zwischen uns gewesen war – Liebe wohl nicht, aber etwas, das dem nahe kam –, ich hatte es mit meiner plumpen Art im Nachhinein verdorben. Ich dachte an seinen letzten Satz – was hatte er zu bedeuten? Eine Ewigkeit stand ich einfach nur da und wiederholte immer wieder im Geiste: *Ich habe dich vor dir selbst gerettet!* Ich weiß bis heute nicht wirklich, was er damit meinte. Vielleicht werde ich es nie verstehen.

Ich durchquerte langsam den Flughafen und trat auf die Straße hinaus. Ich war zu erschlagen, um viel von meiner Umgebung wahrzunehmen, außer dass Kyle nirgendwo zu sehen war. Als ich endlich ein Taxi bekam, ließ ich mich auf die Rückbank fallen und starrte hinaus, ohne etwas von Queens zu sehen. Trotz der Kälte draußen kurbelte ich das Fenster runter. *Ich habe dich vor dir selbst gerettet.* Erneut zog ich den Reiseplan aus der Tasche und starrte auf die geschwärzten Zeilen. Dann versuchte ich mir vorzustellen, wohin Jan hatte reisen wollen, aber es gelang mir nicht. In meinem Kopf war nichts als eine große Leere – auch bei dem Gedanken an Jan.

Der Taxifahrer riss mich aus meinen Gedanken. Er hatte mich im Rückspiegel betrachtet und wollte nun wissen, ob ich aus Indien käme. Ich warf einen Blick auf seine Lizenz: Sein Name war Sajit Chaudurry.

»Ja«, sagte ich. »Aus Kalkutta.«

Das war das letzte Mal, dass ich Jan Van den Hoven sah. Über ein Jahr später bekam ich eine Postkarte, die Carmi von New York aus weitergeleitet hatte. Der Poststempel war nicht zu entziffern und es gab auch keinen Absender. Vorne auf der Karte war ein tanzender Vishnu abgebildet.

*Liebe Alex,*

*wenn ich meditiere, muss ich oft an dich denken. Ich habe eine Art von Frieden gefunden, und ich hoffe, dass du das von dir auch behaupten kannst. Ich frage mich oft, wie es dir geht. Ob du dich selbst irgendwo gefunden, ob du dich nicht verloren hast. Du bist in meinen Gedanken.*

*Om Shanti,*

*Jan.*

## 34

Als ich vom Flughafen zurückkehrte, brannte in Carmis Wohnung Licht. Ich erwartete halb, meinen braun gebrannten Onkel einen Drink schlürfend in seinem Lieblingssessel vorzufinden, aber ich hätte es besser wissen müssen. Carmi war kein Mensch, der impulsiv Pläne änderte. Stattdessen sah ich Jacob, den Party-Promoter-Detective im Wohnzimmer. Er las eine Zeitung.

»Verzeihung«, sagte er und sprang auf, als ich den Raum betrat. »Ich wollte Sie nicht erschrecken.« Ich war überrascht, ihn schon wieder bei mir zu sehen, aber nicht besonders.

»Bitten Sie sich immer selbst herein?«, fragte ich.

»Sie waren ja nicht da.« Ein Lächeln umspielte seine Lippen. Dann entdeckte er meine Tasche. »Wollen Sie irgendwo hin?«

»Das dachte ich, ja«, antwortete ich und ließ mich in Carmis Sessel fallen.

»Was ist passiert?«

»Hab meine Meinung geändert.«

Er sah sich einen Moment lang um. »Kommen Sie vom Flughafen?«

Ich nickte. Es interessierte mich nicht, aus welchem Grund er fragte.

»Ich habe Neuigkeiten für Sie.«

»Das dachte ich mir schon.«

»Sie werden Ihnen nicht gefallen.«

Ich sackte noch ein Stückchen mehr in mich zusammen und starrte an die Decke. Mein Mund war so trocken, dass ich kaum sprechen konnte.

»Dieser Typ, Jan …«, begann er. »Wie lange kennen Sie ihn schon?«

Jetzt waren wir also bei Jan angekommen. Und dafür konnte es nur einen Grund geben.

»Etwas über ein Jahr, glaube ich.« Ich hatte Mühe, die Worte zu formen.

»Glauben Sie?«

»Wir haben uns in Europa kennen gelernt.«

»Das sagten Sie schon.« Und wieder kam sein schwarzes Notizbuch hervor. Er beugte sich über den Couchtisch und zeigte mir eine Seite, auf die er in enger Schrift Jans Namen geschrieben hatte. »Schreibt er sich so?«

Ich nickte. Unnötige Frage.

Er begann, etwas in sein Buch zu kritzeln. »Und?«, fragte er.

»Und was?«

Er hörte auf zu schreiben und sah mich an. »Und was ist in Europa passiert?«

»Nichts. Wir sind für ein paar Tage in Belgien gewesen.«

»Europareise. Nachdem Sie von der Werbeagentur gefeuert wurden. Ich weiß Bescheid.«

»Woher?«

»Von Jan.«

»Warum fragen Sie dann?«

»Wegen anderer Widersprüche in seiner Aussage.«

»Oh.« Widersprüche, dachte ich. In seiner Aussage. Was bedeutete, dass seine Aussage widersprüchlich war.

»Er ist also hergekommen, um Sie wieder zu sehen.«

»Nein«, sagte ich. »Um zu arbeiten.«

»Und Sie waren gerade zufällig in New York.«

»Ja«, antwortete ich. »Ich bin immer noch zufällig in New York.« Ich wünschte, es wäre nicht so.

Er tippte nachdenklich mit seinem Stift auf das Notizbuch.

»War er in Sie verliebt?«, fragte Jacob.

Das kam mir nicht wie eine der üblichen Polizeifragen vor. Wahrscheinlich wollte er als Nächstes alles über unsere sexuellen Aktivitäten wissen. »Er hat gesagt, ja.« Jan hatte es nur einmal gesagt, und ich wusste noch immer nicht, ob ich es glauben sollte. Aber das brauchte Jacob nicht zu wissen.

Er nickte langsam, als ob ihm etwas eingefallen war, was er vorher nicht bedacht hatte. »Ist Ihnen jemals irgendwas Seltsames an ihm aufgefallen?«

»Was denn zum Beispiel?« Ich hatte an Jan nichts Seltsames finden können … wenigstens nicht bis zum heutigen Tag.

»Merkwürdige Telefonate? Streitigkeiten?«

»Nicht, dass ich wüsste.« Mir fiel wieder das Telefongespräch ein, das er an unserem letzten Abend im Hotelzimmer geführt hatte. »Er hat einmal am Telefon Französisch gesprochen.«

»Sonst noch was?«

»Er hatte zwei Reisepässe.« Ich fragte mich, ob ich Jacob irgendetwas Neues erzählen konnte. Seine Fragen wirkten irgendwie überflüssig auf mich.

»Aus welchen Ländern waren die Reisepässe?«

»Aus Belgien und Surinam.«

»Fanden Sie das nicht merkwürdig?«

»Doch, schon.«

»Wohin wollten Sie fliegen, bis Sie sich entschlossen haben, nicht zu fliegen?«

»Ich dachte, es würde nach Belgien gehen.«

»Aber?«

»Jan hat unsere Pläne geändert.«

»Inwiefern?«

»Das wollte er mir nicht verraten«, antwortete ich und wusste, wie verrückt sich das anhörte.

Jacob stieß einen langen, pfeifenden Seufzer aus.

»Sie haben gut daran getan.«

»Wieso?«, fragte ich, obwohl ich es eigentlich gar nicht wissen wollte.

»Ich komme gleich dazu«, sagte er, während er seine Jacke aufknöpfte. Jacob hatte noch nie seine Jacke ausgezogen. Er war noch nie lange genug hier geblieben, um es sich bequem zu machen. »Übrigens habe ich auch eine gute Nachricht.« Er rieb sich den Nacken. »Wie's aussieht, war Ihr Freund Kyle doch nicht unser Mann.«

»Ich weiß.« Wie schön, dass ich auch mal was gewusst hatte, bevor Jacob es mir sagte.

»Woher?«

»Er ist zum Flughafen gekommen.«

»Der Kerl ist cleverer, als ich dachte«, bemerkte Jacob. »Wie auch immer … ein paar Studentinnen von der NYU«, fuhr er fort. »Nette Mädels. Kunstgeschichte. Hangerman ist an dem Abend, als Christian Olsen ermordet wurde, in deren Bude eingepennt.« Er lachte. »Sie konnten ihn nicht loswerden. Er hat die ganze Nacht da verbracht. Sie mussten erst den Hausmeister holen, um ihn rauszuschaffen.«

Irgendwie lustig – Kyle von ein paar Mädels entlastet, die er wahrscheinlich hatte flachlegen wollen.

»Der Hausmeister bestätigt das«, setzte Jacob hinzu.

»Und die schlechte Nachricht?« Eigentlich war es mir klar. Aber ich wollte es von ihm hören.

Er stand auf und wanderte einen sauberen Kreis im Wohnzimmer ab. Jacob war nicht gerade groß, doch seine raschen Bewegungen ließen ihn größer erscheinen. »Jetzt ist Jan – wer immer er ist – unser Verdächtiger.«

Jacob begann wieder, mit dem Stift auf sein Notizbuch zu tippen. Es war das einzige Geräusch in der ganzen Wohnung.

»Warum sollte er so etwas tun?«, fragte ich. Nur mit Mühe gelang es mir, meine Stimme zu beherrschen.

»Sagen Sie's mir.«

»Was sagen? Da gibt es nichts zu sagen.« Es gab keine plausible Erklärung für seine Anschuldigung.

»Denken Sie nach.« Jacob stand auf und zirkelte erneut das Wohnzimmer ab. »Dieser Jan. Er ist nicht, wer er zu sein scheint.«

»Was soll das heißen?«

»Es gibt keine Unterlagen über ihn«, sagte er. »Nirgendwo.«

»Was wollen Sie damit sagen?«, fragte ich verständnislos.

»Dass er nicht existiert.«

»Natürlich existiert er«, gab ich zurück. »Ich hab ihn doch eben noch gesehen.«

»Sein Name«, fuhr er fort. »Es ist nicht sein richtiger Name. Er hat ihn erfunden.«

»Nicht sein Name«, wiederholte ich wie betäubt.

»Genau.« Jacob rieb sich die Augen. »Ich kann's auch nicht glauben. Aber es gibt keine Dokumente über ihn. Weder hier noch in Belgien …« Jacob holte tief Luft. »Hat er irgendwas gesagt, bevor er abgeflogen ist?«

»Was soll er gesagt haben?«

»Irgendwas, das uns helfen könnte.«

Langsam kam mir alles wieder ins Bewusstsein. »Da war eine komische Bemerkung …«

»Was?« Von einer Sekunde auf die andere stand er vor mir.

»Er hat gesagt … dass er mich vor mir selbst gerettet hat.«

»Sehr poetisch.« Jacob schnitt eine Grimasse. »Was immer es bedeuten soll.«

Ich berührte die Diamanten an meinem Hals.

»Sagen Sie mir noch eins«, forderte er mich auf. »Wusste Jan, dass Sie mit Christian geschlafen haben?«

Das Blut stieg mir in die Wangen. »Ich habe nicht mit Christian geschlafen.«

Jacob hob beschwichtigend die Hände. »Okay … was immer Sie mit Christian getan haben. Wusste Jan das?«

»Ich hab's ihm bestimmt nicht erzählt.«

»Aber vielleicht jemand anderes.« Wieder fiel mir die Szene mit Kyle im Billard-Café ein. Kyle hatte Jan so was angedeutet – wie er mir gesagt hatte. Jacob musste Gedanken lesen können.

»Christian und Jan sind sich begegnet. Allein.«

»Ich bin mir nicht sicher …«, grübelte ich. »Kyle hat gesagt …«

»Ja«, meinte er. »Ich habe ihm auch nicht geglaubt. Aber nachdem diese Studentinnen aufgetaucht sind, habe ich mir seine Geschichte noch einmal angehört. Und jetzt passt alles.«

Jacob sank auf die Couch und kratzte sich am Kopf. »Wissen Sie, wir haben an irgendeine Drogengeschichte geglaubt«, erklärte er. »Und da Christian nebenbei dealte, schien das nicht besonders weit hergeholt. Wir dachten, dass Kyle Christian einen verpasst hat, weil der ihn übers Ohr gehauen hat. Aber danach sieht es jetzt doch nicht mehr aus.«

Ich nickte langsam, während ich versuchte, ihm zu folgen.

»Ein anderes mögliches Szenario ist Folgendes.« Jacob räusperte sich. »Christian bekam etwa einmal im Monat seine Lieferung. Dieses Netz – so nennen sie sich – hat den Stoff in einem Postfach hinterlegt. Dann riefen sie an, um ihm die Adresse mitzuteilen. Aber er hat Mist gebaut – wahrscheinlich nicht zum ersten Mal. Und dann haben sie ihm dafür eins übergezogen.«

»Was hat es mit diesem Netz auf sich?«, fragte ich.

»So nennt Yassi Ahmet ihre Immigranten-Freunde. Ein Haufen Algerier, die das Dope aus Übersee rüberschaffen.« Jacob verdrehte die Augen. »Christian muss einmal einen Anruf bekommen haben, während er hier war.«

Mir fiel wieder ein, wie Christian zum Telefonieren in Carmis Schlafzimmer gegangen war. »An einem Abend hat er tatsächlich einen Anruf über Handy bekommen«, sagte ich. Aber Jacob schien in Gedanken.

»Also kritzelt Christian auf das Manuskript, wo der Stoff deponiert ist – in Schwedisch. Bis ich darauf gekommen bin, hat es eine Weile gedauert. Dann nimmt er das Manuskript mit in seine Wohnung. Kyle kommt vorbei, um ein bisschen Dope zu kaufen, und nimmt das Stück mit, um sich damit die Langeweile zu vertreiben – ohne zu wissen, dass etwas Wichtiges draufsteht. Christian gerät in Panik – er weiß nicht mehr, wo er das Zeug abholen soll. Das teilt er dann Yassi mit, die es nicht schafft, mit ihren Leuten in Algerien Kontakt aufzunehmen, um den Aufenthaltsort der Lieferung rauszukriegen. Yassi glaubt, Kyle hätte das Manuskript mitgenommen, um es ihr heimzuzahlen – und sie ist kein Mensch, den man sich zum Feind machen sollte.«

Das konnte ich unterschreiben.

»Daraufhin hetzt sie Kyle ihre Bluthunde auf den Hals, der mit zwei gebrochenen Armen im Krankenhaus landet. Armer Kerl.« Jacob runzelte die Stirn.

»Deswegen wollten alle Malcoms Stück«, sagte ich. Jetzt war mir alles klar.

»Genau«, antwortete Jacob. »Weil es zu dem Stoff führte. Was Kyle aber nie bemerkt hat. Er hat das Manuskript zu seinem Off-Off-Broadwaytheater mitgenommen. Denen hat es anscheinend so gut gefallen, dass sie's aufführen wollen.« Jacob lachte. »Wahrscheinlich wird Foxman jetzt doch noch ein Star.«

»Aber ich dachte, Kyle hätte Christian das Skript zurückgegeben.«

»Hat er auch«, sagte Jacob. »Aber der Theaterdirektor hatte schon eine Kopie gemacht.«

»Oh.« Ob Malcolm davon wusste?

»Tja, und wir«, fuhr Jacob fort, »haben Kyle aufgrund von Jans Aussage verhaftet.«

»Die«, beendete ich den Satz, »sich als falsch herausstellte.«

Jacob sagte nichts darauf. Das brauchte er auch nicht. Ich begriff mit einem Mal alles. Wie eine Rechenaufgabe, über der man tagelang gebrütet hat. Plötzlich erkennt man die Logik so klar, wie man sein eigenes Gesicht im Spiegel erkennen kann. Ich fühlte mich innerlich taub.

Jacob redete weiter. »Die wahrscheinlichste Version ist ein klassisches Dreiecksverhältnis. James M. Cain-like. Jan – oder wie auch immer er wirklich heißt – ließ Hangerman in der Bar sitzen, kam hierher zurück, rannte zu Christian und ging auf ihn los. Von wegen, Ehre verteidigen und so.« Jacob zuckte die Achseln. »Dieser Typ, Christian, hatte ein ziemlich reges gesellschaftliches Leben. Zwischen Dealen und Designen hatte er eine Menge … Freunde. Vielleicht haben sie sich gestritten, bis Jan ausgerastet ist und ihm einen übergebraten hat. Christian kracht gegen die Wand und – Bang! – das war's.« Er sah mich mit seinen dunklen Augen an.

Ich öffnete den Mund, um etwas zu sagen. Aber ich brachte nichts hervor. Mir war speiübel; ich spürte, wie mir bittere Galle die Kehle hinaufstieg.

»Lieber Himmel«, rief er und sprang von der Couch. »Sie sind ja kalkweiß.«

Aber ich hörte nicht wirklich zu. Ich befand mich im Niemandsland, an einem Ort, wo nichts vertraut aussah und niemand meine Sprache sprach. Jan hatte mich dort zurückgelassen. Und Christian und Kyle ebenfalls. Ich war von Lügnern umgeben. Jacob musste mir ein Glas Wasser gebracht haben, denn plötzlich hielt ich eins in der Hand. »Wir werden ihn schon erwischen«, sagte er, während er meine Schulter knetete, um sicherzustellen, dass ich noch lebte. »Ich komme später noch mal bei Ihnen vorbei. Falls er angerufen hat.«

Ich nickte. Obwohl ich ihn kaum gehört hatte.

»Es tut mir wirklich Leid«, sagte Jacob noch.

Ich hörte, wie er zur Tür marschierte. »Schließen Sie hinter mir ab«, bat er. »Und sehen Sie zu, dass Sie ein bisschen Schlaf kriegen. Sie sehen furchtbar aus.« Und dann war er weg.

Zum ersten Mal seit zwei Monaten war ich allein. Ich ging ins Bad, beugte mich übers Klo und übergab mich. Es kam nicht viel – nur ein paar Schlieren verwässerten Kaffee. Ich hatte nichts zu Abend gegessen. Schließlich erhob ich mich mühsam und gurgelte mit Mundwasser. Im Spiegel sah ich ein Schattengesicht mit einer Haut wie Hühnerfleisch. Meine Augen waren geschwollen und rot gerändert. Meine Lippen hatten den pinkfarbenen Ton von Wintertomaten. Ich spritzte mir heißes Wasser ins Gesicht, doch ich spürte es kaum. Dann nahm ich die Halskette ab und warf sie in den Müll. Ich hatte mich von Jan – oder wer immer er war – verführen lassen. Ich fühlte mich betrogen – nicht nur von ihm, sondern vor allem von mir selbst. Jacobs Darstellung kreiste in meinem Kopf. Er hatte alle Einzelheiten zusammengefügt, alle Fragen beantwortet, bis auf die eine: Was hätte Christian für Carmi abliefern sollen? Aber das würde ich schon noch selbst herausbekommen. Ich hatte keine Lust, dass Jacob meinen Onkel verhaftete. Und es gab noch etwas, das ich Jacob nicht gefragt hatte: Was, wenn ich mit Jan gegangen wäre? Was wäre aus mir geworden? Ich wollte nicht ernsthaft darüber nachdenken. Eigentlich wollte ich über gar nichts mehr nachdenken.

Ich öffnete das Medizinschränkchen und holte den Rest der Schlaftabletten heraus, die Jan mir damals besorgt hatte. Ich nahm drei und ging ins Schlafzimmer. Ohne mich mit Ausziehen aufzuhalten, warf ich mich aufs Bett und wartete darauf, dass die Pillen ihren Zauber entwickelten.

So fühlte sich also ein Nervenzusammenbruch an. Tja, es war gar nicht mal so schlecht. Ich vergrub mein Gesicht im Kissen und glaubte, Jans Geruch wahrnehmen zu können. Das konnte nicht sein, denn ich hatte alles gewaschen. Nichtsdestotrotz wurde mir schon wieder schlecht.

Ich stemmte mich aus dem Bett hoch und ging zurück ins Wohnzimmer. Wenn ich genügend Kraft gehabt hätte, wäre ich spazieren gegangen. Stattdessen öffnete ich das Fenster und guckte raus. Die Winterluft war beißend; die Straße sah genauso aus wie an dem Abend, als ich angekommen war. Gut zu wissen, dass manche Dinge sich nicht geändert hatten. Ich fühlte mich etwas besser. Ich war froh, dass ich jetzt abreisen konnte. Bald würde ich nach Kalifornien zurückfliegen und all das hier hinter mir lassen.

In der Ferne sah ich das Empire State Building, das wie eine Nadel in den Abendhimmel stach. Ich sog die kalte Abendluft tief in mich ein. Sie vereiste meine Lungen und ließ meine Nase laufen. Trotzdem blieb ich am Fenster stehen und beobachtete die Straße unter mir, sah zu, wie das Leben weiterging.

Endlich fingen die Tabletten an zu wirken. Ich konnte nicht länger aufrecht stehen. Ich schloss das Fenster und rollte mich, fest eingewickelt in einen zerschlissenen Kaftan, in Carmis Sessel zusammen. Bald tauchte ich in einen narkoseähnlichen Schlaf ab.

Das Schrillen des Telefons weckte mich. Ich hatte keine Ahnung, wie spät es war, doch ich sah Licht durch die Vorhänge sickern. Jacob war dran. Er wollte wissen, ob ich mir vorstellen konnte, wohin Jan geflogen war. Ich konnte es nicht. Jacob fluchte wie ein Kesselflicker. Offenbar war Jan nirgendwo angekommen; sein Name – wenn es sein Name war – war bei keinem Flug aufgetaucht. Er war schlichtweg vom Erdboden verschluckt. Genau, wie er in meinem Leben aufgetaucht und wieder daraus verschwunden war.

Jan war jetzt auf der Flucht. Ein ewiger Fremder.

## 35

Carmi traf gegen acht Uhr ein. Er trug den gleichen Anzug, in dem er auch abgereist war, nur dass dieser nun verknittert und etwas abgewetzt war. Immer noch thronte ein Strohhut auf seinem Kopf, unter dessen schmalem Rand sein Gesicht wie karamellisiert aussah. Wenn er lächelte, wirkten seine Zähne riesig und strahlend weiß im Kontrast zu seiner sanften Bräune. Er roch so schön nach einer Mischung aus Sonnencreme und Aftershave auf Zitrusbasis und Alkohol, als er mich umarmte. Er war erschöpft, was nicht zuletzt von einer starken Dosis Dramamine – ein Mittel gegen Übelkeit – herrührte. »Ach, ich vertrage Turbulenzen nicht, Alex«, erklärte er. »Davon wird mir immer ganz schlecht.« Er wollte sich eigentlich direkt zurückziehen und erst morgen früh bei einem Kaffee erzählen, doch da mir seine Anwesenheit zum ersten Mal seit vielen Tagen ein gewisses Gefühl der Geborgenheit gab, versuchte ich, ihn dazu zu bewegen, sich jetzt noch mit mir zu unterhalten.

Ich schlug ihm einen Absacker vor. »Vielleicht einen letzten, kleinen«, sagte Carmi mit einem Augenzwinkern. Ich mixte Rum mit Cola, wir setzten uns auf die Couch und plauderten über nichts Besonderes. Ich stellte die obligatorischen Fragen nach dem Urlaub: Wie war das Wetter? Hat es Spaß gemacht? Was hast du alles gemacht? Carmi war gut gelaunt – offensichtlich war er in Gedanken noch ganz in Puerto Rico. Mir fiel das Geplauder dann aber doch schwer. Die Nachrichten, die ich ihm irgendwann überbringen musste, lasteten mir schwer auf der Seele. Aber vielleicht war es auch bloß der Rum. Nach zwanzig Minuten hatte Carmi sein Glas leer getrunken und ging ins Bett.

Ich sackte für meine letzte Nacht in New York auf der Auszieh-Couch zusammen. Unter normalen Umständen wäre ich sentimental geworden – ein letzter Blick auf die nächtliche Skyline, die vorerst letzte Chance, untermalt von den Geräuschen der Twenty-third Street einzuschlafen. Aber ich war von den Ereignissen der letzten zwei Tage immer noch zu aufgewühlt, um mich in poetischen Betrachtungen zu ergehen. Ich stellte mir das Telefon in Reichweite, denn bestimmt würde jemand anrufen: Jacob, der mehr Informationen haben wollte, oder Kyle, der mit seinem letzten Zusammenstoß mit dem Gesetz angeben wollte. Ich wollte nicht, dass irgendjemand Carmi aufweckte, bevor ich die Chance gehabt hatte, ihm alles zu erklären. Fast erwartete ich, dass Jan von weiß Gott wo anrief. Und so lag ich da, mit offenen Augen und wirren Gedanken.

Irgendwann sah ich auf die Uhr. Es war erst halb elf – kein Wunder, dass ich nicht müde wurde. Ich versuchte zu lesen, aber ich konnte mich nicht konzentrieren. Meine Gedanken wanderten immer wieder zu Jan zurück. Selbst wenn es wahr war, was Jacob über ihn gesagt hatte, so konnte ich doch nicht anders, als an ihn zu denken. Ich hatte keine Ahnung, was das über mich aussagte. Vielleicht hatte ich mich tatsächlich in ihn verliebt. Es fiel mir schwer zu glauben, dass er wirklich jemanden umgebracht haben sollte. Er hatte immer so beherrscht, so ruhig gewirkt. Aber wahrscheinlich kann man niemals sagen, wozu andere Menschen fähig sind.

Ich stellte mir vor, wie Jan irgendwo an einem weißen Sandstrand saß, während der Indische Ozean über seine Füße plätscherte. Vielleicht hatte er sich ja auch im Urwald von Indonesien versteckt. Alles schien mir möglich. Eines Tages würde ich ihm wahrscheinlich auf einem lärmigen Markt irgendwo in der Karibik über den Weg laufen oder vielleicht in einer verrauchten Opiumhöhle in Amsterdam. Ich hoffte, dass es so kommen würde. Ich wollte eine Chance bekommen, ihn zu fragen, warum er es getan hatte.

Ich war betrogen worden. Das war die schlimmste Erkenntnis. Schlimmer als alles, was geschehen war, seit ich Christians Leiche in seiner Wohnung gefunden hatte. Ich hatte mich geirrt. Ich hatte sie alle furchtbar falsch eingeschätzt: Kyle, Christian, Jan. Es war, als hätte ich das Gleichgewicht verloren und wäre eine Treppe hinabgestürzt. Mir fehlten nur die gebrochene Hüfte und die Prellungen.

Um drei Uhr morgens weckte mich das Telefon – genau wie ich erwartet hatte. »Hallo?«, flüsterte ich. »Jan?« Ich war sicher, dass er es war. Ich konnte es spüren. Aber niemand sprach. Ich hörte nur das eintönige Rauschen wie von einem kaputten Fernseher und bildete mir sogar ein, im Hintergrund arabische Laute zu vernehmen. Eine Stunde später klingelte das Telefon wieder. Dieses Mal war ich bereit. Ich nahm den Hörer auf. »Jan?«, fragte ich und wartete darauf, seine Stimme zu hören.

»Ich bin's.«

»Wer ich?«

»Kyle, wer denn sonst?«

Als wäre er der einzige Mensch auf der Welt.

»Hi«, sagte ich.

»Und? Wie isses?«

»Es ist *vier Uhr morgens*!«

»Ich weiß«, entgegnete er.

»Warum rufst du mich dann an?«

»Ich wollte mich nur vergewissern, dass du nicht weg bist.«

»Bin ich nicht.«

»Ich war mir nicht sicher.«

»Ich bin immer noch da.«

»Offensichtlich«, sagte er.

»Was machst du?«

»Ich konnte nicht schlafen.« Er hustete. »Dieser verdammte Arm … er juckt wie verrückt.«

Kyles Logik: Wenn ich nicht schlafen kann, dann soll es auch kein anderer.

»Du reist bald ab, oder?«

Ich antwortete nicht. Die Frage war sowieso nur rhetorisch gewesen.

»Ich hab ein bisschen nachgedacht«, fuhr er fort. »Vielleicht sollte ich diese beschissene Stadt auch hinter mir lassen. Es kotzt mich langsam an hier.« Er gähnte. »Irgendwie hab ich hier auch nicht besonders viel Glück.«

Als ob er sonst wo jemals viel Glück gehabt hätte. Dennoch konnte ich etwas, das annähernd nach Reue klang, in seiner Stimme vernehmen. Wenn er auch abreisen wollte, konnten wir vielleicht zusammen gehen.

»Ich fliege morgen«, sagte ich. »Um acht.«

Ein langes Schweigen folgte.

»Ich hab gehört, dass er es gewesen ist.«

»Ich auch.«

»Haben sie ihn erwischt?«

»Nein«, antwortete ich. »Er ist nicht nach Belgien zurückgeflogen. Er ist einfach … verschwunden.«

»Ich wusste, dass der Kerl ein Arsch ist.«

»Damit hast du wohl Recht gehabt.« Ich musste es wohl oder übel zugeben.

»Siehst du?«

»Was?«

»Manchmal weiß ich doch, was ich tue.«

»Ich werd's mir fürs nächste Mal merken«, sagte ich.

»Aber du kannst ja gar nicht anders.« Kyle lachte. »Was Männer betrifft, hattest du schon immer einen grottenschlechten Geschmack.«

Vielleicht war dies das Klügste, was Kyle jemals von sich gegeben hatte. Es blieb nichts mehr zu sagen.

»Dann sehe ich dich morgen?«, fragte er.

»Sieht so aus.«

»Bis dann.«

Die Leitung war tot.

Am nächsten Abend kam Kyle angehetzt, als die Flugzeugtür sich gerade schließen wollte. Als er mich entdeckte, grinste er breit. Und ich muss gestehen, dass ich ein ebenso breites Grinsen im Gesicht hatte. Kyles Arm war immer noch eingegipst, aber er trug neue Klamotten und seine Haare waren frisch gewaschen und gekämmt. Er sah aus wie Dennis the Menace. Vielleicht wollte er neu anfangen – zumindest kurzfristig. Ich war aufrichtig froh, ihn zu sehen, wenn ich auch nicht genau wusste, warum. Er schien dasselbe zu empfinden, denn er hatte mir ein paar Bücher mitgebracht, von denen er dachte, dass sie mir gefallen würden. Das war alles, was man von Kyle verlangen konnte. Für Kyle war so eine kleine Geste schon viel. Also flogen wir gemeinsam zurück und saßen nebeneinander wie zwei Freunde, die sich nach langer Zeit wieder gefunden hatten. Kyle half mir, nicht die ganze Zeit an die Ereignisse in New York zu denken, indem er von San Francisco plauderte. Je näher wir Kalifornien kamen, desto besser fühlte ich mich. Und als wir den Grand Canyon dreißigtausend Fuß unter uns liegen sahen, war ich schon wieder ganz ich selbst. Na ja, beinahe.

Vor meinem Flug hatte Carmi mich in ein griechisches Restaurant ganz in der Nähe zu einem frühen Abendessen eingeladen. Bis dahin gelang es mir, den Tag zu überstehen, ohne ihm von den Ereignissen in der Nachbarwohnung zu erzählen. Irgendwie war er auch noch keinem der zahlreichen Gebäudeangestellten – Hausmeister, Portiers und so weiter – begegnet. Also blieb es mir überlassen, ihm die Nachricht zu überbringen. Meine Taschen waren gepackt. Ein Taxi war bestellt. Jacob hatte sich noch mal gemeldet; er wollte meine Nummer in Kalifornien haben. Ob ich wohl Besuch von der Ostküste empfangen würde? Er überlegte, ob er sich versetzen lassen sollte. New York sei ihm zu kalt. Und übrigens: Ob ich Robinson Jeffers' Haus in Carmel kennen würde? Eine Gruppe Touristen hatte den doch tatsächlich einmal darum gebeten, ihnen eins seiner Gedichte vorzulesen. Vielleicht könnten wir ja mal zusammen hinfahren? Diese kleine Anekdote weckte mein Interesse. Ein Bulle mit Sinn für Poesie. Ich antwortete, dass ich es gewöhnlich vermied, den Fremdenführer zu spielen, in seinem Fall würde ich jedoch eine Ausnahme machen. Dabei beließen wir es erst einmal.

Mein Onkel war wieder ganz er selbst – pessimistisch wie eh und je. Wir hatten uns an einen Tisch ganz hinten gewählt. Carmi setzte sich nie in die Nähe der Tür. »An solchen Stellen werden die meisten Taschendiebstähle begangen«, erklärte er mir. Er bestellte bei einem Kellner einen Krug Retsina und ein paar Appetithäppchen, bevor ich überhaupt eine Möglichkeit gehabt hatte, einen Blick auf die Karte zu werfen. Aber das war okay. Carmi kam anscheinend oft hierher und wusste, was schmeckte. Die Wände des Ladens waren mit maritimen Bildern bemalt und mit Fischernetzen behängt. Griechische Volksmusik drang aus den Lautsprechern. Das Restaurant war noch ziemlich leer; es war erst fünf Uhr.

Der Kellner brachte den Retsina. »Sag mal, meine Liebe«, fragte Carmi, während er unsere Gläser füllte. »Hast du Christian eigentlich jemals getroffen?«

Mir wäre es lieber gewesen, wenn Carmi das Thema nicht so bald zur Sprache gebracht hätte. Ich hätte es ihm gerne erst später erzählt, um das Essen nicht zu verderben. Deshalb beschloss ich, einfach noch zu warten. »Ein paar Mal«, sagte ich also. Es kam mir ausgesprochen komisch vor, über Christian zu sprechen, als ob er noch lebte und irgendwo herumlief. Aber ich stellte mir gerne vor, dass es so war.

»Tja«, sagte Carmi und trank einen Schluck. »Du wirst es nicht glauben, aber …«

Ich wappnete mich innerlich gegen die nächste krude Geschichte.

»… dieser Christian hat mir zweitausend Dollar abgeknöpft.« Er kippte seinen Retsina hinunter.

»Wofür?«

»Als Anzahlung«, sagte er. »Für das, was ich vorhabe.«

»Das, was du vorhast?«

Carmi nickte. »Ich habe ihn bezahlt«, fuhr er fort, »aber er hat bisher keinen Finger gerührt.«

»Tut mir Leid«, sagte ich. »Was hast du denn vor?«

»Meine Küche zu renovieren.« Carmi kicherte. »Christian wollte mir Tapeten und Farbe besorgen. Hast du die Farbmuster in der Küche denn nicht gesehen? Er meinte, ich müsste unbedingt etwas Neues haben.«

Natürlich hatte ich sie gesehen, aber nie eine Verbindung zu Christian hergestellt ...

»Ich sag dir, Alex, ich war gar nicht so überzeugt von der Idee, aber er hat richtig gedrängelt.« Er leerte das nächste Glas.

Schön zu wissen, dass Christian wenigstens in seiner Aufdringlichkeit beständig gewesen war.

»Was hast du denn gedacht, worum es ging, meine Liebe?«, wollte Carmi wissen.

»Ach, schon gut«, erwiderte ich seufzend.

Also war die Sache geklärt. Carmi hatte sich um seine zweitausend Dollar gesorgt. Wer konnte es ihm verübeln? Ich hatte nicht die Kraft, ihm zu erklären, dass er sein Geld nie wieder sehen würde. Ein Kellner brachte uns eine große Platte voll mit gegrillten Peperoni, Tintenfisch, gefüllten Weinblättern, Oliven und so weiter. Alles roch stark nach Knoblauch. Wir langten zu und aßen eine Weile schweigend vor uns hin. Dann sagte Carmi: »Weißt du, Alex, Puerto Rico ist ein liberales Land.«

»Tatsächlich?«

Er nickte. »Die Leute da ...« Er nahm eine Olive und steckte sie sich in den Mund. »Sie wissen, dass jeder Mensch anders ist.«

»Das ist gut«, bemerkte ich und fragte mich, worauf er hinauswollte.

»In einer solchen Atmosphäre kann man viele interessante Erfahrungen machen.«

»Das stimmt wohl.«

Er hielt inne, um einem übergewichtigen Kerl in einem grauen Anzug zu winken – wahrscheinlich der Inhaber des Restaurants.

»Also, Carmi«, sagte ich, »dann erzähl mir doch mal, was du in Puerto Rico gemacht hast.«

»Na ja«, antwortete er. »Ich habe einen alten Freund besucht.«

»Das war doch sicher nett«, bemerkte ich und nickte so ernst ich konnte.

Carmi biss in ein Stück Tintenfisch und verzog das Gesicht. »Das schmeckt, als ob es aus dem Hudson gezogen wurde«, sagte er und schob seinen Teller weg. Dann fuhr er fort. »Ich kenne Julio schon seit Jahren.«

Ich sagte nichts. Ich erwartete den Beginn einer langatmigen Urlaubsanekdote. Also lehnte ich mich in meinem Stuhl zurück. Aber er sagte nur: »Julio bedeutet mir sehr viel.«

Mein Gesichtsausdruck muss ganz naiver Unglaube gewesen sein, denn was er als Nächstes sagte, hätte mir beinahe ein verlegenes Lachen entlockt. »Weißt du, Alex«, fügte er hinzu, »Jungs mögen nicht nur Mädels ... und Mädels mögen nicht nur Jungs.« Er lächelte, als ob er mich gerade in ein gigantisches, kosmisches Geheimnis eingeweiht hätte. Dann piekste er eine Scheibe Fleisch auf und schüttelte sie auf seinem Teller ab. Ich schwieg. Er hatte alles gesagt.

»Das Fleisch ist köstlich«, bemerkte er, während er genüsslich kaute. Dann sah er mich mit seinen grünen Augen an. »Also, Alex, erzähl du mal. Was ist denn so in New York passiert, während ich weg war?«

Ich holte tief Luft. »Tja, Carmi«, antwortete ich. »Du wirst es nicht glauben. Es fing alles an dem Tag an, an dem du abgereist bist ...«

Und dann erzählte ich es ihm.

## Epilog

Zwei Jahre später stolperte ich in Berkeley über ein Poster, auf dem Yassis Gesicht prangte. Ich war mir sicher, dass sie es war, auch wenn auf dem Poster stand, dass ihr Name Issay sei. Sie nahm an einem feministischen Symposium teil. Ihr Thema war Jane Austen – die erste moderne Frau. Ich überlegte, ob ich hingehen und mir Yassi in ihrer neuen Identität ansehen sollte. Als ich Jacob davon erzählte, meinte er, dass ich mich irren müsste. Soweit er wüsste, war Yassi wieder in Algerien. Ich vermutete allerdings, dass *er* sich irrte.

Nach ein paar Monaten in San Francisco langweilte Kyle sich so sehr, dass er nach Atlanta ging. Dort wurde er von der World Wrestling Federation rekrutiert. Sein Ringname ist Heat Miser*. Bisher ist er unbesiegt. Was mich betrifft, so studiere ich jetzt seit zwei Jahren Jura. Jacob wohnt mit mir zusammen; wir haben uns beide auf Strafrecht spezialisiert.

Malcolm ist nach Hollywood gezogen. Er schreibt mir ab und zu eine Postkarte.

Carmi hat seine Küche immer noch nicht renoviert.

* in etwa: Hitzestau

## Danksagungen

Ich danke Jessica Green für den freigiebigen Umgang mit ihrer Weisheit, Joe Olshan und Barry Raine für Zutrauen und Mitleid, Mitria Di Giacomo dafür, dass sie daran geglaubt hat, Angie Eng für ihr Verständnis und Jason Anderson für seine pure Existenz. Bruce Diones, Michael Hainey, Silvana Nova und Craig Seligman danke ich dafür, dass sie ständig nachgefragt haben, Richard Abate dafür, dass er den Glauben nicht aufgegeben hat, Greer Kessel Hendricks für ihren Enthusiasmus, Roberta Rosenberg und Bob Cavagna für ihren Unterschlupf. Ich danke – natürlich – meinen Eltern dafür, dass sie sich mit mir abgefunden haben und der ganzen Castaldo-Sippe, dass es mit ihnen nie langweilig wird.

**Über die Autorin**

Meg Castaldo wuchs in Sacramento, Kalifornien, auf. Sie studierte an der University of California in Irvine, und machte ihren M.A. in Englischer und Amerikanischer Literatur an der Universität von New York. Sie lebt in New York City.

Anzeige

**stephen chbosky**

**vielleicht lieber morgen**
mtv-buch

Wir wissen nicht, an wen er schreibt. Aber wir wissen, warum: Charlie wird von einer geballten Ladung Leben erwischt. In Form von Liebes- und Familiendramen, Sex und Drogen, neuen Freunden und legendären Partys kommt es daher und will verarbeitet werden. In Briefen, die so sonderbar rührend wie gleichzeitig todtraurig und urkomisch sind.

Mit *vielleicht lieber morgen* hat Stephen Chbosky ein eindringliches Debüt geschrieben – von den wilden Tagen, an denen die großen Gefühle noch neu sind.

vgs verlagsgesellschaft, Köln

Anzeige

**arthur nersesian**

**hundewiese**
mtv-buch

Als Mary Bellanova nach Hause kommt, hängt ihr Freund lethargisch vor dem Fernseher. Das ist an sich nichts Ungewöhnliches, doch Primo reagiert diesmal so gar nicht auf ihre Attacken. Erst nachdem er nicht mal Marys Nudelgericht angerührt hat, bemerkt sie, dass ihr Lover tot ist. Mary staunt nicht schlecht: Zwar ist sie nicht zum ersten Mal verlassen worden, doch noch nie hat einer für seinen Abgang eine Bahre gebraucht.
Gemeinsam mit Primos hinterbliebenem Hund Numb begibt sie sich auf die Spur in die Vergangenheit des Dahingeschiedenen. Dabei lernt Mary nicht nur ein Sammelsurium schräger Gestalten kennen, sondern auch eine ganze Reihe seiner neurotischen Exfrauen. Verwundert stellt sie fest: Primos Leben war bewegter als gedacht – aber auch Marys eigenes wandelt sich zu einem bunten Abenteuer im durchgedrehten Kosmos des New Yorker East Village …

vgs verlagsgesellschaft, Köln

Anzeige

**louisa luna**

**fluchen**
mtv-buch

Eigentlich würde Doreen gern mal allen die Meinung sagen: den hübschen Zicken aus der Schule, ihrer Mutter, die gern hätte, dass sie eine von denen wird, und ihrer älteren Schwester, die eine von denen ist. Aber weil sie nicht gern redet, geht sie meistens einfach weg und hängt mit Ted, ihrem einzigen Freund, irgendwo rum. Doch dann scheint Matthew, der Freund ihrer Schwester, ein seltsames Interesse an ihr zu entwickeln …

„Tracey sagt, du dumme Kuh, du weißt nichts, du bist noch ein Kind, mach bloß, dass du rauskommst.
Dad sagt, mach keinen Blödsinn, ich hab keine dummen Kinder gemacht, heul nicht, denn das nützt überhaupt nichts, jeder ist für sich selbst verantwortlich, erwarte ja nicht, dass ich eine Suppe auslöffele, die du dir selbst eingebrockt hast.
Mom sagt, du sollst nicht fluchen, häng nicht immer mit diesem Ted herum, pass auf, dass die Leute dich nicht für ein Flittchen halten, räum dein Zimmer auf, mach deine Hausaufgaben, such dir endlich eine Freundin.
Ich sage gar nichts und lass sie reden, weil das einfacher ist.“

Schonungslos, aber mit ganz eigenem Witz, erzählt Doreen von sich und anderen in einem Leben, das zwar hart und ungerecht, aber vielleicht doch so schlecht nicht ist.

vgs verlagsgesellschaft, Köln

www.tvspielfilm.de
Wir lesen was,
was Du nicht liest!
TV SPIELFILM holen. Nur das Beste sehen.
TV SPIELFILM
Alle Filme mit Bewertung!